Das Böse im Dreierpack

Juergen von Rehberg

Das Böse im Dreierpack
Detective Buffalo
Mord im Kloster Rehberg
Mörderische Toskana

*Bibliografische Information der Deutschen National-
bibliothek:*
*Die Deutsche Nationalbibliothek verzeichnet diese
Publikation in der Deutschen Nationalbibliografie;
detaillierte bibliografische Daten sind im Internet
über http://dnb.dnb.de abrufbar.*

*Herstellung und Verlag: BoD – Books on Demand,
Norderstedt*

ISBN: 978-3-7448-9662-7

Inhaltsverzeichnis:

DETECTIVE BUFFALO

KRIMINALPOLIZEI

Detective Buffalo

Dienstnr.
20-12-44

Kriminalroman

"Was haben wir?"

"Männliche Leiche, farbiger Herkunft, ca. 28 Jahre alt!" antwortete Hermine Bauer, ihres Zeichens Polizeikommissaranwärterin - kurz „KKAnw".

"Was heißt „farbiger Herkunft", verehrte Kollegin", sagte Kriminalhauptkommissar Wilhelm Büffel, "welche Farben haben wir denn? Rot, grün, blau, lila oder vielleicht schwarz-gelb gestreift?"

Hermine zuckte zusammen ob der rüden Art, wie sie ihr Chef gefragt hatte. Selbiger beugte sich kurz über die Leiche, und als er die diversen Einschusslöcher auf dem weißen T-Shirt des Opfers sah, fasste er kurz zusammen:

"Durchlöcherter schwarzer Neger ohne bemerkenswerte Lebenszeichen!"

Dann schaute er seine junge Kollegin an und sagte:

"Siehst du, Hermes, das ist eine klare und leicht verständliche Beschreibung der Leiche!"

Als Hermine vor geraumer Zeit zu ihm gekommen war, hatte er sie mit den Worten begrüßt: "Dich hat der Himmel geschickt!" Und ergänzend: "Was habe ich nur verbrochen, dass ich jetzt schon kleine Mädchen ausbilden soll?"

Und als er ihren Vornamen hörte, machte er sofort aus Hermine „Hermes" - von wegen „...Himmel geschickt".

"Jetzt mach einmal halblang, Buffalo!" sagte Franz Kleiber, der Gerichtsmediziner.

Wilhelm und Franz waren zwei Dinosaurier ihrer Zunft. Sie bewegten sich schnurstracks in Richtung Pension und arbeiteten schon mehrere Jahrzehnte zusammen.

"Das sagt man heutzutage nicht mehr so!" fuhr der Doktor fort, "das ist politisch inkorrekt!"

"Was meinst du damit, Franz?" fauchte Wilhelm „Buffalo" Büffel seinen Kollegen an.

Franz und er waren über diesen Status nie hinausgekommen. Für eine Freundschaft hat es nie gereicht. Gelegentlich einmal ein Feierabendbier; das war es dann auch schon.

Kann sein, dass die verschiedene Herkunft der beiden es nicht zuließ. Franz stammte aus einer akademischen Familie, und Wilhelm kam aus dem Arbeitermilieu.

"Du weißt genau, was ich meine", antwortete Franz mit einem breiten Grinsen, "das mit dem „Neger!"

"Das ist doch Quatsch!" polterte KHK Büffel, "essen wir jetzt auch keine „Amerikaner" mehr und liegen keine „Engländer" und „Franzosen" mehr in unserer Werkzeugkiste?

Heißt das jetzt „Gebäck in Untertassenform mit Zuckerguss" und „Schraubenschlüssel bzw. Verstellschlüssel ausländischer Herkunft" oder wie?"

"Rede doch nicht so einen Mist, Buffalo. Du weißt genau, wie ich das meine!"

Die beiden Männer sahen sich einen Moment lang an, um dann in ein schallendes Gelächter auszubrechen.

"Lassen wir das!" sagte KHK Büffel und wandte sich Hermine zu.

"Also Hermes, was machen wir jetzt?"

Hermine war noch immer verwundert über die Anrede ihres Chefs durch den Gerichtsmediziner und hätte liebend gern gewusst, wieso dieser KHK Büffel „Buffalo" nannte.

Natürlich war ihr bewusst, dass das englische Wort „Buffalo" für Büffel steht; aber das erklärte noch nicht den Ursprung des Spitznamens.

"Was ist, Hermes?" fragte KHK Büffel ungeduldig, "hat es dir die Sprache verschlagen oder hast du keine Antwort gefunden?"

Es ärgerte Hermine, dass er sie einfach duzte, obwohl sie ihm das nie angeboten hatte, und dass er sie „Hermes" nannte, missfiel ihr mindestens genauso.

Sie hatte aber nie den Mut aufgebracht ihren Chef darauf anzusprechen. In der Dienststelle war er eine lebende Legende. Seine Aufklärungsquote lag weit über dem Durchschnitt, und seine Kollegen verehrten ihn.

KHK Büffel ging immer mit dem Kopf durch die Wand; sogar öfter unter Missachtung jeglicher Vorschriften. Und daher stammte auch sein Spitzname „Buffalo" - genauer gesagt „Detective Buffalo".

Das Umgehen von Vorschriften und die lässige Art, mit der KHK Büffel zu Werke ging, verärgerte Oberkriminalrat Becker über die Maße. Aber in Betracht der immer näher rückenden Pensionierung sah er zähneknirschend darüber hinweg.

"Anwohner befragen, um eventuelle Zeugen zu finden!" antwortete jetzt Hermine und sah ihren Chef mit festem Blick dabei an.

"Na also; geht doch!" brummte Buffalo und bewegte sich in Richtung Dienstfahrzeug.

"Chef, Chef!" rief Hermine hinter ihm her, "wie komme ich ins Kommissariat zurück?"

"Mit dem Schiff, mit dem Flugzeug oder zu Fuß!" kam die flapsige Antwort des KKH's. "Was weiß ich."

"Ärgern Sie sich nicht!" sagte Dr. Kleiber zu Hermine, "Sie dürfen das nicht persönlich nehmen; er benimmt sich zu allen so!"

"Aber nicht zu Ihnen!" stieß Hermine heraus und erschrak dabei, dass sie sich wohl etwas im Ton vergriffen hatte.

"Entschuldigung, Herr Doktor!" sagte sie kleinlaut, "das wollte ich nicht!"

"Ist schon gut, Mädchen!" antwortete der Medizinmann. "Und den „Herrn Doktor" den lassen wir lieber. Ich heiße Franz!" Als er das sagte, streckte er Hermine die Hand entgegen.

"Aber das geht doch nicht!" sagte Hermine verunsichert.

"Und warum nicht?" fragte Franz lächelnd, "bin ich dir nicht sympathisch genug?"

"Doch, doch!" beeilte sich Hermine zu sagen, "sehr sogar!"

"Ja dann?"

Hermine ergriff die Hand des Mannes und sagte:

"Vielen Dank, Herr Doktor! Ich meine Franz! Ich heiße übrigens Hermine; Hermine Bauer!"

"Ich weiß; Hermine Bauer!"

Die KKAnw Hermine ging von Haus zu Haus, um eventuelle Zeugen zu finden; jedoch ohne Erfolg.

"Warum weinst du, Hermine?" fragte Franz.

"Ich weine doch gar nicht!" antwortete Hermine.

"Ja, man merkt jetzt schon, dass das Auto schon einige Jahre auf dem Buckel hat", sagte Franz nach einer kurzen Pause.

"Wieso?" fragte Hermine. Sie saß mit Franz in dessen Auto und war auf dem Weg ins Präsidium.

"Na, weil das Dach undicht ist und es hereinregnet. Anders lässt sich dein nasses Gesicht ja nicht erklären. Oder?"

Hermine lachte befreit. Die einfühlsame Art des älteren Mannes tat ihr gut. Und so öffnete sie sich ihm und sagte:

"Ist der Buffalo immer so?"

"An und für sich schon", antwortete Franz, "aber er war nicht immer so!"

Und dann erzählte er seiner Mitfahrerin von einem Mann, der früher ein liebenswerter und freundlicher Kollege war.

Das änderte sich an dem Tag, als Margot Büffel an Krebs gestorben ist. Buffalo, der damals noch Wilhelm Büffel war, veränderte sich von Stund an.

Er wurde zum totalen Einzelgänger und auch Einzelkämpfer. Daran vermochten weder KOR Becker noch Frau Staatsanwältin Miranda Hirlinger etwas zu ändern.

"Was hat die Frau Staatsanwältin damit zu tun?" fragte Hermine.

Franz zögerte, bevor er antwortete. Dann sagte er:

"Was ich dir jetzt sage, muss unbedingt unter uns bleiben. Wenn Buffalo herausbekommen würde, dass ich dir das gesagt habe, würde er mich umbringen!"

"Ich werde niemandem davon erzählen! Ehrenwort!"

Hermine hob zur Bekräftigung ihres Versprechens ihre Hand wie zu einem Schwur.

Franz lächelte. Er empfand vom ersten Augenblick Sympathie für diese junge Frau. Das war vor einigen Wochen, als sie ihm vorgestellt wurde.

"Buffalo und Miranda hatten damals ein Verhältnis miteinander!"

"Was?" entfuhr es Hermine heftig. Und dann:

"Das verstehe ich jetzt überhaupt nicht! Wenn er doch mit der Staatsanwältin ein Verhältnis hatte, dann war doch seine Ehe sowieso schon am Ende."

"Ganz so einfach verhält sich das nicht", sagte Franz. "Da war schließlich noch die gemeinsame Tochter Petra!"

"Und wie ging das dann weiter?" wollte Hermine wissen.

"Nun, Franz beendete ab sofort das Verhältnis mit Miranda und kümmerte sich aufopfernd um Petra."

"Das alles verstehe ich gut, und kann ich auch nachvollziehen", sagte Hermine, "aber das erklärt mir nicht, warum Buffalo so ein Ekel geworden ist!"

"Auf diese Frage gibt es keine Antwort!" sagte Franz, "zumindest keine, die ich kenne!"

"Ward ihr damals schon Freunde?" bohrte Hermine weiter.

"Nein!" antwortete Franz, "damals nicht und auch nicht heute. Auch wenn das so scheinen mag!"

Hermine hätte nur zu gern noch weiter gefragt, unterließ es aber. Der Rest der Fahrt verlief schweigend.

Als Miranda die Diensträume betrat, empfing sie KHK Büffel mit den Worten:

"Schön dass du auch schon kommst. Hast du wenigstens etwas in Erfahrung bringen können?"

"Nein, nichts Verwertbares!"

"Hätte ich mir denken können", sagte Buffalo halblaut; aber so, dass es die anderen Anwesenden hören konnten.

Die anderen, das waren Kriminalkommissar Herbert Dörr und Kriminalhauptmeister Alfred Brenner. Frau Martha "Eiche" Eichmüller war die Sekretärin und Vorzimmerdame.

"Also, was wissen wir, Herbi?"

Die Frage von Buffalo war an den Kollegen Dörr gerichtet. Er war der einzige, der schon länger mit ihm zusammenarbeitete und wohl auch der einzige, den Buffalo ein wenig an sich heran ließ.

"Der Tote heißt Abasi Okonjo. Mutter ist deutsche, der Vater kommt aus Ghana!"

"Haben wir eine Adresse?" fragte Buffalo.

"Ja, haben wir!" antwortete KK Herbert Dörr.

"Gut!" sagte Buffalo, "dann nimm Hermes mit und schau dich einmal dort um!"

"Wieso kann ich nicht Brenner...?"

Herbi vollendete den Satz nicht. Der zürnende Blick seines Chefs empfahl ihm unmissverständlich es besser zu unterlassen.

"Und du gehst zu Dr. Frankenstein und fragst, ob er schon mehr über unseren toten Bimbo sagen kann!"

Hermine zuckte unwillkürlich zusammen, als sie das hörte. Sie würde diesen Mann nie mögen. Noch nicht einmal unter Berücksichtigung seiner - der von Franz in Erfahrung gebrachten - Vorgeschichte.

"War das heute deine erste Leiche?" fragte Herbert, als er mit Hermine im Auto unterwegs war.

"Ja!" antwortete Hermine.

"Und war es schlimm?"

"Ein wenig schon!" antwortete Hermine und ergänzte:

"Es sah schrecklich aus! Das viele Blut!"

"Daran gewöhnst du dich mit der Zeit!" antwortete Herbert lapidar.

"Ich weiß nicht", sagte Hermine, "kann man das wirklich?"

"Das musst du sogar!" antwortete Herbert, "wenn nicht, dann kannst du gleich wieder zu den Uniformierten zurückgehen!"

Hermine schwieg. Sie war sich nicht sicher, was sie von ihrem Kollegen halten sollte. Überhaupt hatte sie bisher noch nicht wirklich Fuß fassen können. Das einzige weibliche Wesen war Frau Eichmüller, die Sekretärin. Sie war etwa im Alter von Buffalo und ihr gegenüber eher wortkarg.

"Da sind wir!" drängte sich Herbert in Hermines Gedanken. "Schauen wir einmal, was wir finden können!"

Abasi Okonjo bewohnte eine Zweizimmerwohnung in einem Mietshaus. Die beiden Kriminalbeamten sperrten mit dem Schlüssel, den sie bei dem Toten gefunden hatten, die Tür auf und begannen die Wohnung zu durchsuchen.

"Such du im Schlafzimmer und ich nehme mir die Küche vor!" sagte KK Dörr. Dann schickte er Hermine ins Bad und ging selbst ins Wohnzimmer.

Kurz darauf rief Hermine:

"Komm schnell her! Ich glaube, ich habe etwas gefunden!"

Als Herbert das Badezimmer betrat, hielt Hermine triumphierend ein mit durchsichtigem Plastik umhülltes Päckchen in der Hand.

"Ist das....?" fragte Hermine ihren erfahrenen Kollegen.

"Ja, das ist Koks!" sagte KK Dörr. "Das ist mindestens ein halbes Kilo!"

Hermine war beeindruckt. Sie begann Gefallen an ihrer Arbeit zu finden.

"Gratuliere!" sagte Herbert anerkennend. "Wo hast du das gefunden?"

"Im Spülkasten!" sagte Hermine stolz.

"Bravo!" sagte Herbert. "Ich glaube, aus dir wird noch eine richtige Kriminalistin!"

Hermine fühlte, wie ihr eine leichte Röte ins Gesicht stieg. Dabei hatte sie doch nur so gehandelt, wie man ihr das beigebracht hatte. Es war nicht mehr als das kleine Einmaleins der Kriminalistik. Aber es freute sie dennoch.

"Ich habe auch etwas gefunden!" sagte Herbert und streckte Hermine ein Foto entgegen, das eine elegante Frau zeigte, in einem verglasten, silbernen Rahmen.

"Vielleicht können die anderen ja etwas damit anfangen!"

"Zeig einmal her!" forderte Hermine ihren Kollegen auf.

"Habe ich doch richtig gesehen!"

"Was meinst du?" fragte Herbert.

"Weißt du nicht, wer das ist?"

"Nein!" antwortete Herbert, "Weißt du es denn?"

"Aber hallo!" sagte Hermine triumphierend, "die kennt doch jeder!"

"Ich bin aber nicht jeder!" entgegnete Herbert leicht trotzig, "also sag schon, wer soll das sein!"

"Das ist die Frau von Staatssekretär Weinmann aus dem Bundeskanzleramt!"

"Mach Witze!" sagte Herbert aufgeregt. "Wie kommt denn unser Toter zu diesem Bild?"

"Das ist die 1-Million-Frage!" antwortete Hermine, "und die Antwort ist reines Dynamit!"

Als sie wenig später ihre Funde KHK Buffalo präsentierten, strahlte dieser über das ganze Gesicht.

"Das nenne ich „gute Arbeit", Herbert!" sagte er und klopfte diesem anerkennend auf die Schulter.

"Das war Teamarbeit, Chef!" antwortete Herbert, und sein Blick zeigte Richtung weisend auf Hermine.

Buffalo nickte kurz zu Hermine und sagte dann:

"Ab ins Labor! Die sollen nach Fingerabdrücken suchen!"

Hermine wartete erst gar nicht, bis sie dazu aufgefordert wurde. Sie hatte sich schon daran gewöhnt, dass Botengänge ebenso zu ihrem Aufgabenbereich gehörten, wie die Kaffeemaschine zu bedienen.

Als sie das Zimmer verließ, rief ihr Buffalo noch nach:

"Und frage bei Dr. Frankenstein nach, ob er schon etwas für uns hat!"

"Hallo, Hermine!" begrüßte sie Dr. Kleiber, "schön, dass du vorbeischaust!"

Der Gerichtsmediziner war Junggeselle aus tiefster Überzeugung. Er war viel zu sehr mit seiner Arbeit verheiratet, als dass er sich um eine Familie hätte kümmern können.

Seit er Hermine kennen gelernt hatte, bedauerte er fast ein wenig, dass er den Zeitpunkt verpasst hatte eine Familie zu gründen. Er hätte sich eine Tochter wie Hermine gut vorstellen können.

Aber als er daran dachte, dass es dazu einer passenden Frau bedurft hätte, verwarf er den Gedanken sofort wieder.

"Buffalo schickt mich! Ich soll fragen, ob du schon etwas hast!" sagte Hermine, die sich ebenso über das Wiedersehen freute wie Franz. Und das, obwohl nur wenige Zeit vergangen waren, seit sie gemeinsam im Auto fuhren.

"Ja, habe ich!" antwortete der Mediziner.

"Fünf Schüsse aus nächster Nähe, einer davon direkt ins Herz! Es handelt sich um eine kleinkalibrige Waffe. Die Projektile sind schon beim Ballistiker. Der wird euch dann Näheres sagen können!"

"Hast du Einstichstellen von einer Injektionsnadel gefunden?"

"Nein!" antwortete Franz, "aber warum fragst du?"

"Weil wir ein Paket Koks in seiner Wohnung gefunden haben!"

"Ich muss zwar noch ein Drogenscreening machen", sagte Franz, "aber gespritzt hat er ganz sicher nicht. Das kann ich ausschließen!"

"Alles klar!" sagte Hermine, "ich gehe dann mal wieder. Und vielen Dank!"

"Habe ich gern gemacht!" antwortete Franz. "Und schau einmal wieder vorbei, wenn du Lust hast!"

"Das mache ich ganz bestimmt! Also bis demnächst!"

Franz nickte, und er schaute Hermine nach, bis sie die Tür hinter sich zugezogen hatte.

"Meister Brenner wird uns jetzt einen ersten Überblick geben", sagte Buffalo, als Hermine wieder zurückgekehrt war.

Kriminalhauptmeister Brenner hatte erstes Bildmaterial an die Pinnwand geheftet und begann nun mit seinen Ausführungen:

"Der Tote heißt Abasi Okonjo, ist 26 Jahre alt und war Student an der hiesigen Universität!"

"Weiter!" forderte Buffalo den jungen Kollegen ungeduldig auf, "was wissen wir noch?"

Hermine reichte Alfred Brenner den vorläufigen Bericht des Gerichtsmediziners und dieser quittierte es mit einem dankbaren Blick.

"Der Tote weist fünf Schüsse in die Brust auf, alle abgefeuert aus nächster Nähe, und einer davon direkt ins Herz! Es handelt sich um eine kleinkalibrige Waffe. Die Projektile sind schon beim Ballistiker!"

"Habt ihr einen Laptop in der Wohnung gefunden?" richtete Buffalo die Frage an KK Dörr.

"Nein! Lediglich das Anschlusskabel!"

"Und was ist mit Handy oder sonstigem Zeug?"

"Alles nichts!" antwortete der Gefragte. "Aber eine Sache wäre noch interessant!"

Herbert machte eine bedeutsame Pause und sah sich in der Runde nach interessierten Blicken seitens seiner Kollegen um.

"Sind wir in einer Quizshow?" polterte Buffalo, "und wir müssen raten oder sagst du uns die Antwort so?"

"Natürlich, Chef!" beeilte sich Herbert die Antwort zu geben, "im Kleiderschrank des Opfers hingen lauter Designerklamotten!"

"Und das hast du sofort mit deinem Kennerblick erkannt!" spöttelte Buffalo.

"Nein!" antwortete Herbert kleinlaut, "das war Hermine!"

Buffalos Blick wanderte zu der Kriminalkommissaranwärterin Hermine Bauer und fixierte sie lange. Hermine wankte, hielt aber seinem stechenden Blick stand. Ihr war, als huschte ein kleines Lächeln über Buffalos Gesicht.

"Ja dann!" sagte Buffalo, "dann wird es wohl so sein!"

Und wieder zu KHM Brenner gewandt:

"Dann sagt an, verehrter Meister, was gibt es über die Frau auf dem Bild zu berichten?"

"Das ist Veronika Weinmann, die Ehefrau von Staatssekretär Horst Weinmann!"

Buffalo ließ einen lauten Pfiff erklingen.

"Jetzt kommt Pfeffer in die Soße!" sagte Buffalo. "Da schau her; ein schwarzer Neger und eine ältere Dame aus der gehobenen Gesellschaft!"

"Ich will alles wissen!" sagte er weiter. "An die Arbeit! Ich gehe zur Hexe Miranda und stelle einen Antrag auf Telefonverbindungsnachweise!"

Als Buffalo in das Zimmer der Staatsanwältin hinein gestürzt war, empfing ihn diese mit der Bemerkung:

"Ein Büffel bleibt eben sein Leben lang ein Büffel! Kannst du nicht anklopfen wie ein normaler Mensch auch?"

"Könnte ich, mein Schatz; könnte ich! Will ich aber nicht! Was ich will, ist eine Genehmigung zur Einholung der Telefonverbindungsnachweise von Frau Veronika Weinmann!"

"Der Frau des Staatssekretärs?" fragte Miranda Hirlinger voller Entsetzen.

"Eben von dieser!" antwortete Buffalo.

"Du hast nicht alle Kerzen am Christbaum!" sagte Miranda, "das kannst du knicken!"

"Sie ist aber vielleicht in einen Mordfall verwickelt!" insistierte Buffalo.

"In welchen Mordfall?" fragte die Staatsanwältin.

"Toter, junger, schwarzer Neger mit vielen Löchern in der Brust!"

"Der neue Fall?" fragte Miranda.

"Ja!" antwortete Buffalo.

"Und was hat Frau Weinmann damit zu tun?"

"Sie war vermutlich seine Geliebte!"

Jetzt brach Miranda in ein schallendes Gelächter aus.

"Jetzt bist du total durchgedreht!" sagte sie, "ein mittelloser Student, dazu noch ein Farbiger und die feine Dame der Gesellschaft, die persönlich zu kennen ich das Vergnügen habe, das ist völlig unmöglich!"

"Heißt das....?"

"Ja, das heißt es! Antrag abgelehnt!"

"Da kann man wohl nichts machen!" resignierte Buffalo, "die Kleinen hängt man und die Großen lässt man laufen!"

"Du kannst wieder nachlassen!" sagte Miranda, "und jetzt verschwinde aus meinem Büro und schau, dass du den richtigen Täter findest!"

"Hasta la vista, Baby!" sagte Buffalo und zog die Tür hinter sich zu.

****

Das "Henri" war ein kleines Lokal - Ecke Schmittgasse/Schillerstraße - mit nicht allzu vielen Sitzplätzen. Vor dem Tresen ein paar hölzerne Barhocker, wie man sie aus Amerika kennt und hinter dem Tresen die Besitzerin Henriette.

Henriette Sprüngli, wie sie mit vollem Namen heißt, kam ursprünglich aus der Schweiz und hat das Lokal von ihrem verstorbenen Ehemann übernommen. Ursprünglich hieß das Lokal "Zum blauen Esel"; aber nach dem Tod von Henriettes Ehemann benannte sie es um.

Der alte Name hatte ihr nie wirklich gefallen, und die Redewendung "gehen wir zu Henri" hatte sich bei ihren Gästen so eingebürgert, dass die Namensänderung nur noch eine Formsache war.

Die Gäste im „Henri" waren hauptsächlich Mitarbeiter des nahe gelegenen Polizeipräsidiums. Das hatte seinen Ursprung darin, dass vor sehr langer Zeit das Essen in der Kantine des Präsidiums nur mäßig gut war und im „Henri" kleine, aber feine Speisen zu einem niederen Preis angeboten wurden.

Selbst als sich die Qualität in der Kantine wesentlich verbessert hatte, blieben doch die meisten dem „Henri" erhalten.

Hermine hatte sich bisher stets erfolgreich dagegen gewehrt, nach Feierabend mit den Kollegen auf ein Bier zu gehen.

Heute jedoch, nachdem sie einen so tollen Einsatz gebracht hatte, ließ sie sich überreden mitzugehen.

"Ist der Büffel auch dort?" fragte sie vorsichtig.

"Ich glaube nicht", antwortete Herbert, "in der letzten Zeit war er nicht mehr dabei. Aber warum fragst du?"

"Einfach nur so; hat mich halt interessiert!"

Herbert schaute Hermine an, sagte aber nichts.

"Das nenne ich eine Überraschung!" rief Dr. Kleiber, als er Hermine das Lokal betreten sah. "Hast du dich verlaufen?"

Hermine antwortete lachend mit "NEIN!" und setzte sich an den Tisch. Außer dem Doktor waren noch KHM Brenner und die Sekretärin "Eiche" Martha anwesend.

Es überraschte Hermine, dass ihr ganzes Kollegium anwesend war, ausgenommen KHK Buffalo. Aber noch viel mehr, dass die Sekretärin mit von der Partie war, überraschte sie die Anwesenheit des Gerichtsmediziners.

"Du musst deinen Einstand bezahlten!" trompetete KHM Brenner, "das ist so Usus!"

"Das kenne ich!" antwortete Hermine und als Henri an den Tisch trat, wollte sie eine Runde ordern, kam aber nicht dazu, weil Henri vorher zu ihr sagte:

"Du bist also die Neue!"

Hermine nickte nur. Sie war beeindruckt, als sie in das Gesicht der Frau schaute, in welchem das Leben schon etliche Spuren hinterlassen hatte. Und mit ihrer tiefen Stimme fuhr Henri fort:

"Sage mir, Mädchen, du bist doch bei der Kripo!"

Wieder nickte Hermine.

"Dann sage mir, was ist wichtiger beim Menschen, das Herz oder das Hirn?"

Und wie aus der Pistole geschossen kam die Antwort:

"Ganz klar das Herz!"

"Gute Antwort!" antwortete Henri, "du gefällst mir! Die nächste Runde geht auf mich!" Sagte es und rauschte davon.

Dr. Kleiber, der älteste in der Runde, erhob sein Glas, um die Neue willkommen zu heißen.

"Liebe Hermine, wir heißen dich herzlich willkommen in unserer Runde, und wir hoffen sehr, dass du dich wohlfühlst!"

"Vielen Dank!" antwortete Hermine, "ich freue mich, dass ihr mich aufgenommen habt!"

"Aber die nächste Runde geht dann auf dich!" erinnerte KHM Brenner beflissen Hermine, die sich über den Eifer des Kollegen amüsierte.

"Klar doch, Alfred!" antwortete Hermine, "keine Angst, ich habe es noch nicht vergessen!"

"Ich freue mich sehr, Frau Eichmüller", sagte Hermine, "dass ich nicht die einzige Frau in der Runde bin!"

Martha Eichmüller nahm ihr Glas in die Hand, streckte es Hermine entgegen und sagte:

"Hör zu, Schätzchen, nachdem mich alle „Eiche" nennen, kannst du das auch. Und das „Sie" lässt du einfach weg!"

Hermine hätte sich normalerweise über die Bezeichnung "Schätzchen" geärgert. Komischerweise war das aber gerade nicht der Fall. Vielleicht lag es ja daran, dass die Kollegin doch um etliche Jahre älter war als sie.

"Kann ich auch „Martha" zu Ihnen sagen?" fragte Hermine leicht verunsichert.

"Wenn du das „Sie" dabei weg lässt - dann schon!" antwortete „Eiche" Martha Eichmüller.

Ein erleichtertes Lachen rundete die ganze Angelegenheit ab, und in den nächsten Stunden wurde dem Alkohol kräftig gefrönt.

****

"Ich möchte, dass du und Hermes die Frau Weinmann besucht und ihr ein paar Fragen stellt!"

KK Dörr schaute seinen Chef überrascht an und fragte:

"Wollen wir nicht erst einmal abwarten, was die Auswertung der angeforderten Telefonverbindungsnachweise ergibt?"

"Es gibt keine Nachweise!" antwortete Buffalo.

"Aber wieso nicht?" fragte KK Dörr.

"Miranda hat „NEIN" gesagt!"

"So ein Mist!" sagte KK Dörr enttäuscht. "Dann also auf zur Frau Staatssekretär!"

"Nicht so schnell!" sagte Buffalo, "das Ergebnis der Ballistik liegt vor!"

"Und was sagt uns das?" fragte KK Dörr aufgeregt.

"Bei der Mordwaffe handelt es sich um eine Brünner Tezet, 6,35mm Browning!"

"Ein Kinderspielzeug!" sagte KK Dörr spöttelnd. "Und damit kann man jemand umbringen?"

"Wenn du nahe genug herangehst und oft genug schießt, dann schon!" antwortete Buffalo.

"Ist das nicht eher eine kleine Waffe für eine Damenhandtasche?" warf Hermine ein.

"So ist es!" antwortete Buffalo, "und deshalb fahrt ihr jetzt zur gnädigen Frau und fragt sie, ob sie eine solche Waffe besitzt!"

"Guten Tag! Wir sind KK Dörr und KKAnw Bauer vom Polizeipräsidium, und wir möchten gern Frau Weinmann sprechen!"

Die Bedienstete, welche die Tür geöffnet hatte, schaute grimmig auf die Dienstausweise der beiden und sagte dann:

"Bitte, warten Sie! Ich muss erst nachfragen, ob die gnädige Frau empfängt!"

Dann schloss sie die Eingangstür und ließ die verdutzten Kriminalbeamten draußen stehen.

"Was war das denn?" fragte KK Dörr.

"Willkommen in der Welt der gehobenen Gesellschaft!" kam die spaßige Antwort von Hermine, "und vergiss nicht, was der Büffel gesagt hat: Mit Glaceehandschuhen anfassen und immer freundlich bleiben!"

"Ist ja gut!" antwortete Herbert gereizt.

"Die gnädige Frau lässt bitten!"

Der Zerberus an der Haustür hatte diese wieder geöffnet und bat die beiden Beamten herein. Sie führte sie in die Bibliothek und hießt sie dort zu warten.

"Guten Tag! Was kann ich für Sie tun?"

Eine wunderschöne und charmante Dame hatte den Raum betreten und bat Hermine und Herbert Platz zu nehmen. Hermine fiel auf, dass das Original die Fotografie in der Wohnung des Toten bei weitem übertraf.

"Darf ich Ihnen vielleicht etwas anbieten?" fragte Frau Weinmann weiter, "Kaffee oder Tee?"

"Nein, danke, Frau Weinmann!" antwortete Hermine, die mit der Situation augenscheinlich besser umgehen konnte als ihr Kollege Herbert.

"Gut! Dann teilen Sie mir doch freundlicherweise den Grund Ihres Besuches mit!"

Hermine fühlte sich immer mehr von dieser Frau eingenommen. Sie konnte sich nicht vorstellen, dass von ihr etwas Böses ausgehen könnte. Und schon gar kein Mord.

"Kennen Sie einen gewissen Abasi Okonjo?"

Während Herbert dieses fragte, hielt er der Dame des Hauses eine Fotografie des Opfers entgegen.

"Nein!" antwortete Frau Weinmann, "wer soll das bitte sein?"

Herbert warf einen bedeutsamen Blick zu Hermine, und dann zog er das Foto aus seiner Tasche, welches sie in der Wohnung des Toten gefunden hatten.

"Und wie kommt dann dieses Foto in die Wohnung von Herrn Okonjo?"

Die Befragte schaute sich das Bild kurz an und sagte dann:

"Das kann ich Ihnen nicht beantworten! Ich kenne den Toten nicht, und ich habe ihm auch niemals eine Fotografie von mir geschenkt!"

Herbert, in dem Gefühl, er würde gerade auf der Siegerstraße marschieren, holte zum alles vernichtenden Schlag aus:

"Sind Sie im Besitz einer Waffe?"

Ohne zu zögern, antwortete Veronika Weinmann:

"Ja, ich habe eine kleine Damenpistole!"

"Handelt es sich hierbei vielleicht um eine Brünner Tezet, 6,35mm Browning?"

Jetzt verlor die Befragte für einen kurzen Augenblick ihre Fassung.

"Woher wissen Sie das?"

Herbert platzte beinahe vor Stolz, hatte er doch die Katze jetzt so gut wie im Sack.

"Könnten Sie uns Ihre Waffe bitte zeigen?"

Die Süffisanz und die Lautstärke, mit welcher Herbert fragte, nahmen unerträglich zu. Selbst Hermines mahnender Blick vermochte ihn nicht zu bremsen.

"Einen Augenblick, bitte, ich werde die Waffe holen!" sagte Frau Weinmann und wollte zur Tür, als diese aufging und ein Mann das Zimmer betrat.

"Was ist denn hier los?" fragte der Mann. Es war der Herr Staatssekretär persönlich.

"Die Herrschaften sind von der Kriminalpolizei!" sagte Frau Weinmann.

"Und was wollen Sie von meiner Gattin?" fragte der Herr Staatssekretär weiter. Sein Tonfall hatte an Schärfe leicht zugenommen. Und bevor Herbert oder Hermine antworten konnte, sagte Veronika Weinmann:

"Sie wollen meine Pistole sehen!"

"Was?" entfuhr es dem Herrn Staatssekretär laut. "Wieso möchten Sie die Waffe meiner Gattin sehen?"

Da passierte das Unvermeidliche. Herbert, immer noch vom Scheitel bis zur Sohle randvoll mit Adrenalin, sprach die deutlichen Worte:

"Ihre Gattin steht unter Mordverdacht!"

Mit dieser Äußerung lehnte sich KK Dörr nicht nur weit aus dem Fenster, sondern er war gerade im Begriff im freien Fall seine Karriere zu beenden.

"Sind Sie verrückt!" schrie Herr Weinmann, "nennen Sie mir sofort den Namen Ihres Vorgesetzten!"

"Das ist Herr Kriminaloberrat Becker!" antwortete Hermine, da KK Dörr auf Minimalgröße geschrumpft war. Er hatte seinen Fehler zwar sofort bemerkt; aber leider viel zu spät.

"Sie verlassen jetzt sofort mein Haus!"

"Nein; bitte warten Sie!" sagte Die Frau des Staatssekretärs, "das kann sich doch nur um ein Missverständnis handeln. Ich werde die Pistole holen!"

Bevor der Gatte etwas einwenden konnte, legte Frau Weinmann ihre Hand auf den Arm ihres Mannes und sagte:

"Bitte, lass mich! Ich möchte das so!"

Hermine war überrascht, wie Frau Weinmann mit der Situation umging und auf welche sanfte, aber sehr wirkungsvolle Art und Weise.

Als sie kurz darauf zurückkam, war jedoch davon nichts mehr zu erkennen. Mit leerem Gesichtsausdruck erklärte sie:

"Die Waffe ist nicht mehr da!"

Der Stern von KK Dörr, der gerade noch am Verglühen war, bekam plötzlich einen frischen Glanz und mit neuem Mut versehen, sagte er:

"Ich denke, es ist besser, wenn sie uns jetzt auf das Präsidium begleiten, gnädige Frau!"

Und der Herr Staatssekretär fügte hinzu:

"Ich rufe sofort Dr. Heidler an, er wird sogleich zum Präsidium fahren!"

Dass es sich hierbei wohl um den Anwalt der Familie handelte, war den beiden Kriminalbeamten klar.

Als Hermine und Herbert ins Präsidium kamen, hieß sie „Eiche" Martha eiligst KOR Becker aufzusuchen.

"Geht schnell zu ihm!" sagte Martha, "der Alte hat schon mehrmals nach euch gefragt. Er ist ziemlich sauer!"

"Das riecht nach Ärger!" sagte Herbert. "Da hat wohl schon einer telefoniert!"

Wenig später bekamen sie die Bestätigung durch KOR Becker:

"Was haben Sie sich dabei gedacht?" fauchte dieser Hermine und Herbert an, "Sie können doch nicht die Frau des Staatssekretärs eines Mordes bezichtigen!"

"Aber es gibt Hinweise dazu", versuchte Herbert sein Glück, was jedoch scheiterte, denn KOR Becker schaute ihn grimmig an und sagte mit sehr lauter Stimme:

"Hinweise? Was für Hinweise? Haben Sie auch schlüssige Beweise oder stochern Sie nur wild im Nebel der Vermutungen herum?"

Herbert schwieg, den Blick zu Boden gesenkt, waren ihm doch die Argumente ausgegangen. Stattdessen ergriff Hermine das Wort:

"Wir haben in der Wohnung eine Fotografie von Frau Weinmann gefunden, und der Tote wurde mit der gleichen Waffe erschossen, wie Frau Weinmann eine besitzt!"

"Und haben Sie die Waffe?"

"Nein, Herr Kriminaloberrat! Frau Weinmann hat ihre aber nicht gefunden, als wir sie danach gefragt haben!"

"Gibt es Zeugen?" fragte KOR Becker weiter.

"Nein, leider nicht!" antwortete Hermine. Kollege Dörr war nach wie vor in tiefes Schweigen gehüllt.

"Na gut!" sagte der wieder etwas ruhiger gewordene Kriminaloberrat. "Dann führen Sie diese Befragung durch. Ich möchte jedoch, dass Sie das machen, Frau Bauer!"

"Ich?" fragte Hermine ganz erstaunt.

"Ja, Sie!" antwortete KOR Becker. "Oder trauen Sie sich das nicht zu?"

"Ja, schon!" antwortete Hermine, "wenn Sie das so wünschen?"

"Genauso ist es!" sagte der Kriminaloberrat, "Ihr Kollege wird wohl nichts dagegen haben. Oder?"

Sein Blick war zu KK Dörr gewandert, der sich beeilte zu sagen:

"Aber nein, Herr Kriminaloberrat, wie könnte ich?"

"Dann ist es ja gut! Und jetzt hinaus mit Ihnen und liefern Sie mir bald den Täter oder die Täterin!"

Als Hermine Buffalo mitteilte, dass der KOR Becker wünschte, sie möge die Befragung durchführen, war sie über die Reaktion ihres Chefs überrascht.

"Eine gute Idee! Du kommst als Frau vielleicht besser an sie heran! Also streng dich an und knacke die Nuss!"

Hermine hatte weiche Knie, als sie den Verhörraum betrat.

Neben Frau Weinmann hatte Herr Dr. Heidler, der Anwalt der Familie, bereits Platz genommen. Hermine dokumentierte die Anwesenheit der versammelten Personen und begann mit der Befragung.

"Sie haben vorhin, als wir Sie zuhause aufgesucht haben, gesagt, dass Ihre Pistole nicht auffindbar sei. Ist das richtig?"

"Ja, das stimmt!" antwortete Frau Weinmann. "Und ich glaube, ich kann das jetzt erklären!"

"Wie das?" fragte Hermine.

"Wir hatten vor einigen Tagen einen Einbruch bei uns zuhause, und ich vermute, dass da meine Pistole abhandengekommen ist!"

"Haben Sie diesen Einbruch gemeldet?"

"Nein! Das haben wir nicht!" antwortete Frau Weinmann.

"Und warum nicht, wenn ich fragen darf?"

"Weil der Herr Staatssekretär das nicht wollte. Und schließlich sei ja auch nichts weggekommen!"

Der Herr Anwalt hatte diese Antwort gegeben.

"Das ist die fadenscheinigste Antwort, die man sich denken kann!" sagte Buffalo, der das Verhör hinter der Scheibe mit verfolgt hatte. "Ganz klar, die war es!"

Als hätte Hermine das gehört, fuhr sie mit der Befragung fort:

"Und das fällt Ihnen erst jetzt ein?"

"Ich weiß, das muss jetzt etwas seltsam für Sie klingen, Frau Kommissar, aber es ist die Wahrheit!"

"Anwärterin!" murmelte Hermine vor sich hin und sie war sich nicht sicher, ob sie das glauben sollte.

"Wo waren Sie in der Nacht vom 23. auf den 24. April, in der Zeit zwischen 23:30 und 00.30 Uhr?"

"Das war der vergangene Dienstag? Da war ich zuhause in meinem Bett!" antwortete Frau Weinmann.

"Kann das jemand bezeugen? Ihr Mann vielleicht?"

"Nein! Der war nicht zuhause. Er hatte einen Termin außerhalb und kam erst am nächsten Tag zurück!"

"Es gibt also niemand, der Ihr Alibi bezeugen kann?"

"Stopp!"

Der Anwalt von Frau Weinmann hatte dies mit großem Nachdruck gesagt.

"Wieso reden Sie von einem Alibi? Meine Mandantin steht doch nicht unter Tatverdacht!"

"Doch, Herr Anwalt!" antwortete Hermine.

"Und welches Motiv sollte meine Mandantin für die Tat haben?"

Hermine schluckte. Diese Frage hatte sie sich noch gar nicht gestellt. Und ihre Kollegen wohl ebenso wenig.

"Nun, Frau Kommissar?"

Der Anwalt, welcher die Unsicherheit der Verhörführerin bemerkt hatte, drängte nun auf eine Antwort.

"Eifersucht!" platzte es aus Hermine heraus.

"Gut gemacht, Hermes!" frohlockte Buffalo hinter der Scheibe.

"Haben Sie einen Haftbefehl für Frau Weinmann?" fragte der Anwalt.

Hermine antwortete: "Ich unterbreche die Vernehmung und verlasse für kurze Zeit den Raum!"

"Was soll ich jetzt machen, Chef?" fragte sie Buffalo. "Haben wir einen Haftbefehl?"

"Nein!" antwortete Buffalo, "die Hexe stellt mir keinen aus!"

Staatsanwältin Hirlinger hatte Buffalo ganz einfach ausgelacht, als er sie um einen Haftbefehl bat.

"Schick sie nach Hause. Aber sie soll sich zu unserer Verfügung halten!" sagte Buffalo zu Hermine.

Hermine ging zurück in den Verhörraum, setzte sich vor das Mikrofon und dokumentierte das Ende der Befragung.

Beim Hinausgehen reichte Frau Weinmann Hermine die Hand. Hermine schämte sich fast ein wenig und mit leiser Stimme sagte sie:

"Es tut mir leid, Frau Weinmann; bitte entschuldigen Sie!"

Und Frau Weinmann lächelte Hermine an und sagte:

"Es ist schon gut. Auf Wiedersehen, Frau Kommissar!"

Und Hermine murmelte wieder leise vor sich hin: "Anwärterin; ich bin nur Anwärterin!"

****

"Hallo, Petra!"

"Was willst du?"

"Mit dir reden; fragen, wie es dir geht?"

Wilhelm Büffel versuchte ein Gespräch mit seiner Tochter in Gang zu bringen, was jedoch auf wenig Gegenliebe stieß.

"Gehst du noch in die Therapie?"

"Gelegentlich. Wenn ich nichts Besseres vorhabe!

"Du solltest regelmäßig hingehen; das weißt du doch!"

Es folgte ein langes Schweigen.

"Petra! Bist du noch dran?"

Es folgte ein kurzes Klicken. Petra hatte das Gespräch beendet. Wilhelm Büffel nahm ein Bild in die Hand, welches auf dem Kamin stand.

Es zeigte ihn mit seiner Frau und Tochter Petra. Der alte Büffel bekam feuchte Augen, als er daran dachte, dass sie einmal eine glückliche Familie waren...

****

"Herrschaften, ich will Ergebnisse! Und zwar schnell!"

Damit begrüßte Buffalo seine Mannschaft. Und zu Hermine und Herbert sagte er:

"Ihr geht zur Uni und befragt seine Kommilitonen. Irgendwer wird ihn schon gekannt haben!"

"Und du, Meister Brenner, findest heraus, ob es irgendwelche Verwandte oder Freunde gibt!"

"Warum darf ich nicht einmal mit in den Außendienst?" fragte KHM Brenner enttäuscht.

"Weil du hier nützlicher bist, mein Freund!" antwortete Buffalo. "Und weil du ein Spezialist im World Wide Web bist!"

KHM Brenner war überrascht über den Sprachduktus seines Herrn, von dem er überzeugt war, dass die moderne Technologie blanker Horror für den alten Mann darstellen musste.

Herbert und Hermine hatten im Immatrikulationsamt der Universität herausgefunden, für welches Studienfach der Ermordete sich eingeschrieben hatte.

Dort erfuhren sie auch, in welchem Hörsaal seine Kommilitonen anzufinden wären. Der Dozent, welcher gerade seine Vorlesung hielt, stellte die Kriminalbeamten vor.

"Diese beiden Herrschaften sind vom Polizeipräsidium und haben ein paar Fragen an Sie!"

KK Dörr sprach die Studenten an und seine Kollegin ließ Fotos des Ermordeten durch die Reihen gehen.

"Kennt jemand von Ihnen die Person auf dem Foto?" fragte KK Dörr. "Wenn ja, dann möge der- oder diejenige bitte zu uns hierherkommen!"

Zum großen Erstaunen der beiden Kriminalisten meldete sich niemand.

"Das kann doch nicht sein!" rief Herbert laut, "irgendjemand muss diesen Mann doch kennen. Er hat schließlich hier mit Ihnen studiert!"

"Bitte, schauen Sie sich das Bild noch einmal ganz genau an!" mischte sich jetzt Hermine ein. "Es ist sehr wichtig für uns!"

Allgemeines Schulterzucken war die einzige Reaktion darauf.

"Es tut mir sehr leid!" sagte der Dozent, "aber wie Sie sehen, ist dieser Mann hier nicht bekannt! Ich möchte Sie daher ersuchen den Hörsaal zu verlassen, damit ich die Vorlesung fortsetzen kann!"

"Verstehst du das?" fragte Herbert Hermine, als sie wieder draußen waren.

"Nein!" antwortete Hermine, "wie denn auch!"

Sie wollten gerade in den Wagen steigen, als ein junger Mann auf sie zutrat.

"Entschuldigen Sie bitte!", sagte er in holprigem Deutsch, "ich möchte Sie kurz sprechen!"

Der junge Mann, dem Aussehen nach Schwarzafrikaner, war ihnen aus dem Hörsaal gefolgt.

"Ich kenne den Mann auf dem Bild!" sagte er und schaute die beiden Kriminalbeamten erwartungsvoll an. "Das ist Abasi Okonjo!"

"Und wieso haben Sie sich vorhin nicht gemeldet?" fragte Herbert misstrauisch.

"Weil ich keine Schwierigkeiten haben möchte!"

"Was für Schwierigkeiten?" fragte Hermine.

"Der Mann auf dem Foto ist kein guter Mann!" begann der plötzlich aufgetretene Informant. "Er hat mit Drogen gehandelt!"

"Wieso wissen Sie das?" fragte Herbert.

"Das weiß hier jeder!"

"Und wieso hat sich vorhin keiner gemeldet, als wir gefragt haben?"

Der Schwarzafrikaner zuckte mit den Schultern und grinste breit.

"Wahrscheinlich, weil sie alle Kunde bei ihm waren", sagte Hermine, "das würde auch die teuren Klamotten erklären!"

Herbert hatte ein Foto aus der Tasche gezogen und hielt sie dem jungen Mann entgegen.

"Kennen Sie diese Frau?" fragte er.

"Oh ja!" antwortete der Befragte. "Diese Lady hat Abasi öfter mit dem Auto abgeholt!"

"Mit was für einem Auto?" fragte Hermine.

"Mit einem blauen BMW!"

Hermine und Herbert sahen sich verwundert an. Sie wussten, dass Veronika Weinmann ein solches Auto fuhr.

"Sie müssen Ihre Aussage noch zu Protokoll geben!" sagte Herbert und gab ihm eine Visitenkarte. "Morgen Vormittag 10:00 Uhr auf dem Präsidium!"

"Geht auch am Nachmittag?" fragte der Informant, "am Vormittag habe ich Vorlesung!"

"Kein Problem!" sagte Herbert, "dann eben Nachmittag um 14:00 Uhr!"

"Danke!" sagte der junge Mann, gab den beiden Kriminalisten die Hand und ging wieder zurück auf das Universitätsgelände.

Als am nächsten Tag die Zeit schon deutlich über 14:00 Uhr gewandert war, fragte Buffalo nach dem Verbleib des Zeugen.

"Ruf ihn an!" forderte er Herbert auf. "Oder sollen wir hier ewig warten?"

Herbert windete sich hin und her, bevor er Buffalo gestand, dass er keine Telefonnummer des Zeugen habe.

"Dann fahr hin und hole ihn!" sagte Buffalo gereizt.

"Das geht auch nicht!" entgegnete Herbert, "wir haben keine Adresse von dem Mann!"

"Aber doch wenigstens seinen Namen!"

Buffalo war um einige Grade lauter geworden, befürchtete er doch die Antwort, die er gleich bekommen würde.

"Nein!"

"Was?" schrie Buffalo. "Ist das hier ein Kindergarten oder ein Polizeirevier?"

"Es tut mir leid, Chef!" stammelte Herbert, "aber der Zeuge war total vertrauenswürdig!"

"Siehst du das auch so?" fuhr Buffalo nun Hermine an. "Dann sehe ich schwarz mit deiner Laufbahn als Kriminalkommissarin!"

Hermine zog es vor zu schweigen. Sie hatte zwar daran gedacht die Personalien des Schwarzafrikaners aufzunehmen, wollte aber ihrem diensterfahrenen Kollegen nicht hineinpfuschen.

"Wenigstens wissen wir jetzt, dass es eine Verbindung zu Frau Weinmann gibt!" sagte Buffalo und ließ ab von den beiden begossenen Kollegen.

Er wandte sich KHM Brenner zu und fragte, ob er bessere Nachrichten habe, was dieser bejahte.

"Ich konnte ein Ehepaar Okonjo finden und ich werde versuchen die Herrschaften zu kontaktieren!"

"Gut gemacht, Meister Brenner; mach das!" sagte Buffalo und klopfte dem jungen Kollegen anerkennend auf die Schultern.

"Ich mache für heute Schluss!" sagte er dann und ging bei der Tür hinaus.

"Verdammter Mist!" erleichterte sich jetzt KK Dörr, "wieso hast du seine Personalien nicht aufgenommen?"

Bevor Hermine darauf reagieren konnte, hatte KK Dörr schon die Tür hinter sich zugemacht.

"Das ist doch eine Unverschämtheit sondergleichen!" ereiferte sich Hermine, "so ein falscher Hund!"

"Na, na!" sagte Kollege Brenner, "nun mal langsam!"

50

"Nichts da!" legte Hermine nach. "Dörr ist der erfahrene Kollege, er hätte das machen müssen!"

Hermine nahm ihre Jacke von der Sessellehne, sagte kurz „bis Morgen!" und ging hinaus. Für heute hatte sie genug.

"Wohin so eilig?"

Hermine hätte Dr. Kleiber fast umgerannt. Sie hatte ihn völlig übersehen.

"Ich brauche frische Luft!" sagte sie, "viel frische Luft!"

"Komm mit!" sagte der Doktor, "ich weiß, wo es viel davon gibt!"

Hermine konnte gar nicht anders; sie musste lachen.

"Dich schickt der Himmel!" sagte sie und Franz antwortete: "Ich weiß!"

"Wo fahren wir hin?" fragte Hermine, als sie neben Franz im Auto saß.

"Ein paar Kilometer außerhalb liegt eine kleine, bewirtschaftete Berghütte. Wir müssen allerdings ein Stück weit zu Fuß gehen!"

"Das macht nichts!" antwortete Hermine, "das wird mir guttun!"

"Ganz sicher sogar!" sagte Franz, "das macht den Kopf wieder frei!"

Als sie auf der Hütte angekommen waren, setzten sie sich auf die kleine Terrasse.

"Der selbstgebackene Apfelstrudel ist die Spezialität hier oben!" sagte Franz. "Den solltest du probieren!"

"Mach ich, Herr Doktor!" scherzte Hermine, die sich wieder einmal in der Nähe des Mannes so sehr geborgen fühlte, und zu dem es sie wie magisch hinzog.

"Wie alt bist du eigentlich?" fragte Hermine ihren väterlichen Freund.

Franz schaute Hermine staunend an und sagte:

"Wieso willst du das wissen?"

"Na, so halt!" antwortete Hermine.

"Niemand fragt den anderen nur so halt!" sagte Franz mit ernster Miene. "Also raus damit; wieso?"

"Habe ich dich jetzt verärgert mit meiner Frage?" sagte Hermine kleinlaut. "Das tut mir leid!"

"Aber nein!" antwortete Franz, "ich bin nur überrascht! Und wenn du es unbedingt wissen willst, ich werde nächsten Monat sechsundfünfzig!"

"Was, so jung bist du noch?" sagte Hermine und lachte.

"Jetzt schlägt's dreizehn!" sagte Franz und er lachte aus vollem Hals, "sehe ich denn schon so viel älter aus?"

"Aber nein!" antwortete Hermine, "natürlich nicht!"

Und nach einer kurzen Pause: "Dann ist der Altersunterschied ja gar nicht so groß!"

Franz wurde mit einem Schlag sehr ernst.

"Was willst du mir denn damit sagen, Kind?"

"Dass ich dich sehr gern habe!" sagte Hermine leise. "Ist das schlimm?"

"Schlimm nicht, du Dummchen!" antwortete Franz, der Hermines Hand ergriffen hatte.

Er ließ sie aber sogleich los und sagte:

"Das ist nicht schlimm, das ist etwas sehr Schönes; aber es ist leider unpassend!"

"Unpassend?"

Hermine hatte das Wort wiederholt und sie sprach es mit leiser Stimme.

"Kann denn die Liebe unpassend sein?"

Franz sah Hermine ins Gesicht und als er sah, dass Tränen in ihren Augen erschienen, sagte er:

"Du bist so beneidenswert jung und ich bin schon ein Auslaufmodell. Du verdienst einen jungen Mann, der dich liebt und der zu dir passt!"

"Magst du mich denn nicht einmal ein bisschen?" fragte Hermine und Franz antwortete:

"Ich mag dich sehr und ich bin auch gern dein Freund. Aber Liebe zwischen uns beiden; das geht ganz einfach nicht!"

Dann verlangte er die Rechnung, Als sie zum Auto zurückgingen, brach schon die Dämmerung herein. Franz und Hermine gingen schweigend nebeneinander, ein jeder in seine Gedanken versunken, die sich so ähnlich waren und doch so verschieden.

****

"Bekomme ich jetzt endlich meinen Haftbefehl?"

"Du lässt wohl nie locker!" antwortete Miranda.

Buffalo stand im Zimmer der Frau Staatsanwältin und startete einen neuen Versuch.

"Und auf welchen wackeligen Beinen steht dein Antrag dieses Mal?" fragte Miranda.

"Auf festen Beinen!" triumphierte Buffalo, "ich habe einen Zeugen, der die Verbindung des Toten zur Gattin des Herrn Staatssekretärs bestätigen kann!"

Buffalo genoss seinen Auftritt sichtlich, zumal er sah, dass Miranda nachdenklich wurde.

"Und ist der Zeuge verlässlich?" fragte sie.

"Hundertprozentig!" sagte Buffalo, "es ist ein Studienkollege des Ermordeten. Und vergiss nicht, die gnädige Frau hat kein Alibi für die Tatzeit!"

"Na gut!" sagte Miranda, "du bekommst deinen Haftbefehl; obwohl mir ein wenig mulmig dabei ist!"

"Braves Mädchen!" sagte Buffalo und warf Miranda einen Handkuss zu. Dann ging er hinaus.

"Und ich habe dieses Monster einmal geliebt", dachte Miranda und befasste sich mit dem Ausstellen des Haftbefehls.

"Chef, ich habe die „Okonjos" gefunden!" vermeldete KHM Brenner voller Stolz, als Buffalo den Raum betrat. "Ich habe sie für morgen Vormittag einbestellt!"

"Du bist halt doch mein bester Mann, Meister Brenner!" sagte Buffalo und lächelte über den Eifer seines jungen Kollegen.

"Dann können wir wohl den Sack bald zu machen!" ergänzte er, "und Frau Weinmann ihrer gerechten Strafe zuführen!"

"So ist es, Buffalo!"

KHM Brenner fühlte sich im selben Moment, als er dieses gesagt hatte, am Rande eines tiefen Abgrundes. Was hatte er nur getan?

"Verzeihung, Chef!" stammelte er, "das wollte ich nicht! Das ist mir nur so herausgerutscht!"

KHM Brenner bekam einen trockenen Mund und er fühlte sich hundeelend. Das hätte ihm nicht passieren dürfen; niemals!

"Mein lieber Junge!" begann Buffalo, "glaubst du wirklich, ich weiß nicht, dass man mich so nennt?"

KHM Brenner zog es vor nicht darauf zu antworten. Er verharrte in seiner Schockstarre, darauf wartend, dass ihm in den nächsten Minuten der Kopf abgerissen werden würde.

Aber nichts dergleichen geschah. Buffalo Wilhelm Büffel, Kriminalhauptkommissar mit unwahrscheinlich vielen Dienstjahren und einer unglaublichen Verbrechensaufklärungsquote sah Meister Brenner lange an und sagte dann:

"Mein lieber Alfred, du leistest so gute Arbeit, dass ich dir das soeben Geschehene nachsehen will. Betrachte es als Anerkennung oder als kleine Belohnung. Aber sage dieses Wort niemals im Beisein anderer!"

KHM Alfred Brenner, ehemals „Meister Brenner", wurde von einem Glücksgefühl nie gekannter Art heimgesucht. Er war gerade mit Müh und Not dem Schlimmsten entgangen, was man sich nur vorstellen konnte: dem Heiligen Zorn von KHK Buffalo Büffel.

****

"Wo ist KHK Büffel?"

Es war Frau Staatsanwältin Hirlinger, welche mit starrem Blick vor KK Dörr stand und ihn anbrüllte.

"Er ist noch nicht da!" antwortete KK Dörr.

"Dann schaffen Sie ihn schleunigst herbei und bringen ihn zu mir!"

"Jawohl!" sagte KK Dörr. Er war aufgestanden und hatte Haltung angenommen wie ein Soldat vor seinem General. Mit Miranda war nicht gut Kirschen essen, das wusste jeder.

KK Dörr wählte die Nummer seines Chefs.

Eine krächzende Stimme meldete sich mit einem schwachen "Hallo?"

"Chef, bist du das?" fragte KK Dörr zögerlich.

"Wer denn sonst, du Esel!" kam die Antwort, "oder hast du vielleicht die Nummer vom Papst gewählt?"

"Nein Chef!"

"Was willst du?" fragte Buffalo.

"Miranda will dich sehen! Sie ist stinksauer!"

"Was will sie denn?"

"Das weiß ich nicht!" antwortete KK Dörr. "Und außerdem kommen heute Vormittag die Eltern des Ermordeten. Ich warte mit der Befragung, bis du kommst!"

"Das machst du nicht!" sagte Buffalo und erstickte beinahe an einem heftigen Hustenanfall. "Ich muss zum Arzt und komme wahrscheinlich erst morgen wieder ins Büro. Und sage der alten Hexe, dass ich krank bin!"

"Mache ich, Chef! Und gute Besserung!"

Buffalo hörte das nicht mehr, denn er hatte das Gespräch bereits beendet.

KK Dörr wählte die Nummer der Staatsanwaltschaft, um die Krankmeldung seines Chefs Miranda Hirlinger mitzuteilen.

****

"Die Befragung des Ehepaars Okonjo hat nicht wirklich etwas gebracht!" sagte KK Dörr, als Buffalo am nächsten Morgen zum Dienst erschien.

"Ich möchte die Aufzeichnung der Befragung trotzdem sehen!" antwortete Buffalo. "Aber zuerst mache ich der alten Hexe meine Aufwartung!"

"Guten Morgen, du Schönste aller Schönen!"

Buffalo konnte es sich nicht verkneifen Miranda auf diese Weise zu begrüßen.

"Setz dich, Super-Detektive Buffalo und halt deine Klappe!"

Die Art, wie Miranda das sagte, machte Buffalo stutzig. Normalerweise antwortete Miranda mit einem ähnlich flapsigen Spruch. Sie waren zwar schon sehr lange kein Paar mehr; aber sie pflegten dennoch einen Umgang, den man durchaus vertraut und auch freundlich nennen konnte.

"Schlecht geschlafen, Hoheit?"

"Überhaupt nicht, du hirnloser Ochse!"

"Jetzt aber langsam, Frau Staatsanwalt! Was ist denn los?"

"Was los ist, fragst du?"

Die Stimme von Miranda war laut geworden und sie überschlug sich fast, als sie fortfuhr:

"Du hast mich beim Haftprüfungstermin ins offene Messer laufen lassen!"

"Was meinst du damit?" fragte Buffalo.

"Der Anwalt von Frau Weinmann wollte die schriftliche Aussage deines Zeugen einsehen, die ich nicht hatte, weil es ja keine gibt! Oder hast du vielleicht inzwischen eine auftreiben können?"

"Natürlich nicht!" antwortete Buffalo, "und du weißt auch, warum das so ist!"

Miranda sah ihr Gegenüber lange an. Dann sagte sie:

"Du bist einer der fähigsten Ermittler, der je in diesem Präsidium gearbeitet hat. Kannst du mir sagen, wie dieser unverzeihliche Fehler passieren konnte?"

"Menschliches Versagen?" bot Buffalo der Staatsanwältin an. "Wir machen doch alle einmal einen Fehler; oder etwa nicht?"

Miranda hatte ihre Fassung wiedergewonnen. Mit brüchiger Stimme sagte sie:

"Das war der schwärzeste Tag in meiner ganzen Laufbahn. Der Richter hat mich aussehen lassen wie ein kleines Schulmädchen. Die „Oberstaatsanwältin" ist hiermit in weite Ferne gerückt!"

"Das tut mir aufrichtig leid, Miranda!" sagte Buffalo und sein Mitgefühl kam aus dem Herzen, nicht aus dem Hirn.

"Ist schon gut!" sagte Miranda. "Alles ist gut!"

Buffalo war aufgestanden, um zu gehen.

"Der Richter hat Frau Weinmann auf freien Fuß gesetzt!"

Buffalo nickte und ging hinaus.

"Was wollte die alte Hexe?" fragte KK Dörr, als Buffalo zurück war.

"Für dich immer noch Frau Staatsanwältin!" sagte Buffalo mit energischer Stimme. "Schreib dir das gefälligst hinter die Ohren!"

"Willst du jetzt die Aufzeichnung der Befragung sehen?"

KK Dörr zeigte Buffalo die Aufzeichnung vom Vortag. Die Eltern von Abasi Okonjo waren zwei freundliche, gut gekleidete Menschen, welche tief bestürzt über den Tod ihres Sohnes waren.

"Aufzeichnung der Befragung zum Mordfall Abasi Okonjo durch KK Dörr. Anwesend sind Lambert O-konjo und Ehefrau Anneliese Okonjo, geborene Wiegand. Beginn der Befragung 10:15 Uhr."

"Wer hat meinen Sohn ermordet?" fragte Lambert Okonjo, der Vater des Toten.

"Das wissen wir noch nicht!" antwortete KK Dörr, "die Ermittlungen laufen noch!"

"Unser Sohn hat noch nie etwas Böses getan!" sagte die Mutter, "warum wurde er ermordet?"

KK Dörr stutzte, bevor er auf diese Frage einging.

"Ihr Sohn hatte vermutlich mit der Rauschgift-Szene etwas zu tun!"

"Was?" schrie Lambert Okonjo. Er war aufge-sprungen und schrie weiter:

"Mein Sohn ist kein Junkie!"

"Das sagte ich auch nicht!" antwortete KK Dörr, sichtlich erschrocken über den Temperamentsaus-bruch des Mannes. "Er hat damit gedealt! Er selbst hat nichts genommen!"

"Wie kommen Sie auf diesen Unsinn?"

"Ihr Sohn war nur ein armer Student und hatte in seinem Kleiderschrank lauter Designerklamotten!"

Das war dem Vater des Ermordeten zu viel. Seine Augen drohten aus ihrer Höhle zu treten und er hatte offensichtlich seine Verfassung verloren, als er heftig brüllte:

"Wissen Sie, wer ich bin?" fragte Lambert Okonjo. Und nach einer kleinen, aber bedeutsamen Pause fuhr er fort:

"Ich betreibe ein Import/Exportgeschäft und verkehre in Kreisen, zu denen Sie ganz sicher keinen Zutritt haben!"

KK Dörr schaute hilfesuchend zur Rückwand, hinter welcher er seine Kollegen wusste, die ihm jedoch nicht helfen konnten.

"Ich möchte sofort Ihren Chef sprechen!" rief Lambert Okonjo, und sein Blick sagte KK Dörr, dass er dieser Bitte wohl besser nachkommen sollte.

In Ermangelung der Anwesenheit von KHK Büffel, ließ KK Dörr den Herrn KOR Becker ersuchen, er möge doch kurz in den Verhörraum kommen.

"Guten Tag! Ich bin KOR Becker, der übergeordnete Leiter dieser Dienststelle! Wie kann ich helfen?"

"Dieser Mensch behauptet, dass mein Sohn in kriminelle Machenschaften verwickelt war. Das ist eine dreiste Lüge und eine Beleidigung für meine ganze Familie!" wetterte der noch immer sehr erregte Lambert Okonjo.

Der Blick von KOR Becker wanderte von den Eltern des Ermordeten hin zu KK Dörr, um sich mit dessen Hilflosigkeit zu vereinen.

Er war gerade im Begriff Stellung zu dem Vorwurf zu beziehen, als der Mann im edlen Zwirn ihm dieses abnahm.

"Ich werde mich an den Herrn Minister Kleiber wenden! Den werden sie ja wohl kennen. Alles andere besprechen Sie mit Dr. Bernstein! Ich bin hier fertig!"

Lambert Okonjo reichte seiner Gattin die Hand und sagte:

"Lass uns gehen, Skattebol (was so viel wie „Liebling" bedeutet), hier haben wir nichts mehr zu tun. Ich werde gleich Winni und Johannes anrufen. Die sollen sich der Sache annehmen.

KOR Becker wurde schwarz vor Augen. Das bezog sich nicht auf die Hautfarbe der geschockten Eltern, sondern vielmehr auf die Tatsache, dass er davon ausgehen konnte, dass der Herr Lambert Okonjo sowohl den Minister kannte als auch den Staranwalt Dr. Johannes Bernstein.

Wie sonst hätte er von „Winni" gesprochen, bezogen auf den Herrn Minister Winfried Kleiber und hätte den gefürchteten Anwalt, Herrn Dr. Bernstein, mit dessen Vornamen erwähnt.

"Dörr!" sagte er zu dem verständnislos dastehenden und dreinschauenden Kriminalkommissar, "was haben Sie nur getan? Sie Unglückswurm!"

Dann ging er hinaus und zurück blieb ein Mann, der nur „Bahnhof" verstanden hatte. KK Dörr kannte weder den Minister noch den Anwalt. Ja, dem Namen nach; aber sonst?

"Was sagst du, Chef?" fragte er Buffalo, als sie die Aufzeichnung der Befragung zu Ende geschaut hatten.

Buffalo war blass geworden.

"Das ist eine Katastrophe!" sagte er.

"Das hat der KOR Becker auch schon gesagt!" erwiderte KK Dörr, "aber ich weiß noch immer nicht, warum?"

"Das waren auch ganz sicher die Eltern des Ermordeten?" fragte Buffalo, "hast du das überprüft?"

"Was denkst du denn?" sagte KK Dörr mit leicht beleidigter Stimme, "ich bin doch kein Anfänger!"

Buffalo sah seinen Kollegen bedeutungsvoll an. Kurz darauf ließ er KK Dörr in seiner Ungewissheit zurück und verließ den Raum.

Was er gerade gesehen hatte, war schon starker Tobak. Die Indizienkette, von der er geglaubt hatte, sie wäre stark genug, um Frau Weinmann des Mordes zu überführen, war nur mehr ein dünnes Kinderarmband und kurz davor zu zerreißen.

****

"Wer ist da?" klang die Stimme aus der Gegensprechanlage.

"Ich bin es, dein Vater!"

"Was willst du?" fragte Petra Büffel.

"Ich muss mit dir reden!" antwortete Wilhelm Büffel, "es ist sehr wichtig! Bitte, mach auf!"

Nach ein paar Sekunden des Schweigens, ertönte der Türsummer. Wilhelm Büffel benützte die Treppe, obwohl ein Fahrstuhl vorhanden war.

Auf diese Art blieben ihm noch ein paar Minuten des Nachdenkens, bevor er seiner Tochter gegenübertrat. Es war ein sehr schwerer Gang, der ihm bevorstand und ein wenig fürchtete er sich davor.

Die Tür war geöffnet und leicht angelehnt. Wilhelm ging hinein.

"Hallo, Petra!" sagte er, "vielen Dank, dass du mich empfängst!"

Petra erwiderte den Gruß nicht. Sie sagte nur in einer leicht schnippischen Art:

"Was ist so wichtig, dass du mich zuhause aufsuchst?"

"Darf ich mich setzen?" fragte Wilhelm, der noch mitten im Zimmer stand.

Petra antwortete wieder nicht. Sie wies nur mit der Hand auf die im Raum befindlichen Sitzmöbel.

"Ich werde sterben!" sagte Wilhelm tonlos.

"Na und?" sagte Petra, "müssen wir das nicht alle einmal?"

"Ich werde sehr bald sterben!" sagte Wilhelm und sah seiner Tochter in die Augen.

Petra starrte ihren Vater lange an und dann sagte sie nur das eine Wort:

"Wieso?"

"Weil ich einen Tumor habe!"

"Was für einen Tumor?" fragte Petra und ihr Tonfall hatte sich verändert.

"Das spielt keine Rolle!" antwortete Wilhelm, "ich habe einfach nur einen Tumor!"

"Kann man das nicht operieren?"

"Er ist inoperabel! Er wurde zu spät entdeckt!"

"Wie lange noch?"

Wilhelm musste an sich halten. Er hasste diese Art. Petra hatte sie schon als Kind. Sie wurde offensichtlich schon als Pragmatikerin geboren.

"Ein paar Wochen, vielleicht einen Monat!"

Petra zeigte sich jetzt doch ergriffen.

"Das tut mir leid, Papa!"

Wilhelm schluckte. Dieses Wort hatte seine Tochter schon viele Jahre nicht mehr verwendet.

"Das ist lieb von dir!" sagte Wilhelm und lächelte.

"Möchtest du vielleicht etwas trinken?" fragte Petra, "Tee oder Kaffee?"

"Hast du auch etwas Stärkeres?" fragte Wilhelm.

"Natürlich!" antwortete Petra und holte eine Flasche Cognac und zwei Gläser.

"So etwas Feines hast du?" sagte Wilhelm, als er einen Blick auf das Etikett machte.

"Der ist noch von Mama!" antwortete Petra und verstärkte dadurch die Schwere der Atmosphäre, welche den Raum erfüllte.

"Erst Mama und jetzt du!" sagte Petra und begann zu weinen. All die Zwistigkeiten der letzten Jahre und der abgrundtiefe Hass, der zwischen Tochter und Vater stand, löste sich in Nichts auf.

Es schnürte Wilhelm die Kehle zu. Er hätte Petra so gern in den Arm genommen, konnte es aber nicht.

"Weine nicht, Liebes!" versuchte er seine Tochter zu trösten.

Petra ging zu ihrem Vater und umarmte ihn. Wilhelm erschreckte sich. Mit dem hatte er nicht gerechnet.

"Kann ich irgendetwas für dich tun?" fragte Petra.

"JA!", antwortete Wilhelm, "das kannst du!"

"Sag es bitte! Egal was es ist; ich mache es!"

Petra hatte es mit Nachdruck gesagt und ihrem Vater dabei fest in die Augen gesehen.

"Lass uns in der Zeit, die mir noch bleibt, so viel Zeit gemeinsam verbringen, wie nur möglich!"

"Aber ja doch!" sagte Petra, "das machen wir!"

Und dann sagte sie etwas, was Wilhelm beinahe umwarf:

"Ich richte dir das Gästezimmer her und du wohnst ab sofort bei mir!"

"Das geht nicht!" sagte Wilhelm.

"Warum geht das nicht?"

"Ich muss noch einiges erledigen!" antwortete Wilhelm, "aber wenn ich merke, dass es mir schlechter geht, dann werde ich gern auf dein liebes Angebot zurückkommen. Wäre das in Ordnung für dich?"

"Und du machst das auch ganz bestimmt?"

"Ganz bestimmt!" antwortete Wilhelm. "Versprochen!"

****

"Hör zu, Herbert! Du gehst in die Asservatenkammer, besorgst dir eine kleine Menge Stoff und fährst damit zu Bruno!" sagte Buffalo zu KK Dörr.

"Wozu das Ganze?" fragte KK Dörr.

"Ich will wissen, wie unser toter Bimbo zu dem Koks gekommen ist!"

"Und du glaubst, von Bruno erfährst du das?"

"Wenn jemand etwas darüber weiß, dann unser lieber Bruno!" sagte Buffalo.

"Soll ich noch jemand mitnehmen?" fragte Herbert.

"Ja!" antwortete Buffalo, "am besten den Polizeipräsidenten! Und die kleine Bauer!"

KK Dörr fuhr mit Hermine in die Bar von Bruno Kowalski, um ihm das kleine Päckchen Kokain unterzujubeln.

Bruno war eine gewisse Größe im Rotlichtmilieu und genoss den persönlichen Schutz von Buffalo. Die beiden kannten sich von Kindesbeinen an. Bruno hatte in jungen Jahren Wilhelm Büffel vor dem Ertrinken gerettet.

"Hallo, Herbi!" begrüßte Chantal, die eigentlich Herta Müller hieß, den neuen Gast. Sie war quasi die Empfangsdame des Etablissements. Hermine beachtete sie gar nicht.

"Ist dein Überlaufventil kaputt? Können wir dir bei der Reinigung behilflich sein?"

Herbert nahm gelegentlich die Dienstleistung durch eine von Brunos Damen in Anspruch. Zu einer Ehefrau hatte er es bisher noch nicht gebracht, und eine Freundin hatte er auch nicht.

"Nein!" antwortete Herbert, der sich an die zweideutigen Sprüche von Chantal schon längst gewöhnt hatte. "Gib mir einfach ein Bier!"

Er schaute verstohlen zu Hermine, die jedoch keinerlei Reaktion erkennen ließ.

"Wie geht es dem Büffel?" fragte Chantal, "er hat sich schon lange nicht mehr bei uns blicken lassen."

"Viel Arbeit!" antwortete Herbert, "keine Zeit!"

Es war noch früh am Abend und dennoch war die Bar schon recht gut besucht.

"Kannst du Bruno Bescheid sagen, dass wir hier sind!" sagte Herbert zu Chantal und Chantal sah Herbert misstrauisch an.

"Was willst du von Bruno?" fragte sie, "du weißt, Bruno lässt sich nur ungern stören!"

"Das sage ich ihm, wenn er da ist! Jetzt geh schon und hole ihn!"

Als Chantal in Richtung Büro ging, um Bruno zu holen, ging Herbert hinter den Tresen und öffnete eine Schublade.

"Ja, was haben wir denn da?" sagte er laut und hielt ein Päckchen in der Hand. Er sagte es so laut, dass einige der Gäste aufmerksam wurden.

In der Zwischenzeit war Chantal zurückgekommen, gefolgt von ihrem Boss, Bruno Kowalski.

"Was machst du da, Herbi?" rief Bruno schon von weitem, als er sah, was Herbert in die Höhe hielt.

"Für Sie Kriminalkommissar Dörr, wenn ich bitten darf, Herr Kowalski!"

"Das hat mir das Schwein untergejubelt!" schrie Chantal hysterisch.

"Halt deine Klappe!" fuhr sie Bruno an, der ein größeres Aufsehen zu verhindern versuchte.

"Wollen Sie meinem Kollegen unterstellen, dass er Ihnen dieses Päckchen untergeschoben hat?" mischte sich nun auch Hermine ein.

Herbert hatte Hermine bei der Herfahrt über den Plan Buffalos informiert, über Bruno vielleicht an die Hintermänner zu gelangen, welche dem Ermordeten das Koks besorgt haben könnten.

"Sie begleiten uns jetzt bitte auf das Präsidium, Herr Kowalski, und Sie kommen gleich mit, verehrte Dame!" sagte Herbert zu Chantal, die seine Aufforderung mit einem giftigen Blick quittierte.

"Guten Abend, Bruno!" sagte Buffalo, "lange nicht mehr gesehen!"

"Hallo Willi!" antwortete Bruno Kowalski.

Die beiden Männer saßen sich im Verhörraum gegenüber und lächelten sich an.

"Was soll der Scheiß mit dem Koks?"

"Was meinst du?" sagte Buffalo.

"Lassen wir das Katz-und-Maus-Spiel, Willi! Sage mir einfach, was du willst!"

"Ich brauche deine Hilfe, Bruno!"

"Und da ziehst du in meiner Bar so eine Schau ab? Das ist Geschäftsschädigung!"

"Sacht, sachte, lieber Freund!" sagte Buffalo, "du vergisst, was wir bei dir gefunden haben!"

"Für wie dumm hältst du mich eigentlich?"

"Darauf geb ich dir lieber keine Antwort!" sagte Buffalo, "der alten Zeiten wegen!"

"Um was geht es denn?" fragte Bruno.

"Um Mord!" antwortete Buffalo.

"Waas?" rief Bruno entsetzt, "um Mord?"

"Nicht direkt!" antwortete Buffalo, "um die Begleitumstände bei einem Mord!"

"Jetzt verstehe ich überhaupt nichts mehr!" sagte Bruno, "ich glaube, ich brauche etwas zu trinken! Hast du ein Bier?"

Buffalo lachte. "Du weißt, dass das nicht geht! Ich kann dir einen Kaffee bringen lassen, wenn du willst!"

"Lass stecken!" sagte Bruno, "ich trinke kein Spülwasser aus dem Automaten!"

Buffalo lachte erneut. "Du änderst dich wohl nie!"

"Genauso wenig wie du, mein Freund!"

Dann erzählte Buffalo Bruno Kowalski von dem Kokainfund in der Wohnung des Mordopfers. Er zeigte ihm eine Fotografie des Toten und fragte ihn, ob er diesen „schwarzen Mann" schon einmal gesehen hat.

"In der Nacht sind alle Katzen grau!" sagte Bruno, "und einen „schwarzen Mann" in schwarzer Nacht, den kann man sowieso nicht erkennen."

Jetzt lachten beide. Herbert, der mit Hermine hinter der Scheibe des Verhörraums saß und alles mitgehört hatte, fiel in das Lachen der beiden Männer mit ein. Lediglich Hermine hielt sich zurück. Sie konnte nichts Lustiges daran erkennen.

"Ich werde mich einmal umhören!" sagte Bruno, "aber versprechen kann ich dir nichts!"

"Ist in Ordnung!" sagte Buffalo, "ich danke dir mein Freund!"

"Und was geschieht jetzt mit dem Koksfund in meiner Bar?" fragte Bruno.

"Nichts, mein Lieber!" antwortete Bruno, "es hat sich wohl um ein Missverständnis gehandelt!"

****

"Guten Abend, Papa! Hattest du einen anstrengenden Tag?"

Petra begrüßte ihren Vater mit einem Kuss auf die Wange und nahm ihm den Mantel ab.

"Guten Abend, mein Schatz!" antwortete Wilhelm, "es ist lieb von dir, dass du fragst! Ja, es war ein anstrengender Tag! Die Arbeit fällt mir jetzt schon recht schwer!"

"Warum lässt du dich nicht beurlauben?"

"Soll ich zuhause herumsitzen und auf den Tod warten?" sagte Wilhelm, "das würde ich nicht aushalten!"

"So meinte ich das doch nicht!" antwortete Petra entschuldigend.

"Ich weiß, mein Schatz!"

"Hast du schon etwas gegessen oder soll ich dir etwas machen?"

"Ich habe etwas gegessen; aber gegen ein Glas Wein hätte ich nichts einzuwenden! Und dann setzt du dich zu mir, denn ich habe eine Überraschung für dich!"

"Was für eine Überraschung?" fragte Petra.

"Erst den Wein - dann die Überraschung!"

Petra goss ein und setzte sich zu ihrem Vater.

"Was hältst du davon, wenn wir morgen zum See fahren, ein Stück hinaus rudern und die Angel auswerfen?"

"Hast du denn morgen Zeit?"

"Den ganzen Tag!" antwortete Wilhelm.

"Das ist ja wunderbar!" begeisterte sich Petra, "auf den See hinaus rudern gern; aber bitte ohne Angel!"

"Du hast das doch früher immer so gern gemacht?" sagte Wilhelm ein wenig enttäuscht.

"Früher, Papa, früher! Da war ich ein kleines Mädchen!"

"Was? So lange ist das schon her?"

"Ja, Papa!" sagte Petra und sah ihren Vater liebevoll an. "Aber du wirst sehen, das wird auch ohne angeln ein schöner Ausflug werden!"

"Das glaube ich auch!"

****

"Wo ist KHK Büffel? Ist der schon wieder unpässlich?"

KOR Becker hatte Buffalos Telefon angewählt und keine Antwort erhalten. Daher fragte er jetzt KK Dörr.

"KHK Büffel hat sich für heute freigenommen!" sagte KK Dörr und schaute in das entsetzte Gesicht seines obersten Herrn.

"Wie bitte?" sagte dieser, "mitten in einer Mordermittlung? Ist der Mensch noch ganz normal?"

KOR Becker und KHK Büffel besuchten zur gleichen Zeit die Polizeischule. Schon damals gingen die beiden verschiedene Wege. Büffel wollte Polizist werden und Becker wollte Karriere machen.

Sie waren sich schon damals nicht grün, und als sie das Schicksal Jahre später auf der gleichen Dienststelle wieder zusammenführte, weckte das nicht gerade freundschaftliche Gefühle. Man pflegte auch von Anbeginn das respektvolle SIE.

"Geben Sie mir seine Handynummer!" sagte KOR Berger und sah KK Dörr auffordernd an.

"Ich weiß nicht..." versuchte KK Dörr sich heraus zu winden; aber KOR Becker fuhr ihn an:

"Ein bisschen plötzlich, wenn ich bitten darf!"

KK Dörr beugte sich dem mächtigen Vorgesetzen und gab ihm die Nummer.

Becker wählte Buffalos Nummer und sein finsterer Gesichtsausdruck verriet deutlich, dass sich am anderen Ende nur die Mailbox gemeldet hatte.

Wutschnaubend verließ KOR Becker das Zimmer, begleitet von einem unverschämten Blick seines Untergebenen.

Was war geschehen? Kein geringerer als der Herr Polizeipräsident persönlich hatte KOR Becker zu sich zitiert und ihm kräftig die Leviten gelesen.

Und nun wollte KOR Becker die Schelte nach unten weiterreichen und konnte nicht.

****

"Ist es nicht wunderschön hier?" sagte Wilhelm, als sie mit dem Boot ein Stück weit vom Ufer entfernt waren.

Er war schon Tage davor an den See gefahren, um die kleine Hütte etwas herzurichten. Hier hatte er mit Margot und der kleinen Petra viele schöne Stunden verbracht.

Wilhelm hatte nie begriffen, warum das eines Tages aufgehört hatte. Lag es daran, dass er sich zu sehr seinem Beruf verbunden fühlte? Oder lag es daran, dass Margot und er sich auseinandergelebt hatten?

Begonnen hatte es damit, dass eines Tages in der Nachbarschaft ein junges Paar über den Sommer eine Hütte gemietet hatte. Es war die Hütte der alten Frau Wörner.

Ihr Mann war verstorben und sie selbst hatte kein Interesse daran die Hütte zu nützen. Sie hatte - ähnlich wie bei Wilhelm - ihrem Mann zum Angeln gedient.

Man kam sich schnell näher, zumal das junge Paar einen Sohn im Alter Petras hatte. Die beiden Kinder freundeten sich schnell an, und so war es unvermeidlich, dass auch die Eltern sich näherkamen.

Mojo und Heidi nannten ihren kleinen Sonnenschein liebevoll „Simba", weil er eine Mähne wie ein Löwe hatte.

Bei Margot und Mojo, Heidis Ehemann, hatte es schon bei der ersten gemeinsamen Begegnung gefunkt. Wilhelm hatte es wohl bemerkt, aber nichts gesagt.

Es waren die wilden "Siebziger", in denen "Flowerpower" und "Make love - not war!" an der Tagesordnung waren. Dazu gehörte auch ab und zu das Rauchen eines "Tütchens".

Während Margot und die Nachbarn sich - als nicht angepasste Mitglieder des Establishments - diesem Zeitgeist voll hingaben, hielt sich Wilhelm eher zurück.

Er stand am Anfang seiner Polizeilaufbahn und da hätte sich der Konsum von Haschisch in seiner Personalakte nicht so gut gemacht.

Im selben Maße, wie sich Margot von Wilhelm, dem Spießer, immer mehr abwendete, wendete sich Wilhelm der Referendarin Miranda Hirlinger zu.

In einer lauen Sommernacht passierte es dann.

Das "Trio Infernale", wie Wilhelm seine Ehefrau und die Nachbarn nannte, hatten wieder einmal heftig Party gefeiert.

"Lasst uns baden gehen!"

Auf diesen Vorschlag von Mojo hin, sprangen die drei, nackt wie Gott sie schuf, in den See. Der viele Alkohol und das eine oder andere "Tütchen" waren wohl schuld daran, dass Margot nicht mehr wiederkam.

Sie wurde erst am übernächsten Tag aus dem See geborgen. Wilhelm war in dieser Nacht nicht am See. Er hatte sie zusammen mit Miranda verbracht.

Als er von dem Unfall erfuhr, war er sofort an den See gefahren. Petra lief auf ihren Vater zu und trommelte wie wild gegen dessen Brust.

"Du bist schuld, dass Mama tot ist!" schrie sie laut, "wieso warst du nicht da?"

Wilhelm versuchte seine Tochter zu beruhigen; aber nur mit mäßigem Erfolg. Petra wiederholte den Vorwurf wieder und wieder.

Wie hätte er dem Kind erklären sollen, warum er so selten am See war, und warum ihre Mutter sich so verantwortungslos verhalten hatte.

"Wo bist du mit deinen Gedanken, Papa?" fragte Petra, die auf Wilhelms Frage geantwortet hatte, ohne dass dieser es wahrnahm.

"Entschuldige, Liebes!" antwortete Wilhelm, "ich musste gerade an früher denken! Das macht das Alter!"

Wilhelm bemühte sich entspannt zu wirken; aber die Erinnerung ließ ihn nicht los.

Nach dem Tod von Margot hatte Wilhelm die kleine Petra in ein Internat geschickt, wo sie bis zu ihrem Abitur geblieben ist. Die Verbindung zu Mojo und Heidi brach er damals sofort ab.

Später begann Petra mit ihrem Studium an der Universität. Zu jener Zeit begann auch die Entfremdung von Vater und Tochter.

Petra, inzwischen zu einer hübschen, jungen Frau herangereift, sah ihrer Mutter sehr ähnlich. Wenn Wilhelm seine Tochter ansah, kamen all die schmerzlichen Erinnerungen an eine Ehe zurück, die keine war.

Schon lange vor dem tragischen Unfall hatte Wilhelm eine gegenseitige Lebensversicherung abgeschlossen. Das bedingte schon sein gefährlicher Beruf.

Er wollte, dass im Todesfall die Familie abgesichert wäre. Nur dass er dabei ggf. an seinen Tod gedacht hatte und nicht an den von Margot.

Mit der Versicherungssumme, die er nach der Auszahlung angelegt hatte, kaufte er Petra eine kleine Wohnung, damit sie diese während ihres Studiums nützen konnte.

Anfangs schaute Wilhelm noch öfter bei seiner Tochter vorbei; aber mit der Zeit wurden seine Besuche immer weniger.

Das Schicksal geht oft verschlungene Wege. Hatte sich Wilhelm damals von den Nachbarn am See losgesagt, so hielten die Kinder noch weiter Kontakt.

Wilhelm, der davon wusste, unterband es nicht. Er mochte den kleinen Simba, und Kinder können ja nun einmal nichts für die Fehler ihrer Eltern.

Und so geschah es dann auch, dass es an der Uni ein Wiedersehen zwischen Petra und Simba gab. Sie belegten zwar nicht dasselbe Studienfach, verbrachten aber dennoch viel Zeit miteinander.

"Hast du eigentlich noch Kontakt zu Simba?" fragte Wilhelm seine Tochter.

"Wie kommst du denn gerade jetzt darauf?"

Petra schaute ihren Vater erstaunt an. Sein Verhalten verwirrte sie; ja es machte ihr sogar fast ein wenig Angst.

"Wie schon gesagt, das Alter! Erinnerungen eben!"

Wilhelm bemühte sich erneut um Lockerheit. Als er es nicht wirklich zustande brachte, sagte er:

"Schluss mit den alten Sachen! Ich habe Hunger! Und wie ist es mit dir?"

"Gegen eine Kleinigkeit zu essen wäre grundsätzlich nichts einzuwenden!" antwortete Petra. "Und was deine Frage von vorhin betrifft, Simba ist vor einem halben Jahr gestorben; Überdosis!"

Wilhelm zuckte zusammen. Sein Gesicht wurde aschfahl. "Gestorben?" murmelte er tonlos.

"Ja!" antwortete Petra, "an einer Überdosis! Ist nicht schade um den Mistkerl!"

Petra sah, wie ihr Vater immer blasser wurde.

"Ist dir nicht gut?" fragte sie.

"Ein kleiner Schub!" sagte Wilhelm, "ist gleich wieder vorbei. Das Essen wird mir guttun!"

"Soll ich nicht lieber zurück rudern?" fragte Petra.

"Wo denkst du hin?" sagte Wilhelm, "das ist Männersache!"

****

"KOR Becker hat schon mehrmals nach dir gefragt!" sagte Herbert. "Wieso war dein Handy ausgeschaltet?"

"Ich habe doch auch ein Recht auf ein wenig Privatsphäre; oder etwa nicht?" antwortet Buffalo gereizt.

"Ich bin nur der Überbringer der Nachricht!" sagte KK Dörr. "Deswegen musst du mich nicht anpflaumen!"

"Entschuldige bitte, Herbi!" sagte Buffalo, "mir geht es heute nicht so toll!"

"Ist schon gut!" sagte Herbert.

"Dann gehe ich den Herrn einmal besuchen! Mal sehen, was er will!" sagte Buffalo, ging bei der einen Tür hinaus und bei der nächsten hinein.

"Was ist so dringend, mein König, dass Ihr nach mir schicktet?"

Mit diesen Worten trug Buffalo nicht gerade zur Hebung der Stimmung seines Vorgesetzten bei.

"Das Lachen wird Ihnen noch vergehen, Büffel! Ich werde ein Disziplinarverfahren gegen Sie einleiten!"

Diese herablassende Art ihn mit seinem Nachnamen anzureden, und das im gleichen Atemzug angekündigte Disziplinarverfahren, wurmten Buffalo dermaßen, dass ihm der Kragen platzte.

Er ging direkt hin zu seinem Vorgesetzen, beugte sich nach vorn und stützte sich mit beiden Händen auf der Schreibtischplatte auf.

"Du arrogantes, aufgeblasenes Arschloch, ich will dir einmal etwas sagen!"

"Treten Sie sofort ein paar Schritte zurück und duzen Sie mich nicht!"

Die Stimme des angsterfüllten KOR Becker überschlug sich.

"Der kleine Theobald wird doch keine Angst haben?"

KOR Becker wollte zum Telefon greifen, aber Buffalo hinderte ihn daran.

"Du wirst mir jetzt zuhören, du Sackgesicht!" fuhr Buffalo fort, "und danach kannst du um Hilfe rufen!"

KOR Becker nickte und Buffalo zog sich einen Stuhl heran.

"Meine Tage in diesem Präsidium sind gezählt und in ein paar Tagen werde ich verschwunden sein. Ich habe noch genügend Überstunden und Resturlaub, den ich nehmen kann.

In dieser Zeit wirst du meine Mannschaft gut behandeln. Ich meine damit, dass du ihnen mit Respekt und Höflichkeit begegnen wirst. Sollte dir das aus irgendeinem Grund nicht gelingen, so wirst du das bitter bereuen! Das verspreche ich dir!

Ich habe nichts mehr zu verlieren; denke stets daran. Wie du weißt, mache ich keine leeren Drohungen, und ich halte meine Versprechen!

Hast du das alles verstanden, mein lieber, kleiner Theobald?"

KOR Becker nickte. Er mochte KHK Büffel zwar nicht; aber zum Feind machen wollte er sich ihn auf gar keinen Fall.

"Jetzt kannst du die Kavallerie rufen, wenn du möchtest!" sagte Buffalo beim Hinausgehen. "Aber ich denke, das wäre keine so gute Idee!"

KHK Büffel ging noch ein paar Türen weiter und klopfte bei der Frau Staatsanwalt an.

"Hallo, Miranda!" sagte er, nachdem er herein gebeten worden war.

"Bist du krank?" begrüßte ihn Miranda, "kein lockerer Spruch? Du machst mir Angst!"

"Ich war gestern mit Petra am See!" sagte Wilhelm.

"Aha!" sagte Miranda und sah Wilhelm ins Gesicht. "Habt ihr wieder Kontakt?"

"Ja!", sagte Wilhelm, "seit ein paar Wochen!"

"Und geht das gut?"

"Besser, als ich gedacht hatte!"

"Das freut mich, Willi!"

Miranda wunderte sich, dass sie Buffalo so nannte. Das letzte Mal, als sie das tat, waren sie noch verliebt und unzertrennbar.

Erinnerungen kamen herauf.

Wilhelm war bei ihr, als in der Nacht Kollegen der Polizei bei ihrer Wohnung anläuteten. Sie wussten um ihr Verhältnis mit Wilhelm Büffel.

Heidi, die Nachbarin vom See, hatte bei der Polizei angerufen, weil sie Wilhelm nicht erreichen konnte, und die sind dann gleich zur Wohnung von Miranda gefahren.

Der plötzliche Tod von Margot und die heftige Reaktion der kleinen Tochter erweckten in Wilhelm ein tiefes Schuldgefühl.

Er verspürte das dringende Bedürfnis sich zu bestrafen, und so beschloss er ad hoc das Verhältnis mit Miranda zu beenden.

Es bedeutete für ihn die Höchststrafe, denn die Beziehung zu Miranda war weit mehr als ein Verhältnis. Er liebte diese Frau und er wäre damals bereit gewesen für sie Frau und Kind zu verlassen.

"Macht Petra noch ihre Therapie?" fragte Miranda.

"Ich denke schon!" antwortete Wilhelm.

"Das wäre gut!" sagte Miranda. "Und jetzt, da ihr wieder Kontakt habt, könntest du dich ja darum kümmern!"

"Das ist richtig!" antwortete Wilhelm, "das habe ich auch vor!"

Wilhelm schaute Miranda an und ein warmes Gefühl stieg in seiner Brust auf.

"Apropos, hast du heute Abend schon etwas vor?"

Miranda war überrascht.

"Nein!" antwortete sie, "aber warum fragst du?"

"Dann hast du jetzt etwas vor!" sagte Wilhelm. "Sagen wir um acht? Ich hole dich von zuhause ab!"

"Langsam, langsam", lachte Miranda, "so geht das nicht!"

"Wieso nicht?" fragte Wilhelm und sein Gesichtsausdruck glich dem eines kleinen Kindes.

"Weil man eine Dame um etwas bittet und ihr nicht etwas befiehlt"

"Entschuldige Miri!" sagte Wilhelm, "ich bin etwas aus der Übung! Ich möchte dich bitten heute Abend mit mir essen zu gehen!"

Miranda war seltsam berührt. Wilhelm hatte sie "Miri" genannt. Sie erkannte den Mann nicht wieder. Was war nur los mit diesem Poltergeist.

"Das ist schon besser!" sagte sie, "aber ich bin mir nicht sicher, ob das eine so gute Idee ist?"

"Glaube mir bitte, Miri, das ist eine sehr gute Idee! Und ziehe bitte etwas Hübsches an. Wir werden sehr fein speisen gehen!"

****

"Chef, ich glaube, wir haben jetzt den richtigen Täter!"

Mit dieser frohen Botschaft empfing Hermine wenig später KHK Büffel.

"KK Dörr ist gerade im Verhörzimmer mit ihm!"

"Na dann schauen wir einmal!" sagte Buffalo und ging mit Hermine in das Zimmer, in welchen sich die verspiegelte Wand zum Verhörraum hin befand.

Buffalo drehte den Lausprecher auf und lauschte, was KK Dörr aus dem Verdächtigen herausbekommen würde.

Nach wenigen Minuten stand er auf und ging in den Verhörraum.

"Du bist also der Killer, der dem armen, kleinen Negerlein das Licht ausgeknipst hat!"

"Jawohl, Herr Kommissar!"

"Wo hattest du die Sig Sauer, Kaliber 9mm her? Es war doch eine Sig Sauer?"

"Ja!" antwortete der Verdächtige, "die habe ich vom Schwarzmarkt!"

"Verstehe!" sagte Buffalo, "und mit der hast du zweimal geschossen; oder war es nur einmal?"

"Nein; zweimal, Herr Kommissar!"

Buffalo sah zuerst KK Dörr bedeutungsvoll an und dann den Killer.

"Du kannst gehen!" sagte er zu dem verdutzten Mann, "und schöne Grüße an Bruno!"

Der falsche Killer stand auf und war sichtlich froh, dass er wieder gehen durfte.

"Was war das denn?" fragte KK Dörr seinen Chef.

"Du musst noch sehr viel lernen, Herbi", sagte Buffalo, "vor allem, was die Verhörtaktik betrifft!"

"Aber wieso hast du gewusst, dass das nicht unser Mann ist?" fragte KK Dörr.

"Instinkt, mein lieber, Instinkt! Und den lernt man ganz bestimmt nicht auf der Polizeischule!"

"Verstehe!" sagte KK Dörr, "aber das mit Bruno verstehe ich nicht so richtig!"

"Wir haben doch Freund Bruno gebeten Augen und Ohren für uns aufzuhalten", sagte Buffalo. "Und damit wir ihn nicht länger belästigen, hat er uns ein Bauernopfer geschickt!"

"Ach so!" sagte KK Dörr, dem sich der Sachverhalt nur bedingt erschloss.

"Nur ist dem guten Bruno bei der Wahl seines Bauernopfers ein kleiner Fehler passiert. Er hätte den Mann besser briefen müssen!"

Hermine bewunderte Buffalo. Obwohl es anfänglich nicht so gut lief, hatte sie doch inzwischen genug Gelegenheit sich über die Fähigkeiten dieses Kriminalisten eine hohe Meinung zu bilden.

"Das war brillant, Chef!" rutschte es ihr heraus und sie wurde sogar ein wenig rot dabei.

"Das lernst du schon auch noch, Hermes!" sagte Buffalo, "es braucht nur ein bisschen Zeit!"

Er zwinkerte Hermine zu und verabschiedete sich:

"Liebe Kollegen, ich muss mich leider verabschieden; denn ich habe heute Abend noch ein kleines Rendezvous!"

****

"Lässt sich das mit deiner Gehaltsgruppe überhaupt vereinbaren?" fragte Miranda, als sie im noblen „Grenuille" Platz genommen hatten

"Wie hast du überhaupt hier einen Tisch bekommen?" fragte Miranda weiter.

"Mit meiner Polizeimarke und der Androhung einer Razzia", spaßte Wilhelm.

"Du bist unmöglich!" sagte Miranda und das Auf-
blitzen in ihren schönen Augen rief Erinnerungen an
schöne Zeiten bei Wilhelm wach.

"Guten Abend, meine Herrschaften! Darf ich Ihnen
die Karte geben?" sagte der Ober, der an den Tisch
getreten war.

"Dürfen Sie nicht!" antwortete Wilhelm, "sagen sie
Maître Pierre in der Küche, dass sich Wilhelm Büffel
für sich und seine charmante Begleiterin ein exzellen-
tes Mehrgängemenü wünscht!"

"Sehr wohl, mein Herr!"

"Und bringen Sie uns als Aperitif zwei Gläser
Champagner!"

Der Ober verbeugte sich leicht, um seine Zustim-
mung zu dokumentieren und brachte kurz darauf die
gewünschten Getränke.

"Auf den edlen Spender!" sagte Miranda und hob
ihr Glas.

"Auf die bezauberndste Frau, die ich kenne und der
ich heute Abend ein letztes Mal mein Herz zu Füßen
legen möchte!"

"Wie meinst du das, Willi?"

Miranda war verwirrt.

"Lass es zu, Miri! Bitte, lass es einfach zu! Der alten Zeiten willen!"

Miranda zögerte für einen kurzen Augenblick, nahm dann aber doch die Einladung zum Anstoßen an.

Ein Mann kam aus der Küche und ging auf Wilhelm zu.

"Mon cher ami! Welche Freude!"

Wilhelm war aufgestanden und umarmte den Mann. Es war Pierre Meunier, der Küchenzauberer.

"Darf ich dir meinen Freund Pierre vorstellen?" sagte Wilhelm zu Miranda.

"Pierre, das ist Frau Staatsanwältin Dr. Miranda Hirlinger, meine wunderbare Begleiterin!"

"Enchanté, Madame!"

Pierre gab Miranda einen vollendeten Handkuss und sagte:

"Oh là là! da muss ich mir aber große Mühe geben, dass ich nicht ins Gefängnis komme!"

Und einige Zeit später folgte ein unvergessliches 4-Gänge-Menü:

  * Gebratene Jakobsmuschel auf Krabbenmouse Wildconsommé mit Rehnockerln

* Loup de mer in der Salzkruste mit Ratatouille und schwarzem Reis

* Geschmortes Ochsenbäckchen in Portwein mit Rübchenschaum und Rosenkohl

* Tarte Tatin, Sauerrahmeis und Gewürzquitten

"Das war das Beste, was ich je gegessen habe!" sagte Miranda, "aber jetzt platze ich gleich!"

"Es freut mich, dass es dir geschmeckt hat!" sagte Wilhelm.

"Jetzt braucht es unbedingt einen guten Armagnac zum Verdauen!"

Mit diesen Worten kam Maître Pierre an den Tisch mit einer Flasche "Armagnac 1927 Domaine Jean-Paul".

"Ich hoffe, Sie waren zufrieden, Madame!" sagte Pierre zu Miranda gewandt.

Miranda stand auf und gab dem Sternekoch einen Kuss auf die Wange.

"Genügt Ihnen diese Antwort, Maître?"

"Merveilleux!" sagte Pierre, "das ist die schönste Antwort, die ich je bekommen habe! Merci bien!"

Als Pierre gegangen war, fragte Miranda Wilhelm, woher er den Maître kennen würde.

"Der Maître heißt Peter Müller und ist mit mir ins Gymnasium gegangen", antwortete Wilhelm. "Wir waren einmal sehr gute Freunde!"

"Und seht ihr euch ab und zu?"

"Sehr selten!" antwortete Wilhelm, "du weißt schon; der Beruf!"

"Ich brauche unbedingt ein wenig Bewegung!" sagte Miranda.

"Es gibt hier einen wunderschönen Park!" sagte Wilhelm, "wenn du möchtest, können wir ein paar Schritte gehen!"

"Das wäre fein!"

Als Wilhelm nach der Rechnung verlangte, brachte der Ober ein Silbertablett mit einer Serviette. Darin eingeschlagen lag ein Zettel mit folgender Aufschrift:

"Ihr wart heute Abend meine Gäste und ich hoffe, Ihr kommt bald einmal wieder!"

Unterschieben war die Nachricht mit: "Dein alter Freund Peter!"

Die Nacht war sternenklar und der kleine Spaziergang durch den erleuchteten Park tat den beiden wohl.

Wilhelm hatte Mirandas Hand ergriffen und Miranda ließ es zu. Sie gingen schweigend nebeneinander und ergaben sich dem Zauber der Nacht.

"Es ist schon spät!" sagte Miranda. "Ich würde jetzt gern nach Hause fahren!"

Als sie vor Mirandas Haus angelangt waren, drehte sie sich Wilhelm zu und küsste ihn.

"Es war ein bezaubernder Abend, Willi", sagte Miranda, "ich danke dir so sehr!"

"Es war auch für mich ein wunderbarer Abend, und ich bin sehr froh, dass du meine Einladung angenommen hast!"

Miranda zögerte einen kleinen Augenblick, bevor sie sagte:

"Hättest du noch Lust auf einen Kaffee oder so?"

Wilhelm lächelte. "Kaffe - nein; oder so - sehr gern!"

"Dann komm, du alter Brummbär!" sagte Miranda und gab Wilhelm noch einen schnellen Kuss.

****

"Was möchtest du heute gerne unternehmen?" fragte Wilhelm, der am späten Vormittag bei Petra aufgekreuzt war, mit einer Tüte frischer Brötchen in der Hand.

"Frühstück war schon vor ein paar Stunden, Papa!" empfing ihn Petra lachend.

"Ich weiß!" sagte Wilhelm, "aber es ging nicht früher!"

"Wie würde seine Tochter wohl reagieren, wenn sie wüsste, dass ihr Papa gerade aus dem Bett von Miranda kam?" fragte sich Wilhelm und lächelte.

"Du bist so gut gelaunt!" sagte Petra, "ist irgendetwas?"

"Nein!" antwortete Wilhelm, "was soll schon sein? Ich freue mich einfach dich zu sehen und mit dir etwas zu unternehmen!"

Petra wurde plötzlich sehr ernst, bevor sie zu reden begann:

"Ich hätte eine ganz besondere Bitte."

"Was immer es auch ist, heraus damit!" sagte Wilhelm und fügte hinzu: "Deine Bitte ist schon erfüllt."

"Ich möchte an Mamas Grab."

Wilhelm erstarrte. Die Bitte seiner Tochter traf ihn wie ein Keulenschlag. Er war nach der Beerdigung von Margot nie wieder auf den Friedhof gegangen.

"Ich habe es mir schon so oft vorgenommen; aber mir fehlte jedes Mal der Mut dazu", fuhr Petra fort. "Mit dir an meiner Seite würde ich mich trauen."

Es drohte Wilhelm zu zerreißen. In ihm kämpfte die Unverzeihlichkeit Margot gegenüber mit der Liebe zu seiner Tochter.

"Es wäre dir doch recht, Papa; oder?"

Der flehentliche Blick in Petras Augen half Wilhelm der Bitte seiner Tochter zuzustimmen.

"Natürlich, Liebes!" antwortete er und es schnürte ihm beinahe die Kehle dabei zu.

"Wir müssen aber noch ein paar Blumen besorgen!" sagte Petra mit hoffnungsfroher Stimme, und Wilhelm freute sich in diesem Augenblick, dass er sich überwunden hatte.

"Mama sieht uns jetzt sicher von da oben zu!" sagte Petra und richtete ihren Blick in den blauen Himmel.

"Ich komme gleich wieder!" sagte Petra und lief weg, um Wasser für die Vase zu holen.

Wilhelm stand nun allein vor dem verwitterten und verschmutzten Grabstein. Er wischte mit seinem Taschentuch über die Inschrift.

"Hier ruht in Frieden Margot Büffel, geb. Merz"

"Warum hast du uns damals verlassen, mich und unser Kind?" sagte Wilhelm, "wir waren doch eine glückliche Familie!"

"Was rede ich da für einen Unsinn?" sagte sich Wilhelm, schüttelte sein Taschentuch aus und steckte es wieder ein. "Wir waren keine glückliche Familie!"

"Du hast den Grabstein saubergemacht!" sagte Petra, als sie mit der Vase zurückkehrte, "das ist lieb von dir!"

Dann steckte sie den Blumenstrauß in die Vase und faltete ihre Hände wie zu einem stillen Gebet.

"Margeriten", sagte Petra, "die mochte sie doch so gern!"

Vor Wilhelms Augen tauchte das Bild Margots auf, wie sie mit Blumen bekränztem Haar vor ihm herum hüpfte. Er glaubte sogar die Margeriten erkennen zu können.

"Wollen wir uns noch ein wenig setzen?" fragte Petra und deutete auf eine Bank, unweit der Grabstätte.

"Natürlich!" antwortete Wilhelm, "wenn du das gern möchtest!"

Vater und Tochter saßen stumm nebeneinander und blickten über die Gräber vor ihnen. Petra deutete hinauf zum Himmel und sagte:

"Da oben beginnt alles und hier unten endet es irgendwann!"

Wilhelm wurde einmal mehr bewusst, wie kindhaft seine erwachsene Tochter noch immer war. Er nahm ihre Hand in seine und drückte sie.

"Hast du noch Kontakt zu dem Ehepaar Obonjo?" fragte Petra aus heiterem Himmel.

"Du meinst „Okonjo", mein Schatz!" sagte Wilhelm.

"Nein!" antwortete Petra, "ich meine „Obonjo", Mojo und Heidi Obonjo, die Eltern von Simba bzw. Abasi!"

Ein schwarzer Schleier senkte sich über Wilhelm. Er hatte „Okonjo" mit „Obonjo" verwechselt. Was für ein schrecklicher Irrtum!

"Hast du gerade wieder einen Schub, Papa?" fragte Petra sorgevoll.

"So könnte man das nennen!" antwortete Wilhelm, "es geht gleich wieder vorbei!"

Nachdem die Büchse der Pandora schon einmal geöffnet war, sah Wilhelm keinen Grund mehr sich nicht nach dem echten Abasi zu erkundigen.

"Wie war das damals mit Simba, ich meine Abasi?"

War es der besondere Platz, an dem das Gespräch stattfand oder die Verschmelzung von Vater und Tochter, welche sich in diesem Augenblick zu vollziehen schien, es wird wohl ewig unergründlich bleiben.

Petra begann zu erzählen. Sie öffnete ihre Seele und ließ alle Ängste, allen Zorn und alle Fragen frei, die so lange darin gefangen waren.

"Als ich Simba nach langer Zeit an der Uni traf, haben wir uns sofort ineinander verliebt", begann Petra.

"Wir waren jung und wir wollten die Welt verbessern. Wir saßen nächtelang zusammen mit anderen Studenten, rauchten Gras und diskutierten über Gott und die Welt.

Irgendwann begann sich Simba zu verändern. Er hatte öfter Wutausbrüche und kam manchmal mehrere Nächte nicht nach Hause.

Er brachte auch immer öfter Freunde mit, die mir nicht gefielen. Zu dem Gras gesellten sich mit der Zeit härtere Drogen. Anfangs wehrte ich mich noch dagegen, aber irgendwann wurde ich schwach.
Als ich schwanger wurde...

"Du warst schwanger?" sagte Wilhelm voller Entsetzten.

"Ja!" sagte Petra, "aber lass mich bitte weitererzählen!" Und sie fuhr fort:

"Als ich schwanger wurde, hat mich Simba sitzen lassen. Zum Glück habe ich das Kind verloren!"

Wilhelm biss sich auf die Lippen, dass sie zu bluten begann.

"Irgendwann bin ich aufgewacht, auf dem Fußboden des Badezimmers sitzend, und wusste nicht mehr, wer ich war. Dann habe ich die Reißleine gezogen.

Das war, als ich dich angerufen habe und du mich in die Entzugsklinik gebracht hast. Kannst du dich noch daran erinnern?"

"Ja, mein Kind!" antwortete Wilhelm und die Tränen rannen ihm über das Gesicht.

Petra hatte aufgehört zu reden und sah ihren Vater nur an. Nach einer Weile sagte sie:

"Warum hast du mich damals allein gelassen, Papa?"

Wilhelm wollte antworten; aber ein heftiger Weinkrampf hinderte ihn daran. Petra nahm ihren Vater in den Arm und tröstete ihn.

"Weine nicht, Papa!" sagte sie, "es ist vorbei! Jetzt wird alles gut!"

Wilhelm hatte sich ein wenig beruhigt, als er sagte:

"Ich war damals zu schwach! Kannst du mir verzeihen?"

****

"Guten Morgen, Chef!"

"Guten Morgen, Hermes! Wo sind denn die anderen?"

"Die verfolgen eine neue Spur!" antwortete Hermine.

"Das ist sinnlos..." murmelte Buffalo.

"Was sagten Sie?" fragte Hermine, die ihren Chef nicht verstanden hatte.

"Nichts, Hermes!" antwortete Buffalo, "nichts Bedeutungsvolles!"

KHK Büffel ging zu seinem Schreibtisch. Er hatte einen Karton dabei, in welchen er jetzt Dinge einpackte, die auf dem Schreibtisch standen bzw. in den Schubladen lagen.

"Was machen Sie denn da?" fragte Hermine ihren Chef ganz überrascht.

"Ich ziehe einen Schlussstrich unter mein Polizistendasein!"

"Was meinen Sie damit?" fragte Hermine.

"Ganz einfach!" antwortete Buffalo. "Ich höre mit dem heutigen Tag auf irgendwelchen bösen Buben und Mädchen hinterher zu rennen!"

"Sie gehen also in Pension?"

"So könnte man das nennen!"

Und bevor Hermine, die durch die Antworten ihres Chefs total verwirrt war, noch weitere Fragen stellen konnte, sagte dieser:

"Ich erwarte dich und die anderen heute Abend, pünktlich um 20:00 Uhr im „Henri" und bringt auch Dr. Frankenstein mit! Das ist keine Bitte, das ist eine letzte Dienstanweisung!"

Hermine schaute ihren Chef mit großen Augen an. Sie hätte zu gern gewusst, was da gerade vor sich ging, getraute sich aber nicht Buffalo weiter zu insistieren.

Stattdessen sagte sie nur: "Geht in Ordnung, Chef!"

****

"Das ist ein Hinterlegungsschein vom Notar!" sagte Wilhelm und übergab Petra das Dokument.

"Und was soll ich damit?" fragte Petra ihren Vater.

"Gut aufheben, mein Schatz!" antwortete Wilhelm, "den brauchst du, wenn ich gestorben bin!"

"Hör auf!" sagte Petra barsch und wollte das Papier ihrem Vater zurückgeben. "Das will ich nicht!"

"Sei nicht kindisch, Petra!" sagte Wilhelm, "du weißt, wie es um mich steht. Ich möchte, dass die Dinge geregelt sind, bevor ich gehe!"

Petra fiel Wilhelm um den Hals und begann zu weinen.

"Ich will nicht, dass du stirbst!" schluchzte sie, "ich brauche dich doch!"

"Du bist mein großes, starkes Mädchen!" sagte Wilhelm. "Und hör auf zu weinen; noch bin ich ja nicht tot!"
Wilhelm öffnete seinen Geldbeutel und nahm eine Kreditkarte heraus.

"Weißt du, was das ist?" fragte er mit einem breiten Grinsen im Gesicht.

"Eine Kreditkarte; nehme ich an!"

"Richtig!" sagte Wilhelm, "und mit der gehen wir jetzt auf Shopping-Tour!"

"Du bist verrückt!" lachte Petra, "ich liebe dich!"

"Das wollte ich hören!" sagte Wilhelm. "Und jetzt zieh dich an! Wir müssen los, bevor die Geschäfte schließen!"

"Aber es ist doch noch sehr früh!" entgegnete Petra.

"Manchmal ist es schon später als man denkt!" sagte Wilhelm. Die ernste Miene, welche er dabei machte, entging Petra. Und das war gut so!

****

"Alles, was heute Abend gegessen und getrunken wird, geht auf meinen Deckel!" sagte Wilhelm zu Henriette, "und du bist auch eingeladen!"

"Hast du im Lotto gewonnen?" fragte Henriette.

"Man sagt, dass manche Menschen ihren trüben Charakter auf Hochglanz polieren, bevor sie sterben", sagte Dr. Kleiber, "aber dazu müsste man erst einmal einen haben!"

Es folgte lautes Gelächter in der Runde, die schon kräftig dem Alkohol zugesprochen hatte.

"Und du willst wirklich aufhören, Detektive Buffalo?"

Franz Kleiber war wohl der Einzige, der Wilhelm Büffel so nennen durfte.

Und noch bevor Buffalo darauf antworten konnte, fragte KK Dörr:

"Und wer soll unsere Abteilung leiten, wenn nicht du?"

"Da mache ich mir überhaupt keine Sorgen, Herbi!" antwortete Buffalo.

"Du wirst Hauptkommissar und übernimmst den Laden.

Hermes besteht ihre Prüfung zur Kommissarin und wird deine rechte Hand,

und Meister Brenner schlägt die Kommissarslaufbahn ein.

Dann bleibt nur noch ein Problem!"

"Welches?" fragte KK Dörr.

"Ihr braucht einen neuen Leichenfledderer!" antwortete Buffalo. "Mein lieber Freund, Dr. Frankenstein ist ein Auslaufmodell und muss ersetzt werden!"

Es folgte erneutes Gelächter. Henriette hatte sich inzwischen mit an den Tisch gesetzt, um den Abschied von Buffalo mit zu feiern.

"Wisst ihr noch, wie alles begonnen hat?" sagte sie. "Du und Dr. Kleiber wart eine meiner ersten Gäste.

Ohne euch und ohne die Werbetrommel, die ihr für mich gerührt habt, gäbe es das „Henri" heute vielleicht gar nicht mehr!"

"Du übertreibst!" sagte Buffalo, "es war dein gutes Essen und die moderaten Preise!"

"Und der Charme der Frau Wirtin!" ergänzte Dr. Kleiber.

Die anderen Gäste waren schon gegangen. Nur die kleine Schar um KHK Büffel saß noch im Lokal.0

Die Außenbeleuchtung des „Henri" war schon abgedunkelt, und durch die Vorhänge des Lokals drangen spärliches Licht und gedämpftes Lachen nach draußen.

"Hast du Lust mich zu begleiten?" fragte Dr. Franz Kleiber Hermine, "ich fahre zu Buffalo!"

"Sehr gern!" antwortete Hermine. "Ich bin froh, wenn ich ein wenig vor die Türe komme, mir brummt noch der Kopf von gestern!"

"War ganz schön heftig!" sagte Dr. Kleiber, "ich freue mich, dass du mitkommst!"

"Was machst du bei Buffalo?"

"Ich weiß es nicht", antwortete Dr. Kleiber, "Buffalo hat mich gestern Abend noch darum gebeten, ich möge am Vormittag bei ihm vorbeischauen!"

"Sag Franz!" fragte Hermine weiter, "findest du nicht auch, dass die Veranstaltung gestern Abend ein wenig eigenartig war?"

"Ja!" antwortete Franz, "und deshalb habe ich dich auch gebeten mich zu begleiten!"

"Hast du irgendeine Vermutung?" sagte Hermine und ein komisches Gefühl stieg in ihr auf.

"Nicht wirklich!" antwortete Franz, "aber lass uns nicht verrückt machen; wir sind ja gleich da!"

Franz läutete an der Türglocke, aber es rührte sich niemand.

"Die Tür ist offen!" sagte Hermine, "sie ist nur angelehnt." Sie zog ihre Waffe und wollte ins Haus hineingehen.

"Steck die Waffe wieder ein, Hermine!" sagte Franz, "das wird nicht nötig sein!"

****

Wilhelm Büffel saß in seinem hohen Fernsehsessel. Sein Gesicht sah friedlich aus, wenn man einmal von dem kleinen Loch in der Stirnmitte absieht.

"Er hat sich die Waffe direkt vor die Stirn gehalten!" sagte Franz.

"Aber wieso?" fragte Hermine, die am ganzen Körper zitterte. Sie hätte schreien mögen, als sie sah, was geschehen war; aber sie konnte nicht. Sie konnte noch nicht einmal weinen.

"Weil er wusste, dass das Blut wild herumspritzen würde, wenn er sich in den Mund oder in die Schläfe geschossen hätte. So ist das Blut nach hinten ausgetreten und hat den Sessel damit getränkt!"

Franz sah den Toten lange an. In diesem Augenblick empfand er fast so etwas wie Bewunderung, und vielleicht sogar ein wenig Freundschaft für diesen Mann.

"Suizid eines Ästheten...", murmelte er tonlos.

"Komm bitte hierher!" sagte Hermine, "ich habe etwas gefunden!"

****

Miranda öffnete das Päckchen, welches ihr Dr. Kleiber gebracht hatte. Er und Hermine hatten es auf Buffalos Schreibtisch gefunden. Es war an die Frau Staatsanwältin adressieret.

Als Miranda das Päckchen geöffnet hatte, entnahm sie ihm eine Pistole. Es war eine „Brünner Tezet, 6,35mm Browning", die Mordwaffe.

Außer der Waffe befanden sich noch ein gefaltetes Blatt Papier in dem Päckchen und ein verschlossenes Briefkuvert, auf welchem "Für Frau Dr. Miranda Hirlinger persönlich" stand.

Miranda nahm erst das Blatt Papier, faltete es auseinander, und ihr Blick fiel sofort auf das Wort "Geständnis".

Geständnis

Ich, Wilhelm Büffel, geb. am 20.12.1944, gestehe hiermit den Mord an Abasi Okonjo. Die Tat geschah aus niederen Beweggründen und ich übernehme die volle Verantwortung dafür.

Ich bereue meine Tat und ich bitte die Eltern des Ermordeten um Verzeihung.

Ich entschuldige mich auch bei all meinen Kollegen, dass ich Schande über unseren Berufsstand gebracht habe.

Der gerechten irdischen Strafe entziehe ich mich durch Selbsttötung.

Beide Delikte habe ich ohne fremde Beteiligung begangen.

gez.: Wilhelm Büffel

Miranda wurde schwindlig, als sie das gelesen hatte. Mit zittrigen Händen öffnete sie das verschlossene Kuvert.

Liebste Miri!

Wäre meine Liebe zu dir einige Wochen früher wiedererwacht, hätte ich meinem Hass vielleicht Einhalt bieten können.

Es war Abasi Obonjo, der meine Petra ins Verderben gestürzt hat. Sie hat sich von ihm aus Liebe zu einem Junkie machen lassen, und wohin das geführt hat, weißt du ja.

Mein Hass auf ihn hat mich blind gemacht und mich dazu verführt ein Unrecht zu begehen. Ich habe mich lange dagegen gewehrt; aber ich war zu schwach.

Als ich sah, wie Petra immer tiefer abrutschte, und dass sie jede Therapie abbrach, musste ich handeln.

Ich habe mir die Waffe von Frau Weinmann besorgt und das Schwein damit erschossen. Zumindest glaubte ich das.

Mein Schock war entsprechend groß, als ich bemerkte, dass ich einen Unschuldigen getötet hatte. Ein einziger, kleiner Buchstabe wurde mir zum Verhängnis.

Der Teufel, der meine Tochter auf dem Gewissen hat, hieß Abasi Obonjo und nicht Abasi Okonjo. Abasi

Obonjo ist schon vor einiger Zeit an einer Überdosis gestorben.

Als ich meinen schrecklichen Fehler erkannt hatte, musste ich handeln. Es würde Petra endgültig zerstören, wenn sie um meine Mordtat wüsste. Darum habe ich die Geschichte mit dem Tumor erfunden.

Ich weiß, dass ich dich jetzt in einen großen Interessenskonflikt stürzen werde, wenn ich dich bitte, Petra in dem Glauben zu lassen, dass ich unter einem unheilbaren Tumor leide und mich deshalb erschossen habe.

Liebste Miri, ich weiß nicht, wie du dich entscheiden wirst; doch ich akzeptiere deine Entscheidung auf jeden Fall. Betrachte es als Bitte; aber empfinde es keinesfalls als ein Bedrängen meinerseits!

Lass mich dir noch sagen, dass ich den Abend und die Nacht mit dir genossen habe, und dass ich ein letztes Mal unendlich glücklich war.

Und noch etwas: Wenn es nicht zu viel verlangt ist, nein, wenn meine Bitte nicht zu schwer wiegt, habe ein Auge auf meine kleine Petra und hilf ihr auf ihrem weiteren Weg zurück in ein normales Leben!

Ich umarme dich, ich küsse dich und ich liebe dich. Ich habe wohl nie damit aufgehört!

Willi

****

Ein tragischer Unfall ereignete sich am Abend des 18. September im Wohnhaus von KHK Büffel. Beim Waffenreinigen löste sich aus Versehen ein Schuss aus seiner Dienstwaffe und verletzte den erfolgreichen und bei den Kollegen allseits beliebten Wilhelm Büffel tödlich.

So stand es wenige Tage später zu lesen.

Die Akte "Abasi Okonjo" wurde geschlossen und erweiterte die Statistik der ungeklärten Mordfälle um einen weiteren Fall.

Wie die Pistole in Buffalos Besitz geraten war, blieb ebenso ein Geheimnis, wie der ominöse Fund des Kokains im Zimmer des Mordopfers, genauer gesagt im Spülkasten des WCs.

Nur einer wusste es: KK Dörr.

Er hatte das Päckchen dort platziert, weil ihn Buffalo darum gebeten hatte. Er war seinem Chef noch einen Gefallen schuldig.

Auf der Heimfahrt von einer Weihnachtsfeier mit Wilhelm Büffel hatte Herbert Dörr einen betrunkenen Radfahrer angefahren. Die Verletzung war nicht schwerwiegend und der Mann konnte schon bald das Krankenhaus wieder verlassen.

Wilhelm Büffel deckte damals seinen Kollegen, zumal beide selbst auch alkoholisiert waren, und das die Karriere des Kollegen Dörr abrupt beendet hätte.

Buffalo hatte aus der Hilfe für seinen Kollegen, die im Grunde genommen ein Dienstvergehen war, nie Kapital geschlagen, bis auf dieses eine Mal. Und Herbert hatte gemacht, worum ihn Buffalo gebeten hatte, ohne auch nur zu fragen, warum.

Was die Waffe betrifft, so hatte Buffalo Kenntnis davon erhalten, als er noch beim Einbruchsdezernat seinen Dienst verrichtete.

Er war mit Kollegen zur Villa des Herrn Weinmann gerufen worden, der damals noch kein Staatssekretär war, um einen gemeldeten Einbruch zu untersuchen.

In diesem Zusammenhang bat Herr Weinmann Buffalos damaligen Vorgesetzten um eine Empfehlung für eine Waffe, welcher der Hausherr für seine Gattin beschaffen wollte, da diese öfter allein zuhause wäre.

Die Empfehlung durch Buffalos Chef fiel auf eine kleine Schusswaffe, nämlich auf die besagte „Brünner Tezet, 6,35mm Browning".

****

Der Sarg wurde in der Kirche aufgebahrt. Er war überhäuft mit Kränzen und Gebinden. Links davon war ein Bild des Verstorbenen mit einer schwarzen Schleife aufgestellt.

In der ersten Reihe der Trauergäste saßen Petra Büffel, Wilhelm Büffels Kollegen, KOR Becker und der stellvertretende Polizeipräsident. Staatsanwältin Miranda Hirlinger hatte neben Petra Platz genommen.

"Wir betrauern heute einen Mann, der mehr als nur ein guter Kollege war; er war auch ein Freund. KHK Büffel wurde durch einen tragischen Unfall mitten aus dem Leben gerissen."

Mit diesen Worten begann der stellvertretende Polizeipräsident seine Rede.

"KHK Wilhelm Büffel war einer unserer fähigsten Mitarbeiter. Seine Aufklärungsquote lag weit über dem Durchschnitt. Durch seine Arbeit wurde unser Land ein wenig sicherer.

Ich habe die vornehme Aufgabe - im Namen des Herrn Innenministers - KHK Wilhelm Büffel posthum die Verdienstmedaille der Bundesrepublik Deutschland zu überreichen.

Ich bitte die Tochter, Frau Petra Büffel, zu mir herauf zu kommen, um die Auszeichnung stellvertretend in Empfang zu nehmen!"

Petra saß wie versteinert auf ihrem Stuhl, unfähig aufzustehen. Sie sah hilflos zu Miranda und Miranda rettete die Situation, indem sie dem stellvertretenden Polizeipräsidenten mit den Augen ein Zeichen gab, er möge sich zu Petra herunter begeben.

Der stellvertretende Polizeipräsident ging zu Petra und überreichte ihr die Auszeichnung mit den Worten:

"Sie können stolz auf Ihren Vater sein!"

Und weil der stellvertretende Herr Polizeipräsident völlig aus dem Konzept gebracht worden war, vergaß er nicht nur auf die Beileidsbezeugung, sondern verzichtete auch auf die Fortführung seiner Rede.

Als nächstes ging KOR Becker zum Mikrofon.

"Liebe Petra, verehrte Kollegenschaft, werte Trauergemeinde!

Wilhelm Büffel und ich kannten uns schon sehr lange. Wir besuchten gemeinsam die Polizeischule und das Schicksal wollte es, dass wir in der gleichen Dienstelle eingesetzt wurden."

Es folgte eine lange Aufzählung vom Werdegang des KHK Wilhelm Büffel und von seinen Heldentaten als erfolgreicher Ermittler. Als KOR Becker am Ende seiner Rede sagte: "Ich verliere einen guten Freund!" konnte KK Herbert Dörr nicht umhin zu sagen:

"Ich glaube, ich muss gleich kotzen!"

****

Auf dem Weg zum Grab, hielt sich Petra bei Miranda fest. Sie gingen gleich hinter dem Sarg, der von vier uniformierten Polizeibeamten flankiert wurde.

Der Geistliche hielt noch eine kurze Ansprache am Grab und dann senkte sich der Sarg hinab.

Es zerriss Petra beinahe und ihre Finger gruben sich fest in Mirandas Arm. Ein heftiger Weinkrampf erfasste sie und Miranda weinte mit ihr.

Dann folgten die Beileidsbekundungen durch die geladenen Trauergäste und danach der obligatorische Leichenschmaus.

"Vielen Dank für deine Unterstützung!" sagte Petra zu Miranda. Miranda schaute Petra erstaunt an und wunderte sich über das "DU".

Petra schien es bemerkt zu haben.

"Ist das nicht in Ordnung, dass ich „DU" sage?"

"Doch, doch!" antwortete Miranda sogleich, "ich bin nur ein wenig überrascht!"

"Ich kann aber auch „Tante Miranda" sagen, wie ich das als Kind gemacht habe!" sagte Petra mit einem feinen Lächeln.

"Mach das ja nicht!" sagte Miranda und lächelte ebenfalls. "Ich freue mich, dass du dich noch daran erinnern kannst!"

"Ich habe es nicht vergessen!"

Miranda erinnerte sich daran, dass sie ein paar wenige Male am See gewesen war, und dass sie zu der kleinen Petra gleich einen Draht gefunden hatte; im Gegensatz zu Petras Mutter.

Ihr war schon damals aufgefallen, wie sehr Margot ihren Nachbar anhimmelte, und wie sehr dessen Ehefrau damit einverstanden war. Vermutlich pflegten sie eine Dreiecksbeziehung.

Aber dass sich Petra nach so vielen Jahren zu Miranda hingezogen fühlte, erstaunte und berührte die Staatsanwältin. Sie dachte einen kleinen Augenblick an ihren Willi und dass der sich sehr darüber freuen würde.

"Ich würde in nächster Zeit gern etwas mit dir unternehmen", sagte Miranda, "natürlich nur, wenn es dir recht ist!"

"Sehr sogar!" antwortete Petra.

"Wie wäre es, wenn wir ein paar Tage wegfahren würden?"

"Das wäre wunderbar, Miranda! Vielen Dank!"

"Ich würde mich sehr freuen, wenn du mich „Miri" nennen könntest!"

"Mit dem größten Vergnügen, liebe Miri!"

"Ich würde gern ein wenig Luft schöpfen!" sagte Franz Kleiber zu Hermine. "Möchtest du mich begleiten?"

"Natürlich, Herr Doktor!" antwortete Hermine.

"Es ist ein ewiges Mysterium, dass Menschen bei einem Leichenschmaus so vergnügt sind!" sagte Franz.

"Gerade sind sie noch am Abgrund ihrer Gefühle gewandelt, und jetzt würden sie am liebsten das Tanzbein schwingen."

"Ich finde es toll, dass die Natur das so eingerichtet hat", sagte Hermine, "du nicht auch?"

"Schon", sagte Franz, "aber ein wenig schräg ist es schon!"

Als sie einige Meter von den Trauergästen entfernt waren, blieb Franz stehen und sah Hermine in die Augen. Dann sagte er:

"Du hast mir doch vor einiger Zeit gesagt, dass du mich gernhast."

"Ja!" sagte Hermine, "und das habe ich auch so gemeint!"

"Wie hast du das denn gemeint mit dem gernhaben?" fragte Franz weiter. "Wie man einen kleinen Hund gern hat?"

"Jetzt fragst du aber wie ein kleines, dummes Kind!" lachte Hermine, "du weißt ganz genau, wie ich das gemeint habe und immer noch meine!"

Und als Bekräftigung gab sie Franz einen Kuss auf den Mund.

"Weißt du jetzt endlich, wie und wie sehr ich dich gern hab, mein Toutou?"

"Ich denke schon!" gab der völlig überrumpelte Herr Doktor zur Antwort, "aber was bedeutet bitte Toutou?"

"Das ist Französisch und bedeutet Wauwau!"

Franz lachte. Dann nahm er Hermines Hände in seine Hände und sagte:

"Ich bin ein Oldtimer mit einem verbeulten und leicht angerosteten Chassis. Mein Motor ist aber noch gut in Schuss. Magst du Oldtimer und würdest du gern einen besitzen?"

"Sehr gern sogar!" antwortete Hermine, "wenn ich auch damit fahren kann und ab und zu daran herum schrauben darf!"

"Aber nur, wenn du langsam fährst, damit nichts kaputtgeht!" lachte Franz.

"Ganz bestimmt!" sagte Hermine, "ich werde ihn hegen und pflegen, damit ich ihn recht lange habe..."

Juergen von Rehberg

Mord im
Kloster Rehberg

Kriminalroman

"Kannst du mir bitte meine Bluse aus der Reinigung holen?" fragte Birgit.

"Was für eine denn?" antwortete Monika.

"Die schöne mit deiner Lieblingsfarbe!"

"Die schwarze?" fragte Monika.

"Nein", antwortete Birgit, "meine „Georgette verde", du Dummchen!"

"Seit wann ist grün meine Lieblingsfarbe?" fragte Monika überrascht, "meine Lieblingsfarbe ist schwarz und auf keinen Fall grün!"

"Ist doch egal", lachte Birgit und gab Monika einen Kuss.

Und beim Hinausgehen sagte sie noch:

"Hauptsache, du bringst mir meine Bluse mit, mein Liebling!"

"Jawohl, Frau Hauptkommissarin!" antwortete Monika.

Birgit hörte es nicht mehr, denn sie hatte die Wohnungstür schon längst zugezogen und war in ihr Auto gestiegen, um ins Kommissariat zu fahren.

****

Birgit, "Biggi" Schwab, 32 Jahre alt und Kriminal-hauptkommissarin, liiert mit

Monika, "Moni" Herbst, 30 Jahre, Lehrerin und stellvertretende Direktorin am hiesigen Gymnasium.

Die beiden Frauen hatten sich bei einem Kostüm-ball des "Turn- und Sportvereins 1895" in der Stadt-halle kennen und lieben gelernt. Das lag jetzt schon fünf Jahre zurück.

Sie hatten sich eine gemeinsame Wohnung ge-nommen und waren - nach anfänglichen Schwierig-keiten in ihrem Umfeld - angekommen und auch ak-zeptiert worden.

Monika hatte dabei die höhere Hürde nehmen müssen, denn durch ihren Beruf als Pädagogin be-dingt, wehte ihr anfangs ein strenger Wind entgegen.

Das war wohl auch verantwortlich dafür, dass sie nur Stellvertreterin wurde, obwohl sie für den Posten der Direktorin vorgeschlagen worden war.

Im Nachhinein betrachtet, war Monika gar nicht so unglücklich darüber. So blieb ihr mehr Zeit, die sie mit ihrer Liebsten verbringen konnte, welche über keine geregelte Arbeitszeit verfügte, so wie sie.

****

"Guten Morgen, Biggi!"

"Guten Morgen, Harri!"

"Der Boss will dich sehen!" sagte Harald Strom, Kriminaloberkommissar und Lieblingskollege von Birgit.

"Was will denn der Alte?"

"Das musst du ihn schon selber fragen!" sagte Harald und zuckte mit den Schultern.

Birgit ging sogleich zum "Ersten Kriminalhauptkommissar" und Chef Werner Schmitt, der keinen Humor besaß und schon gar nicht gern wartete.

"Da sind Sie ja endlich! Setzen Sie sich!"

Birgit erwiderte die herzliche Begrüßung mit einem gemurmelten "Guten Morgen, Chef!" und setzte sich nieder.

"Wir haben einen sehr speziellen Mordfall auf dem Tisch", begann er mit seinen Ausführungen, "und der erfordert sehr viel Fingerspitzengefühl!"

"Was und wo?" fragte Birgit, die ihren Chef noch nie leiden konnte, und das zu ändern sie auch keinesfalls jemals vorhatte.

Er war damals einer von wenigen, die sich ablehnend verhielten, als Birgit sich geoutet hatte. Die anderen Kollegen waren anfangs nur etwas verunsichert.

Das hatte sich aber sehr bald gelegt. Sie schätzten Birgit viel zu sehr und sie mochten sie. Birgit war für sie ein feiner Kumpel, mit dem man "Pferde stehlen" konnte. Und im Einsatz war hundertprozentig Verlass auf sie.

Umso mehr war Birgit überrascht, dass ihr "Schmittchen Schleicher", wie ihr Chef unter Kollegen genannt wurde, einen Fall übertragen wollte.

"Heimtückischer Mord im Kloster Rehberg!"

Mit diesen Worten holte KHK Schmitt Birgit aus ihren Gedanken in die Gegenwart zurück.

"Sie leiten die Untersuchung und erstatten mir laufend Bericht!"

"Kann ich KOK Strom mit einbeziehen?" fragte Birgit.

"Das ist mir egal!" antwortete KHK Schmitt, "wichtig ist nur, dass Sie mit aller Sorgfalt und Behutsamkeit vorgehen!"

"Ich mache das immer so!" sagte Birgit, welche die Bemerkung ihres Chefs nicht so richtig einordnen konnte.

"Mag sein", erwiderte KHK Schmitt, "aber in diesem speziellen Fall ist das besonders wichtig!"

"Und darf man fragen warum?"

"Nein!" antwortete Birgits Chef, "dürfen Sie nicht! Machen Sie einfach, was ich Ihnen gesagt habe!"

Dann beugte sich KHK Schmitt über ein vor ihm liegendes Schriftstück, um auf diese Weise zu dokumentieren, dass das Gespräch zu Ende sei.

Birgit stand auf und verließ den Raum. Sie verabschiedete sich mit einem kaum hörbaren "Arschloch", welches, wenn es denn doch gehört werden würde, leicht abzustreiten wäre.

"Und?" fragte Harald, als Birgit zurück war, "was wollte der Boss?"

"Mir einen schönen Tag wünschen!" antwortete Birgit schnippisch, die sich noch mit ihrem Ärger über "Schmittchen Schleicher" beschäftigte.

"Wie meinst du das?" fragte der verunsicherte Kollege.

"Ach Harri", sagte Birgit, "vergiss es!"

Sie bedauerte es, dass sie ihren Frust an Harri ausgelassen hatte, den sie sehr gern hatte, und sie wollte sich bei ihm entschuldigen, aber der "Innere Schweinehund" hieß sie stattdessen sagen:

"Schnapp deine Kanone, es gibt Arbeit!"

****

"Grüß Gott!" sagte KHKin Birgit und hielt der jungen Schwester am Eingangstor ihren Dienstausweis vor die Nase.

"Ich bin KHKin Schwab und das ist mein Kollege, KOK Strom! Bringen Sie uns bitte zu Ihrer Chefin, wir sind angemeldet!"

Die junge "Dienerin des Herrn" öffnete das Tor und hieß die beiden Kriminalbeamten, sie mögen ihr bitte folgen.

Dann führte sie Birgit und Harald durch ein Labyrinth von Gängen bis zu ihrer Chefin, der Äbtissin Hildegard.

"Warten Sie bitte hier!" sagte die junge Nonne, "ich melde Sie an."

"Ehrwürdige Mutter, hier sind zwei Polizeibeamte, die Sie sprechen wollen!"

"Ich weiß, Schwester Agnes", antwortete die Äbtissin, "führen Sie die Herrschaften bitte herein!"

"Die Ehrwürdige Mutter erwartet Sie!" wandte sich die junge Nonne an die beiden Besucher und hielt ihnen die Tür dabei auf.

"Grüß Gott!" sagte Birgit, "ich bin KHKin Schwab..."

Weiter kam sie nicht, denn die "Ehrwürdige Mutter" hatte sie unterbrochen.

"Ich weiß, wer Sie sind!" sagte sie, "Ihr Chef, Herr Schmitt, hat Ihren Besuch bereits telefonisch avisiert!"

Birgit sah in das Gesicht ihres Gegenübers und ihr fiel auf, dass es ein sehr junges Gesicht war, in welches sie gerade blickte.

"Ist etwas nicht in Ordnung?" fragte die Äbtissin.

"Doch, doch!" antwortete Birgit, "entschuldigen Sie!"

"Sie sind überrascht, dass ich noch so jung bin, nicht wahr?"

"Woher wissen Sie das?" fragte Birgit völlig erstaunt, "können Sie Gedanken lesen?"

"Nein, das nicht!" antwortet die Äbtissin, "aber Sie sind nicht die erste, die sich verwundert zeigt, und Sie werden auch nicht die letzte sein. Zumindest nicht in den nächsten Jahren. Wenn ich auf die Sechzig zusteuere, wird sich das von selbst erledigt haben!"

Sie sagte es mit einer solchen Sanftheit, begleitet von einem Lächeln, das Birgit völlig vereinnahmte.

"Eine Frau zum Verlieben", dachte sie, "aber leider schon vergeben und außerdem habe ich ja schon meine Moni..."

"Wollen Sie die Tote sehen?" fragte die Äbtissin?"

"Ja, natürlich!" antwortete Birgit, "aus diesem Grund sind wir ja hier!"

"Aber ich muss Sie warnen!" sagte die Äbtissin, "es ist kein schöner Anblick!"

"Das macht nichts!" entgegnete Birgit, "das sind wir gewöhnt. Das ist unser Beruf!"

"Nun denn, dann bitte ich Sie mir zu folgen!"

"Eine Sache noch, bevor wir gehen", sagte Birgit, "wie ist die korrekte Anrede?"

"Einfach „Frau Äbtissin", Frau Schwab!" antwortete die Äbtissin, "oder soll ich „Frau Kommissarin" sagen?"

"Nein, nein!" antwortet Birgit, "Nennen Sie mich „Frau Schwab", das ist völlig in Ordnung!"

Fast hätte sie geantwortet: "Du kannst mich auch „Biggi" nennen!" so sehr fühlte sie sich zu der "Ehrwürdigen Mutter" hingezogen.

Birgit und Harald folgten der Äbtissin bis in die Kapelle, wo sie die Leiche in einem Sarg aufgebahrt vorfanden. Flankiert von Kerzen lag die tote Ordensfrau in ihrem Habit, als würde sie schlafen.

"Aber Sie sagten doch, dass die Tote kein schöner Anblick wäre?" sagte Birgit.

"Das stimmt auch!" antwortete die Äbtissin.

Wir haben die Ehrwürdige Mutter gewaschen und angekleidet, nachdem wir sie gefunden haben. Wenn Sie die Tote unbekleidet sehen würden, dann wüssten Sie sofort, was ich meine!"

"Was haben Sie gemacht?"

Birgit konnte ihre Erregung nur mit größter Mühe zurückhalten.

"Sie haben die Tote nicht so vorgefunden?"

"Nein!" antwortete die Äbtissin. "Wir konnten doch die Altäbtissin nicht in diesem unwürdigen Zustand lassen!"

"Um Gottes willen!" sagte Birgit, "da wird die „Spusi" aber schön schauen!"

****

"Was hast du für uns, Blochi?"

Birgit und Harald waren zum Gerichtsmediziner gegangen, um erste Untersuchungsergebnisse zu erfragen.

Prof. Dr. Bernhard Bloch sah über den Rand seiner Brille hinweg. Sein Blick wanderte zuerst zu Birgit und dann zu Harald, bevor er sagte:

"Ich habe zwar noch nicht sehr viele Dienstjahre auf dem Buckel; aber was ich hier auf meinem Tisch liegen habe, übertrifft alles bisher Dagewesene bei weitem!"

Birgit mochte Bernhard Bloch sehr. Er war erst vor wenigen Wochen "Professor" geworden und bei einer kleinen, intimen Feier - Gott sei Dank ohne "Schmittchen Schleicher" - hatten sie sich das Du-Wort angeboten.

"Wie meinst du das Blochi?" fragte Birgit.

"Habt ihr schon gefrühstückt?" antwortete der Gerichtsmediziner.

"Jetzt mache es nicht so spannend!" sagte Birgit mit einer Mischung aus Ungeduld und Neugier.

"Dann schaut euch das einmal an!" sagte der Mediziner und zog das Abdecktuch zur Seite.

"Um Gottes willen!" entfuhr es Birgit voller Entsetzen, "das ist ja grauenvoll!"

Harald griff sich eine Metallschüssel und füllte sie mit seinem Mageninhalt. Als er sich wieder gefangen hatte, sagte er tonlos:

"Wer macht denn so etwas?"

Der Anblick, welcher sich den beiden Kriminalisten darbot, verlangte schon eine tüchtige Portion Nerven.

Beide Brüste der Toten waren abgetrennt und auf dem Bauch, knapp über der Scham, war ein Kreuz in die Haut geritzt.

"Es kommt noch ärger!" sagte Dr. Bloch, "ich habe Spermaspuren bei der Toten gefunden!"

"Das gibt es doch nicht!" sagte Birgit, "die Frau ist fast siebzig Jahre alt!"

"Irrtum ausgeschlossen?" fragte Harald.

"Definitiv!" antwortete Dr. Bloch.

"Hast du sonst noch etwas?" fragte Birgit.

"Leider nein!" antwortete der Gerichtsmediziner, "die Tote wurde gründlich gereinigt!"

"Welche Ironie!" sagte Birgit. "Und das hat noch nicht einmal der Mörder gemacht!"

"Bist du dir da so sicher?" fragte Bloch.

"Wieso fragst du?"

"Nun; vielleicht sitzt der Mörder ja im Kloster!"

****

"Wie war dein Tag?" fragte Monika, als Birgit nach Hause kam.

"Frage lieber nicht!" sagte Birgit und gab Monika einen flüchtigen Kuss.

"Hallo, hallo!" sagte Monika, "begrüßt man so seine Liebste?"

"Entschuldige, Liebling! Du weißt ja nicht, was ich heute erlebt habe!"

"Wie könnte ich?" gab Monika flapsig zurück, "aber ich würde es schon gern wissen!"

"Später vielleicht!" antwortete Birgit. "Ich brauche jetzt erst einmal ein heißes Bad!"

Wenig später ging die Tür zum Badezimmer auf und Monika kam herein. Sie trug nichts, außer zwei Gläser mit Cognac.

"Mach Platz, mein Schatz!" sagte Monika mit einem breiten Grinsen und stieg zu Birgit in die Wanne.

"Und nachher massiere ich deinen geschundenen Körper!"

Birgit musste lachen. Monika schaffte es immer wieder sie aus jedem noch so tiefen Loch heraus zu ziehen. Sie stieß mit Monika an und sagte:

"Ich liebe dich!"

"Wie wollen Sie vorgehen!" fragte KHK Schmitt, als Birgit einen ersten Bericht erstattete.

"Äußerst behutsam und mit sehr viel Fingerspitzengefühl; so wie Sie es gesagt haben!" antwortete KHKin Birgit Schwab.

Sie konnte es sich nicht verkneifen, was ihr Chef sehr wohl bemerkt hatte, jedoch ohne darauf zu reagieren.

"Ich schlage vor, Sie führen die Befragung direkt vor Ort durch!"

"Das ist eine gute Idee!" antwortet KHKin Schwab, und dieses Mal meinte sie es auch so.

"Und erstatten Sie mir weiterhin laufend Bericht!"

Birgit ging zu KOK Strom und sagte:

"Du und ich - Taskforce im Kloster! Alles klar?"

"Yes, Chief Inspector!" antwortete KOK Strom und KHKin Schwab schickte hinterher:

"Harri, hol den Wagen!"

****

"Es tut mir leid, dass wir schon wieder stören müssen..."

Äbtissin Hildegard lächelte, als Birgit diese Worte entschuldigend sagte.

"Das geht schon in Ordnung, Frau KHKin!" sagte die Äbtissin, "Herr Schmitt hat mich schon in Kenntnis gesetzt!"

"Schmittchen Schleicher denkt doch wirklich an alles!" dachte Birgit, sagte aber zu der Äbtissin:

"Bitte, nennen Sie mich Frau Schwab! Oder wenn das nicht zu persönlich für Sie ist, auch einfach nur Birgit!"

"Mache ich gern, liebe Birgit, zumal ich das Gefühl habe, dass wir uns von irgendwo her kennen! Aber dann nennen Sie mich bitte auch „Schwester Hildegard", wenn das für Sie in Ordnung ist!"

Birgit spürte dieselbe Wohligkeit wie bei ihrer ersten Begegnung mit dieser Frau. Sie suchte nach einer Erklärung, konnte aber keine finden.

"Ich habe für Sie und auch für Ihren Kollegen ein Zimmer herrichten lassen", sagte die Äbtissin, "dann müssen Sie nicht immer hin- und herfahren!"

"Das wird nicht nötig sein!" antwortete Birgit; "aber vielen Dank! Viel wichtiger wäre jedoch ein Raum, in welchem wir unsere Befragungen durchführen können!"

"Auch daran habe ich gedacht!" antwortete die Äbtissin, "kommen Sie, ich werde Sie hinführen.

Der Raum, in welchen Birgit und Harald geführt wurden, war perfekt. Sogar ein Drucker war vorhanden. Und ein hauseigenes Telefon.

"Und wenn Sie noch etwas brauchen, dann benützen Sie bitte diesen Apparat!" sagte die Äbtissin und deutete auf das Telefon. Daneben liegt ein Verzeichnis mit allen Nebenstellen!"

"Vielen Dank, Frau Äbtissin!" sagte Birgit, korrigierte sich aber postwendend:

"Ich meine natürlich Schwester Hildegard!"

"Ist schon in Ordnung, liebe Birgit!" sagte die Äbtissin mit einem Lächeln, "dann wünsche ich Ihnen beiden, dass Sie sich wohlfühlen hier bei uns!"

"Das tun wir ganz bestimmt!" antwortete Birgit, und Harald bekräftigte ihre Worte mit einem:

"Ganz bestimmt!"

Als die Äbtissin den Raum verlassen hatte, sah Harald seine Kollegin mit einem hoffnungsfernen Blick an und sagte dann:

"Diesen Fall werden wir wohl nie lösen!"

****

"Nanu; Sie sind ja doch dageblieben!" sagte die Äbtissin, welche Birgit auf einer Bank im Garten sitzen sah.

"Ja!" antwortete Birgit, "ich brauche etwas Ruhe!"

"Soll ich lieber gehen?"

"Nein, so habe ich das nicht gemeint!" sagte Birgit. "Bitte, bleiben Sie!"

Birgit hatte Harald nach Hause geschickt. Er hatte Familie und seine Frau hätte es wohl nicht gutgeheißen, wenn er die Nacht außerhaus verbracht hätte.

Außerdem war sie eine von den wenigen Personen, welche mit der sexuellen Präferenz von Birgit nicht umgehen konnte.

"Wollen wir uns ein wenig unterhalten oder möchten Sie lieber die Stille genießen?" fragte die Äbtissin.

Birgit wandte sich der Frau im Habit zu und schwieg.

"Fragen Sie nur!" sagte die Äbtissin, so als hätte sie Birgits Gedanken gelesen.

"Haben Sie keine Scheu!" fuhr die Äbtissin fort, "die Frage wurde mir schon so oft gestellt, dass ich es gar nicht mehr weiß!"

Birgit war sprachlos. Konnte die Frau in ihren Kopf hineinsehen oder gar in ihr Herz?

"Sie sind so wunderschön!" sagte Birgit und errötete.

"Oh, vielen Dank!" antwortete die Äbtissin. "Und nun fragen sie sich, ob ich keinen Mann abgekriegt habe oder ob ich keinen wollte!"

Birgit hätte sich am liebsten die Zunge abgebissen. Was war nur in sie gefahren, dass sie das gesagt hatte. War sie gerade dabei sich in Schwester Hildegard zu verlieben?

"Die meisten Menschen denken, dass sich eine Frau oder ein Mann eine Kutte nur anzieht, weil er oder sie im normalen Leben nicht zurechtkommt.

Das ist natürlich naheliegend! Viel weniger naheliegend scheint es zu sein, dass man einer Berufung folgt und sich ein Leben wie das meine auferlegt.

Dabei wendet man sich nicht von den Menschen oder der Gesellschaft ab. Man wendet sich Gott und der Liebe zu! Auch wir geben uns diesem Gefühl hin, liebe Birgit!"

Birgit hatte der Äbtissin zugehört und ihre Bewunderung für diese Frau wurde zunehmend stärker.

"Lieben Sie, Birgit? Und werden Sie geliebt?"

"Ja!" antwortete Birgit, völlig überrascht ob dieser Frage.

"Einen Mann oder eine Frau?"

In Birgits Kopf drehte sich alles.

"Wieso stellen Sie mir diese Frage?" sagte sie leicht gereizt. "Das ist eine persönliche und sehr intime Frage!"

"Ich weiß!" antwortete die Äbtissin, "und ich verstehe, dass Sie Ihnen unangenehm zu sein scheint!"

"Das scheint nicht nur so; das ist so!" sagte Birgit und stand abrupt auf.

"Ich wünsche Ihnen eine gute Nacht!"

"Danke, liebe Birgit, das wünsche ich Ihnen auch!"

Birgit hatte das nicht mehr gehört. Sie war eiligen Schrittes hineingegangen. Als sie in ihrem Zimmer angelangt war, sperrte sie die Tür hinter sich zu und warf sich auf ihr Bett.

Tränen stiegen in ihre Augen und verdichteten sich zu einem heftigen Weinkrampf. Es war sehr lange her, dass sie das letzte Mal geweint hatte und sie befand es in diesem Augenblick als befreiend.

*****

"Ich bin Schwester Scholastika!"

Mit diesen Worten stellte sich eine etwas ältere Schwester vor, welche für die Leitung der Küche verantwortlich war.

"Ich hoffe, es dauert nicht allzu lange, ich muss nämlich das Mittagessen vorbereiten!" sagte Schwester Scholastika mit einem gewinnenden Lächeln.

"Das dauert nicht lange!" antwortete Birgit, "ich habe nur ein, zwei Fragen!"

Schwester Scholastika nickte.

"Sie waren doch bei denjenigen Schwestern, welche die Altäbtissin gefunden haben?"

Schwester Scholastika nickte wieder.

"Wie haben sie die Altäbtissin vorgefunden?"

"Tot!" kam die lapidare Antwort von Schwester Scholastika.

"Das meine ich nicht!" sagte Birgit und musste ein Lachen unterdrücken. Dieses unbedarfte Gemüt konnte sie definitiv aus dem Kreis der Verdächtigen ausschließen.

"Das meine ich nicht, liebe Schwester Scholastika", fuhr Birgit fort. "Wie hat die Tote ausgesehen?"

Schwester Scholastika dachte einen Augenblick nach, so als wolle sie in ihrem geistigen Notizbuch der Erinnerungen blättern.

"Sie war überall mit Blut bedeckt und sie war nackt!"

Birgit wunderte sich, wie gefasst, ja beinahe emotionslos Schwester Scholastika ihre Frage beantwortet hatte.

"Das muss ein rechter Schock für Sie gewesen sein!" sagte Birgit, um ihr Mitgefühl zu bekunden.

"Nein!" antwortete Schwester Scholastika. "Unser Leben ist in Gottes Hand, und er allein bestimmt, wann wir sterben!"

"Aber doch nicht, wie wir sterben!" sagte Birgit.

"Nein! Da haben Sie recht! Das bestimmt der Mensch schon selbst!"

Diese Antwort verwirrte Birgit, und bevor sie nachhaken konnte, sagte Schwester Scholastika:

"Jetzt habe ich alles gesagt, was ich weiß; aber nun muss ich gehen. Die Küche ruft. Ich wünsche Ihnen noch einen gesegneten Tag!"

Sagte es, stand auf, reichte Birgit die Hand und ging hinaus.

"Wie war die Nacht hinter Klostermauern?"

Mit diesen Worten begrüßte Harald, der gerade eingetroffen war, seine Kollegin.

"Finster, Harald!" sagte Birgit, "sehr, sehr finster!"

Birgit hatte noch in der Nacht, bevor sie das Licht ausmachte, ihre Freundin angerufen:

"Schläfst du schon?" fragte Birgit.

"Jetzt nicht mehr!" antwortete Monika lachend, "weißt du eigentlich, wie spät es ist?"

"Ja! Entschuldige bitte!"

"Ach was", sagte Monika, "ich freue mich, dass ich deine Stimme höre!"

Und nach einer kurzen Pause: "Ist alles in Ordnung? Geht es dir gut?"

"Nicht wirklich", antwortete Birgit, "der Fall macht mir sehr zu schaffen. Deshalb bin ich auch hiergeblieben. Aber heute Abend komme ich nach Hause!"

"Du weißt schon, dass ich heute Training habe, und dass ich hinterher mit den anderen noch auf ein Glas gehe!"

"Ach ja; hatte ich vergessen!" antwortete Birgit.

Monika machte seit vielen Jahren Kickboxen und ging zweimal in der Woche zum Training. Es wurde sehr oft spät und Birgit schlief meistens schon, wenn Monika nach Hause kam.

"Dann werde ich wohl heute Nacht auch hierbleiben; aber morgen sehen wir uns bestimmt!"

"Ist in Ordnung, Liebling!" antwortete Monika, "und jetzt mach die Augen zu und träum etwas Schönes!"

"Mache ich, mein Schatz!" antwortete Birgit. "Ich hab dich lieb!"

"Ich dich auch!" sagte Monika, hauchte einen Kuss in das Telefon und beendete das Gespräch.

****

Schwester Lioba war in ihrem weltlichen Beruf Schneiderin. Sie trat erst sehr spät in das Kloster ein. Eine enttäuschte Liebe war der Auslöser dafür.

Jetzt arbeitete sie in der Paramentwerkstatt und brachte ihre Fähigkeiten bei der Herstellung von Textilien ein, die im Kirchenraum und bei der Liturgie Verwendung finden.

Die Enttäuschung über die zerstörte große Liebe hatte sie mit in ihr neues Leben genommen, und es war ihr nicht gelungen dieses Gefühl vor den Mauern des Klosters zurück zu lassen.

Birgit sah in ein verhärmtes Gesicht. Es war ein heftiger Kontrast zu dem Gesicht, in welches sie noch am Abend zuvor geblickt hatte.

Schwester Hildegard ging ihr einfach nicht aus dem Kopf. Was hatte sie bewogen ihr diese intime Frage zu stellen.

"Sie wollten mich sprechen?"

Schwester Lioba riss Birgit aus ihren Gedanken.

"Ja! Und vielen Dank, dass Sie gekommen sind!"

"Ich wüsste jedoch nicht, wie ich Ihnen helfen könnte!" sagte Schwester Lioba mit einem stoischen Gesichtsausdruck.

Birgit fragte sich, wann diese Frau das letzte Mal gelächelt oder gelacht haben mag oder ob sie es überhaupt noch kann.

"Sie haben die Tote doch auch gefunden!" sagte Birgit.

"Nein!" antwortete Schwester Lioba, "das stimmt so nicht!"

"Wie war es dann?" fragte Birgit.

"Meine Mitschwester Scholastika hat die altehrwürdige Mutter gefunden und mich dann gerufen!"

"Als sie zu der Toten kamen, wer war da noch anwesend?"

"Schwester Scholastika!"

"Das meine ich nicht! Ich meine: außer Schwester Scholastika!"

"Nur Herr Burger!"

Birgit horchte auf. Davon hatte Schwester Scholastika nichts gesagt. Gut; sie hatte auch nicht explizit danach gefragt.

"Wer ist Herr Burger?" fragte sie Schwester Lioba.

"Das Faktotum des Klosters!"

"Aber sie haben die Tote doch am frühen Morgen gefunden!" sagte Birgit, "ist da der Herr Burger schon im Kloster?"

"Natürlich!" antwortete Schwester Lioba, "Herr Burger schläft doch im Kloster!"

"Interessant!" murmelte Birgit und fuhr fort:

"Wann genau haben Sie die Tote entdeckt; ich meine, wann wurden sie von Schwester Scholastika gerufen?"

"Unmittelbar nach der Prim, glaube ich!"

"Glauben Sie oder wissen Sie? Und was bitte ist die Prim?" fragte Birgit.

"Das ist das erste Gebet des Tages, bevor wir mit unserer Arbeit beginnen!" antwortete Schwester Lioba, "und ja, ich bin mir sicher: es war unmittelbar nach der Prim, also nach 6 Uhr!"

"Hatte Herr Burger vielleicht Blut an seinen Händen oder an seinen Kleidern?"

Birgit starrte in das entsetzte Gesicht von Schwester Lioba.

"Um Gottes willen, nein!" rief sie entsetzt, "Johannes kann keiner Fliege etwas zuleide tun!"

"Sie duzen Herrn Burger?" fragte Birgit, die über die vertraute Nennung des Vornamens von Herrn Burger etwas überrascht war.

"Alle nennen Herrn Burger Johannes", antwortete Schwester Lioba, "warum überrascht Sie das so?"

"Nun, weil hier sonst alles sehr förmlich vor sich geht!" antwortete Birgit.

"Ja, schon!" antwortete Schwester Lioba, "aber wir sind dennoch alle Menschen und Kinder Gottes!"

Birgit ließ es damit bewenden und setzte die Befragung fort:

"Was haben Sie gemacht, als sie bei der Leiche waren?"

"Wir haben sie gewaschen und bekleidet!" antwortete Schwester Lioba.

"War Ihnen nicht bewusst, dass Sie damit alle Spuren des Täters beseitigen?"

"Die Frage stellte sich nicht!" antwortete Schwester Lioba mit einem leichten Anflug von Trotzigkeit. "Wir mussten der altehrwürdigen Mutter Ihre Würde zurückgeben!"

"Und haben sich damit strafbar gemacht!" ergänzte Birgit, die Probleme hatte ihren Unmut zurück zu halten.

"Hier drinnen herrschen andere Regeln als in Ihrer Welt!" konterte Schwester Lioba.

"Und dann haben Sie die Leiche vom Tatort wegbewegt!" fuhr Birgit fort. "Wie haben Sie das gemacht?"

"Das hat Johann gemacht. Er hat einen Schubkarren geholt und die altehrwürdige Mutter darin zur Kapelle gebracht!"

Birgits Verstand verfiel gerade in einen hohen Verwirrungszustand. Sie versuchte sich die skurrile Situation vorzustellen, wie zwei Nonnen und ein Faktotum eine tote Nonne in einem Schubkarren durch das Kloster schieben...

"Und wie ging es dann weiter?"

"Wir haben dann die altehrwürdige Mutter vor dem Altar aufgebahrt und geschmückt!"

"Mit „wir" meinen Sie Schwester Scholastika, Herrn Burger und Sie!"

"Nein!" antwortete Schwester Lioba. "Johannes war da nicht mehr dabei. Dafür kamen aber Schwester Susanna und Schwester Samuela!"

"Was für eine Rolle spielten die denn?" fragte Birgit, deren Verwirrung zuzunehmen schien.

"Schwester Susanna arbeitet in der Kerzenwerkstatt und Schwester Samuela ist für die Herstellung von Hostien zuständig!"

"Das mit den Kerzen kann ich ja noch verstehen. Die haben sie wohl aufgestellt und angezündet!" sagte Birgit, "aber für was brauchten Sie die Hostien?"

Birgit hatte sich verkniffen zu sagen: "Haben Sie sich vielleicht bei der Arbeit damit gestärkt?"

Dieser Mordfall lag zweifellos außerhalb jeglicher Norm; wenn es denn so etwas überhaupt gibt.

"Nein!" sagte Schwester Lioba, "Schwester Samuela kann wunderschön singen!"

"Aha!" sagte Birgit, die nun überhaupt nichts mehr verstand. Sie verbot sich selbst weiter nach Schwester

Samuela zu fragen. Die Antwort hätte sie sicher umgehauen.

"Vielen Dank, Schwester Lioba, Sie haben uns sehr geholfen!"

Mit diesen Worten komplimentierte Birgit die Zeugin hinaus.

"Was war das denn?" fragte Harald, welcher der Befragung stumm gefolgt war.

"Ach, Harri!" seufzte Birgit, "ich glaube, wir sind im falschen Film!"

"Soll ich die nächste Zeugin holen?" fragte Harald.

"Nein!" antwortete Birgit, "ich brauche jetzt eine Pause. Ich muss das erst einmal alles verdauen. So schwere Kost ist mein Magen nicht gewohnt!"

"Gut!" sagte Harald, "dann machen wir nach dem Mittagessen weiter. Ich muss noch etwas erledigen, bin aber wieder pünktlich zurück!"

Als Harald gegangen war, hob Birgit den Hörer ab und wählte die Nummer der Äbtissin.

"Hätten Sie ein paar Minuten Zeit für mich, Schwester Hildegard?" fragte sie, und die Äbtissin antwortete:

"Bitte, kommen Sie in mein Büro; ich erwarte Sie!"

Als Birgit der Äbtissin gegenübersaß, bemerkte sie ein Bild an der Wand, das ihr irgendwie vertraut schien.

"Was haben Sie auf dem Herzen?"

"Ich möchte gern mehr über das Kloster, über seine Bewohner und das Leben im Kloster erfahren!"

"Sehr gern, liebe Birgit!" sagte die Äbtissin und lächelte Birgit liebevoll an.

"Aber zuvor möchte ich noch etwas loswerden!" sagte Birgit. "Ich möchte mich entschuldigen!"

"Das ist nicht nötig!" antwortete die Äbtissin.

"Doch, doch!" entgegnete Birgit heftig, "ich habe mich kindisch benommen; es tut mir leid!"

Als die Äbtissin bemerkte, dass Birgits Blick immer wieder zu dem Bild hinter ihr wanderte, sagte sie:

"Du kennst dieses Bild; nicht wahr?"

Birgit erschrak. Wieso duzte sie die Äbtissin, und ja, das Bild kam ihr irgendwie bekannt vor.

"Das ist „Haus Rosenhügel", wie es früher einmal ausgesehen hat."

Birgit fühlte, wie sich ihr Herz zusammenkrampfte. Erinnerungen wurden wach, und es waren nicht nur schöne.

"Du bist die kleine Birgit Höferer vom Schlafsaal drei!"

"Und dann bist du Eveline! Aber halt, das kann ja nicht sein, du heißt ja „Hildegard" und nicht Eveline!"

"Ich bin es wirklich!" sagte die Äbtissin, "den Namen Hildegard habe ich erst im Kloster angenommen!"

Die beiden Frauen waren aufgestanden und umarmten sich. Tränen standen in ihren Augen. Es waren Tränen der Freude.

Die beiden Mädchen hatten sich damals aus den Augen verloren.

Birgit war die erste, welche das Kinderheim verließ. Sie wurde von einem Ehepaar Schwab adoptiert, das ihr ein glückliches Leben ermöglichte.

Eveline musste noch länger warten; aber irgendwann bekam auch sie neue Eltern. Ein Landgerichtsrat, nebst Gattin, hatten sie auserkoren und alles daran gesetzt ein nützliches Mitglied der Gesellschaft aus ihr zu machen.

Wenn Evelines Jugend auch nicht so sorgenfrei wie die von Birgit verlaufen war, so hatte sie doch nie Grund sich zu beklagen. Neben einer preußischen Erziehung bekam sie auch noch genug Liebe durch ihre Adoptiveltern.

"Ich habe es gestern Abend schon gespürt, dass ich dich kenne!" sagte Eveline, "ich wusste nur noch nicht, woher. Und mit dem Namen „Schwab" konnte ich ja nichts anfangen!"

"Und hast du auch gespürt, dass ich eine Lesbe bin?" fragte Birgit, "oder war das ein Schuss ins Blaue?"

"Kannst du dich noch daran erinnern, wie ich im Heim nächtens zu dir ins Bett geschlüpft bin, weil du wieder einmal geweint hast?" sagte Eveline.

"Und da hast du schon bemerkt, dass ich mich zu Frauen hingezogen fühle?" fragte Birgit. "Das glaube ich dir nicht!"

"Du vergisst, dass ich ein Stück älter bin als du!" entgegnete Eveline.

"Na gut; aber das heißt ja nicht, dass du..."

Birgit hielt inne.

"Soll das bedeuten, dass du auch lesbisch bist?" fragte sie Eveline erstaunt.

"Ja!" antwortete Eveline, "aber - im wahrsten Sinn des Wortes - seit heiligen Zeiten nicht mehr aktiv!"

Birgit hielt sich die Hand vor den Mund. So als wolle sie Worte zurückhalten, die in diesem Augenblick gar nicht vorhanden waren.

"Das Wiedersehen müssen wir unbedingt feiern!"

"Finde ich auch!" sagte Eveline. "Bleibst du wieder über Nacht im Kloster?"

"Ja!" antwortete Birgit freudig.

"Dann komme ich am späteren Abend zu dir und bringe uns eine Flasche Messwein mit!"

"Wunderbar!" sagte Birgit, "ich freue mich schon darauf!"

"Wollen wir jetzt noch über das Kloster reden oder lieber ein anderes Mal?"

"Nein, bitte jetzt, wenn es dir passt!" antwortete die Äbtissin.

Und dann erzählte sie, dass der Konvent zurzeit 17 Schwestern zähle. Dazu käme noch das Faktotum, Herr Gruber, und Pater Anselm, der Beichtvater des Klosters.

"Wohnt der auch im Kloster wie Herr Gruber?" unterbrach Birgit die Äbtissin.

"Nein!" antwortete die Äbtissin. "Der kommt zweimal in der Woche, um die Beichte abzunehmen!"

"Was habt ihr denn zu beichten, dass der Pater zweimal kommen muss?" fragte Birgit scherzhaft.

"Ihr Weltlichen denkt nur an Sexualität, in Verbindung mit dem Wort Beichte", sagte die Äbtissin, "aber vergesst dabei, dass es noch andere Sünden gibt, wie die Lüge oder der Hochmut!"

Birgit war aufgefallen, dass jetzt nicht mehr ihre Freundin aus Kindertagen zu ihr sprach, sondern eine junge, taffe Leiterin eines Benediktinerklosters.

"Unsere Hauptaufgabe besteht in der Feier der Liturgie und in der eucharistischen Anbetung. Als Benediktinerinnen leben wir nach der Regel des heiligen Benedikt, die im 6. Jahrhundert nach Christus entstanden ist.

Unsere eucharistische Ausrichtung verdanken wir „Mechtilde dé Bar", der Gründerin der Benediktinerinnen vom Heiligsten Sakrament!

ORA - LABORA - LEGE

BETE - ARBEITE - LESE

zur Verherrlichung Gottes und für den Dienst an den Menschen!

Unseren Lebensunterhalt verdienen wir durch Arbeit in der Hostienbäckerei, in der Kerzenwerkstatt und in der Paramentenwerkstatt. Kirchen, welche Interesse haben, werden von uns beliefert.

Das war - in kurzen Zügen - ein Bericht von unserem Klosterleben. Ich hoffe, es hilft dir ein wenig. Ansonsten sehen wir uns heute Abend!"

****

"Sie sind also die Schwester, die so schön singen kann!"

Mit diesen Worten begann Birgit die Befragung von Schwester Samuela. Und noch bevor Schwester Samuela darauf antworten konnte, sagte Birgit weiter:

"Und gut backen können Sie auch!"

"Ja", antwortete Schwester Samuela, "ich bin für die Herstellung der Hostien zuständig!"

"Dann erzählen Sie doch einmal, wie das so war an jenem blutigen Morgen!"

"Es war schrecklich!" antwortete Schwester Samuela, "der Anblick der altehrwürdigen Mutter war kaum auszuhalten!"

"Und doch haben Sie geholfen sie zu waschen, zu kleiden und sie in die Kapelle zu kutschieren!"

Harald warf Birgit einen strafenden Blick zu, so als wollte er sagen: "Was ist denn in dich gefahren?"

Birgit gab den Blick zurück, um mit ihren unausgesprochenen Worten zu antworten: "Das hier geht mir gewaltig auf den Senkel!"

Schwester Samuela fing in diesem Augenblick an zu weinen.

Birgit erkannte, dass sie sich im Ton vergriffen hatte. Vor ihr saß eine junge Nonne, die noch nicht so abgebrüht war wie ihre beiden Mitschwestern Scholastika und Lioba.

"Ist ja gut!" sagte sie in ruhigem Ton zu der jungen Frau und fügte hinzu:

"Sie haben einen wunderschönen Namen gewählt. Was bedeutet „Samuela" eigentlich?"

"Das kommt aus dem Hebräischen und bedeutet so viel wie von Gott erhört worden", antwortete Schwester Samuela, die sich wieder gefangen hatte.

"Kann ich Sie noch etwas fragen, Schwester Samuela?"

"Ja, bitte!"

"Wieso waren Sie auch am Tatort?"

"Schwester Susanna hat mich darum gebeten; unsere Zellen liegen direkt nebeneinander!" antwortete Schwester Samuela.

"Ich denke, das genügt für heute!" sagte Birgit und entließ die junge Frau, die sichtlich erleichtert war.

"Die haben Zellen, wie wir auch!" flachste Harald, als Schwester Samuela den Raum verlassen hatte, und er konnte nicht umhin darüber zu lachen.

Nur wenige Augenblicke später klopfte es. Birgit ging zur Tür und öffnete, und sie war nicht wenig erstaunt, als ihr ein Pater gegenüberstand.

"Gott zum Gruß, meine Tochter! Ich soll bei Ihnen vorbeischauen, hat die Äbtissin gesagt!"

"Dann sind Sie Pater Anselm, der Beichtvater!"

"Der bin ich! Was kann ich für Sie tun?"

"Zuerst einmal Platz nehmen, Herr Pfarrer!"

"Pater oder Pater Anselm wäre die korrekte Anrede!" sagte der Gottesmann mit einem Lächeln.

Birgit musste gegen eine aufkommende Übelkeit ankämpfen, als sie den Mann betrachtete:

Den Kopf leicht zur Seite geneigt, die Hände übereinandergelegt, als hielten sie einen kleinen Vogel in der Hand und ein süßsaures Lächeln ergänzten die salbungsvolle Art des Sprechens und machten das Gesamtkunstwerk zu etwas, was Birgit zu tiefst verabscheute: eine schleimige Kreatur in einem Priestergewand.

"Ich möchte Ihnen vorab danken, dass Sie sich die Zeit nehmen, um mir ein paar Fragen zu beantworten!" sagte Birgit und lächelte artig zurück.

"Es wäre mir eine große Freude Ihnen helfen zu können!" antwortete Pater Anselm.

"Wie gut kannten sie die Ermordete?"

Birgit hatte die Bezeichnung bewusst gewählt, wissend, dass sie nicht in das unschuldige, reine Weltbild des Kirchenmannes passte.

Und sie hatte getroffen.

"Ich kannte die Verblichene über viele Jahre..."

Birgit fuhr Pater Anselm in die Parade, indem sie sagte:

"Verblichen ist ein Mensch doch nur, wenn er auf natürlichem Weg diese Welt verlassen hat! Und das ist der Ermordeten nicht gelungen, oder?"

Diese Worte trafen Pater Anselm wie Peitschenhiebe, und er bemühte sich sehr es sich nicht anmerken zu lassen.

"Das ist Auslegungssache, meine Tochter!" antwortete der Pater, den Weg seines süßsauren Singsangs dabei nicht verlassend.

"Bitte, nennen Sie mich nicht meine Tochter", sagte Birgit in schroffem Ton, "das bleibt meinen Eltern vorbehalten, Pater Anselm!"

Nachdem die Grenzen klar abgesteckt waren, fuhr Birgit fort und kam zu der ihr wichtigen, eigentlichen Frage:

"Haben in den letzen Tagen irgendeine oder auch mehrere Personen bei Ihnen einen Mord gebeichtet?"

Pater Anselm neigte seinen Kopf noch um einige Grade mehr zur Seite und zog seine Mundwinkel noch ein Stückchen höher, bevor er antwortete:

"Das kann und darf ich Ihnen nicht sagen, Frau Kommissar!" triefte es bedauernd aus seinem Mund. "Das Beichtgeheimnis! Sie verstehen?"

Birgit bemerkte, dass sie sich ein Eigentor geschossen hatte. Ihr Blick ging zu Harald, der ihn wohl zu deuten wusste.

"Ich möchte ja keinen Namen von Ihnen, Pater Anselm!" startete Birgit einen weiteren Versuch, "nur ob oder ob nicht!"

"Das Beichtgeheimnis, Frau Kommissar! Ich bin daran gebunden; es tut mir sehr leid!"

"An dieser Lüge sollst du ersticken, du Wurm!" dachte Birgit, und sie fühlte eine Welle des Zornes in sich aufsteigen.

"Vielen Dank, Pater Anselm und auf Widersehen!"

****

"Ich hoffe, du magst Wein!" sagte Eveline, als sie in das Zimmer von Birgit eintrat.

Das Kloster beherbergte manchmal Gäste, die zu einem Seminar verweilten, und hatte einige frühere Zellen, die nicht mehr belegt waren, zu Gästezimmern umfunktioniert.

"Ich trinke alles!" sagte Birgit, "Hauptsache Alkohol!"

Die beiden Frauen lachten.

"War dein Tag erfolgreich und hast du schon den Mörder?" fragte Eveline.

"Weder das eine noch das andere!" antwortete Birgit. "Das Schlimmste jedoch war eine Begegnung der dritten Art!"

"Pater Anselm!" kam es spontan aus Evelines Mund.

"Pater Anselm!" bestätigte Birgit. "Wie hältst du diesen Menschen nur aus?"

164

"Ich betrachte ihn als Prüfung, der ich mich zweimal in der Woche aussetzen muss!" antwortete Eveline mit einem Grinsen. "Aber jetzt lass uns über uns reden!"

"Eine Sache noch!" sagte Birgit, "wenn du erlaubst!"

"Also gut; aber dann wird gefeiert!"

"Ihr habt doch ein Faktotum im Kloster, Herrn Burger, der auch hier schläft."

"Ja! Was ist mit ihm?"

"Genau das möchte ich von dir wissen."

Eveline sah Birgit einen Moment lang an, bevor sie antwortete:

"Johannes ist ein fleißiger Mann, der für das Kloster unentbehrlich ist! Er ist schon viele Jahre hier und ich kann nichts Schlechtes über ihn sagen!"

"Hatte er auch mit der Altäbtissin zu tun?"

Wieder zögerte Eveline.

"Du wirst es ja doch erfahren", sagte sie, "es wird gemunkelt, dass die beiden etwas miteinander hatten!"

"Was?" platze Birgit heraus, "in diesen heiligen Mauern?"

"Nicht so laut!" flüsterte Eveline, "oder willst du, dass uns jemand hört?"

"Das kann ich gar nicht glauben!" sagte Birgit, "das ist ja monströs!"

"Wieso ist Liebe monströs?" fragte Eveline. "Das ist ein Urgefühl, welches jedem Menschen innewohnt!"

"Jetzt brauche ich erst einmal einen Schluck!" sagte Birgit und deutete auf die Flasche hin, welche Eveline noch immer in den Händen hielt!

Eveline goss ein und dann öffneten die beiden ein Album der Erinnerung, das voller Bilder war.

"Lebst du allein oder hast du jemanden?" fragte Eveline die Freundin.

"Ich lebe mit einer Frau zusammen!" antwortete Birgit und zeigte Eveline ein Bild auf ihrem Smartphone. "Sie heißt Monika und ist Lehrerin!"

"Das freut mich für dich!" sagte Eveline. "Aber wieso bist du jetzt nicht bei ihr?"

"Sie hat heute Training!" antwortete Birgit, "aber ich wäre heute auch so hiergeblieben!"

Die Blicke der beiden Frauen bündelten sich und wurden zu einem dicken Strang.

"Es ist schon spät!" sagte Birgit. "Ich glaube, ich muss jetzt ins Bett! Bleibst du noch so lange, bis ich eingeschlafen bin?"

Und bevor Eveline antworten konnte, begann Birgit sich auszuziehen und ins Bett zu legen.

"Du schläfst immer noch gern nackt!" sagte Eveline, "so wie früher!"

"Ja!" antwortete Birgit und ihre Stimme war so sehnsuchtsvoll wie ihr Blick.

"Leg dich zu mir, Evi!" sagte Birgit und sie benützte den Kosenamen, den sie vor vielen Jahren zum letzten Mal verwendet hatte. "Dann habe ich auch keine Angst mehr!"

Eveline streifte ihr Habit ab und legte sich zu Birgit.

"Ich will dich!" sagte sie und ihre Hände griffen nach Birgits Körper.

"Lässt sich das mit deinem Gelübde vereinbaren?" fragte Birgit, die das nicht erwartet hatte. Sie wollte ihre Freundin einfach nur spüren, von ihr in den Arm genommen werden; aber nicht mehr.

"Liebe ist von Gott gewollt und die Lust ist ihre kleine Schwester. Ich werde das mit meinem Gott schon klären!"

****

"Guten Morgen, Lieblingskollege Strom!"

"Nanu!" sagte Harald, "so früh am Morgen und so gut gelaunt?"

"Ja, Herr Kriminaloberkommissar! Ich habe herrlich geschlafen und ich habe Dynamit gefunden!"

"Wie meinst du das?"

"Das Faktotum und die alte Äbtissin hatten ein Verhältnis!"

"Ist nicht wahr!" sagte Harald, "ich werde verrückt!"

"Ja, ja...", sagte Birgit, "wir sind halt alle nur Menschen!"

"Soll ich den Lustmolch holen?" fragte Harald.

"Nein!" antwortete Birgit, "sonst merkt er, dass wir ihn auf dem Radar haben. Du fährst sofort zum Staatsanwalt und besorgst einen Durchsuchungsbeschluss für seine Kammer. Und sage dem Staatsanwalt, dass Gefahr im Verzug ist. Und beeile dich!"

****

Schwester Susanna war die letzte im Bunde, welche Birgit zur Befragung einbestellte.

"Sie sind die Schwester, welche die schönen Kerzen herstellt!" begrüßte Birgit Schwester Susanna.

Schwester Susanna errötete leicht ob des Kompliments.

"Das hat noch niemand zu mir gesagt!"

"Aber wenn es doch so ist!" entgegnete Birgit.

Sie hatte beschlossen einen Gang herunter zu schalten, zumal sie endlich einen Verdächtigen hatte.

"Schildern Sie mir doch bitte, was Sie aus jener verhängnisvollen Nacht noch in Erinnerung haben!"

Schwester Susanna berichtete, dass sie mit Schwester Samuela zum Tatort geeilt sei, und dass sie dann den Anordnungen von Schwester Scholastika gefolgt sei.

Und dass sie Kerzen geholt und aufgestellt hatte, nachdem die altehrwürdige Mutter in der Kapelle aufgebahrt worden war.

Birgit hörte nicht wirklich zu. Sie folgte nur einem Ablauf, wie es bei einem Mordfall üblich war: Befragung aller Zeugen, Motivsuche und Erstellen eines Berichts.

Ihre Gedanken rankten sich noch immer um die vergangene Nacht. Sie hatte schon so einige Liebesnächte mit den verschiedensten Partnerinnen erlebt, und das Sexualleben mit Monika war mehr als erfüllend. Aber was in der vergangenen Nacht passierte, übertraf alles bisher Dagewesene.

****

"Hallo, Moni!"

"Hallo, Liebling! Warum so förmlich? Ist alles in Ordnung?"

Birgit hatte in der Mittagspause Monika angerufen.

"Alles bestens!" antwortete Birgit. "Wie war das Training?"

"Wie immer!" sagte Monika, "anstrengend; vor allem hinterher!"

"Ist es wieder spät geworden?" fragte Birgit.

"Ja; auch wie immer!" lachte Monika. "Und gibt es bei dir etwas Neues?"

"Du weißt, dass ich dir das nicht sagen darf!"

"Kommst du heute Abend nach Hause?" fragte Monika weiter.

"Habe ich dir ja gesagt!" antwortete Birgit.

"Das ist fein! Soll ich uns etwas kochen oder wollen wir vielleicht zum Italiener gehen?"

"Nein, ich möchte lieber zuhause bleiben!"

"Alles klar! Ich koche uns etwas Gutes und dann lasse ich uns ein Bad zum Entspannen ein. Und vielleicht gibt es hinterher noch eine gute Massage!"

Was die Bemerkung mit der Massage betraf, so wusste Birgit genau, was Monika damit verband. Und so sehr sie es immer genossen hatte, so wenig verspürte sie jetzt etwas Wünschenswertes damit.

"Das sehen wir dann alles, wenn ich zuhause bin!" sagte Birgit etwas lustlos. Monika hatte es bemerkt und sagte:

"Ist wirklich alles in Ordnung? Du wirkst irgendwie müde!"

"Alles bestens!" antwortet Birgit, "es ist nur die Arbeit!"

"Dann ist es ja gut!" sagte Monika, "bis heute Abend, mein Liebling und fahre vorsichtig!"

"Mache ich!" sagte Birgit und beendete das Gespräch.

****

Es war keine besondere Überraschung, dass im Zimmer von Johann Gruber ein Messer gefunden wurde, das zum Profil der Stichwunde in der Brust der Toten passte. Der Mörder hatte gezielt in das Herz der Altäbtissin gestochen; sie war auf der Stelle tot.

Harald war noch am selben Nachmittag mit dem Durchsuchungsbeschluss zurückgekommen.

Johann Gruber ließ sich willenlos festnehmen. Zur ersten Befragung sagte er jedoch kein Wort.

Birgit und Harald waren erleichtert, dass der Spuk vorüber war. Sie hatten schon nicht mehr daran geglaubt den Fall lösen zu können.

Schmittchen Schleicher war voll des Lobes für seine Beamten, steckte sich den Erfolg jedoch an sein Revers, hatte er doch das feine Händchen eine Frau mit der Bearbeitung dieses diffizilen Mordfalls zu beauftragen.

****

"Ich freue mich, dass Sie den Fall so schnell lösen konnten, bedauere aber auch, dass unsere Zusammenarbeit hiermit endet!" sagte die Äbtissin zu Birgit. "Sie haben sehr viel Feingefühl gezeigt, wofür ich Ihnen ausdrücklich danken möchte!"

Birgit hätte sich gerne allein von ihrer Freundin verabschiedet, das wurde aber von Harald unwissentlich vereitelt.

Er war ihr einfach nicht mehr von der Seite gewichen, seit die Kollegen den Mörder in Handschellen abgeführt hatten. Auf der Rückfahrt suhlte sich KOK Strom förmlich in ihrem Erfolg.

"Von wegen „Feingefühl", sagte er zu Birgit, "wenn ich an den Pater denke..."

"Halt einfach die Klappe, Harri!" sagte Birgit, und Birgit sagte es so, dass es Harald auch verstehen konnte.

Die Äbtissin hatte den beiden zum Abschied ein Kuvert übergeben mit der Bemerkung, es handle sich um ein kleines "Dankeschön".

Der Inhalt der beiden Kuverts war jedoch verschieden. Währen Harald eine Art „Heiligenbild mit Sinnspruch" erhielt, lag in Birgits Kuvert ein Brief:

"Liebe Biggi!
Es mag ein Zufall sein, der uns nach so vielen Jahren der Trennung wieder zusammengeführt hat oder auch nicht. Ich denke, es ist kein Zufall, sondern Fügung. Ich gebe dir fürsorglich meine Handynummer, unter der du mich Tag und Nacht erreichen kannst.
Ich werde immer für dich da sein, kleine Biggi, und ich hoffe sehr, dass wir uns nie mehr aus den Augen verlieren werden!
In Liebe Deine Evi" (0123 4567 8901)

"Ich bin sehr froh, dass du wieder da bist; ich habe dich so vermisst!" sagte Monika und küsste ihre Freundin.

Birgit reagierte auf die herzliche Begrüßung eher zurückhaltend.

"Deine Wiedersehensfreude ist nicht gerade überwältigend!" sagte Monika und der Gesichtsausdruck ließ ihre Enttäuschung deutlich erkennen.

"Entschuldige Moni!" sagte Birgit, "ich bin einfach nur erledigt. Die letzten Tage sind schon sehr an die Substanz gegangen!"

"Ich muss mich entschuldigen, mein Liebling, dass ich so unsensibel bin!" erwiderte Monika und nahm Birgit in den Arm.

"Du wirst sehen, ein gutes Essen, ein entspannendes Bad und meine Spezialmassage werden dich wieder auf Vordermann bringen!"

Birgit lächelte.

"Was hast du denn Feines gekocht?" fragte sie.

"Riechst du es nicht?" fragte Monika.

"Coq au vin?" fragte Birgit.

"Jetzt bin ich aber erleichtert!" sagte Monika und lachte, "ich hatte schon Angst, du hättest deinen Geruchssinn verloren!"

Nach dem Essen ging Monika ins Bad, um Wasser in die Wanne einzulassen.

"Kommst du, Liebling!" rief sie nach Birgit. "Jetzt kommt das Bad und danach die Massage! Freust du dich schon darauf?"

"Ja, sehr!" antwortete Birgit; "aber bitte ohne Massage. Ich bin einfach viel zu müde. Ich möchte nur noch schlafen!"

"Das verstehe ich!" sagte Monika. Ihre Stimme und der Ausdruck in ihrem Gesicht bestätigten dies aber nicht.

"Soll ich dir vielleicht ein Glas Wein bringen oder ein Glas Sekt?" fragte Monika.

"Nein, danke!" antwortete Birgit, "lass mich einfach nur eine Weile in der Wanne entspannen und dann ab ins Bett!"

Als Birgit wenig später im Bett lag, führten sie ihre Gedanken ins Kloster. Sie sah Eveline vor ihren Augen und sie spürte ihren weichen Körper.

Monika empfand den Gutenachtkuss ihrer Freundin zuvor als kein gutes Zeichen...

"Der Medizinmann will uns unbedingt sehen!" sagte Harald und legte den Hörer auf.

"Was will er?" fragte Birgit.

"Hat er nicht gesagt!"

"Dann werden wir ihn jetzt einmal fragen, was er will!" sagte Birgit.

Dr. Bloch begrüßte die beiden Kriminalisten.

"Hallo Biggi!" sagte er mit strahlender Miene, "schön dass du gleich gekommen bist!"

Für die Begrüßung von Harald verwendete der Doktor nur ein leichtes Kopfnicken.

"Hallöchen, Blochi!" sagte Birgit, die sich über das Wiedersehen mit dem Gerichtsmediziner sichtlich freute. "Was ist denn so dringend, dass wir bei dir erscheinen sollen?"

"Eine Ungereimtheit oder vielleicht sogar zwei!" antwortete Dr. Bloch.

"Mach es bitte nicht so spannend!" sagte Birgit, "und erzähle schon, was los ist!"

"Wie alt ist euer Verdächtiger?" fragte Dr. Bloch.

"Sie meinen wohl den Täter und nicht den Verdächtigen?" mischte sich jetzt Harald ein, der sich ein wenig übergangen fühlte. "Johann Burger ist eindeutig der Täter!"

"Da wäre ich mir nicht so sicher, Schmitt!"

Die Tatsache, dass der Doktor ihn siezte und einfach nur „Schmitt" nannte, nagte schon sehr an Haralds Selbstbewusstsein.

Es war auch nicht richtig, dass der Doktor am Telefon gesagt hatte, er wolle beide sehen. Genau genommen hatte er nur nach Birgit gefragt.

"Also, wie alt ist Herr Burger?" fragte Blochi noch einmal.

"Ich weiß es momentan nicht ganz genau", sagte Birgit, "aber auf jeden Fall über sechzig!"

"Dann ist er sehr wahrscheinlich nicht der Mörder!"

"Was?"

Harald hatte es förmlich hinausgeschrien.

"Das ist doch völliger Quatsch! Wir haben das Geständnis des Mannes! Sie sind völlig auf dem Holzweg!"

Blochi sah Birgit an und er erkannte den zunehmenden Zweifel in ihrem Gesicht.

"Wir haben kein Geständnis, Harri!" sagte sie leise, "Herr Burger hat nicht gesagt, dass er nicht der Täter ist. Ein Geständnis ist etwas anderes!"

"Spielst du jetzt auch verrückt!" sagte Harald laut, der sich seinen Täter auf gar keinen Fall wieder wegnehmen lassen wollte. "Burger ist der Mörder und basta!"

"Beruhige dich erst einmal!" sagte Birgit zu Harald und zu Dr. Bloch:

"Du sprachst doch von mehreren Ungereimtheiten! Was hast du?"

"Diesen Blödsinn muss ich mir nicht länger anhören!" sagte Harald und verließ wutschnaubend die Arena wie ein verwundeter Stier.

"Wie hältst du es nur aus mit diesem Choleriker?" sagte Dr. Bloch, "der ist ja völlig unberechenbar."

"Harald ist schon in Ordnung!" sagte Birgit, "er ist ein guter und verlässlicher Kollege, und ich arbeite sehr gern mit ihm zusammen!"

"Du musst es ja wissen!" sagte Dr. Bloch, "doch nun zu den Ungereimtheiten:

"Wir sind uns doch einig darüber, dass dieser Mord eher ein Gemetzel war als ein reines Tötungs-delikt. Das ist die Tat eines Wahnsinnigen oder eines Fanatikers. Es könnte sich aber auch um einen Racheakt handeln oder der Mord hat religiösen Hintergrund!"

"Du denkst an das eingeritzte Kreuz!" sagte Birgit.

"Ja!" antwortete Blochi und fuhr fort:

"Führe dir jetzt einmal Herrn Burger vor Augen, und dann frage dich, ob dieser Mann ein Fanatiker ist, der - völlig außer Kontrolle geraten - einen solchen Mord begehen kann!"

"Das fällt mir schwer; das muss ich zugeben!" antwortete Birgit, "aber warum hat er sich bei der Verhaftung nicht gewehrt?"

"Das musst du ihn schon selber fragen!" antwortete Dr. Bloch.

"Du sprachst doch von mehreren Ungereimtheiten, was hast du denn noch?"

"Das betrifft das Ejakulat, das wir bei der Toten gefunden haben!" antwortete Dr. Bloch, "das ist irgendwie komisch!"

"Komisch?" fragte Birgit, "wie meinst du das?"

"Das Ejakulat eines jungen Mannes besitzt eine größere Dynamik als das eines älteren Mannes!"

"Das verstehe ich; aber auch wieder nicht!" sagte Birgit verunsichert. "Kannst du das etwas präzisieren?"

"Natürlich!" antwortete Dr. Bloch. "Wenn ein junger Mann eine Frau penetriert und dann in sie hinein ejakuliert, dann dringen die Spermien recht tief in Vagina und Richtung Uterus ein!"

"Geht das auch mit weniger Latein, Herr Professor!" sagte Birgit, die sehr wohl alles verstanden hatte. Obwohl die Angelegenheit einer gewissen Ernsthaftigkeit unterworfen war, so konnte sie nicht umhin, Freund Blochi ein wenig zu verunsichern.

"Was ich meine...", begann Dr. Bloch, der sogleich von Birgit unterbrochen wurde.

"Ich habe schon verstanden, Blochi!" sagte Birgit mit einem Augenzwinkern, "fahre bitte fort!"

"Ihr jungen Leute habt einfach keinen Respekt mehr!" sagte Dr. Bloch, und er setzte seine Ausführungen fort:

"Hingegen ist das Ejakulat eines älteren Herrn schon recht träge!"

Und nach einer kurzen Pause: "Verstehst du, was ich damit sagen will?"

"Nicht im Geringsten!" antwortete Birgit wahrheitsgemäß.

"Dann muss ich es dir wohl erklären!" sagte Dr. Bloch.

"Hätte die Penetration der Toten durch Herrn Burger stattgefunden, dann wäre das Sperma niemals so weit in den Körper der Toten eingedrungen!"

"Bist du dir da ganz sicher?" fragte Birgit überrascht.

"Ziemlich sicher!" antwortete Dr. Bloch.

"Das ist mir zu wenig!" sagte Birgit.

"Das muss aber reichen; denn mehr gibt es nicht!"

Birgit dachte einen Moment lang nach und sagte dann:

"Ich werde Herrn Burger noch einmal befragen, vielleicht bekomme ich dann Gewissheit. Ich weiß nur noch nicht, wie ich das Schmittchen Schleicher beibringen soll...

****

Bevor Birgit nach Hause fuhr, machte sie noch bei einem Blumenladen Halt. Sie kaufte einen Strauß gelbe Rosen, die Lieblingsblumen von Monika.

"Für dich, mein Schatz!"

"Du bist süß!" sagte Monika, als sie die Blumen entgegennahm, "ich habe schon geglaubt, du liebst mich nicht mehr!"

"Ich weiß, ich war gestern etwas kurz angebunden! Ich hoffe, du kannst mir verzeihen!"

"Schon geschehen!" sagte Monika und gab Birgit einen Kuss.

"Können wir die Massage heute nachholen?" fragte Birgit mit einem schelmischen Lachen.

"Mal sehen!" sagte Monika, "wenn du recht artig bist!"

Der Abend verlief in gewohnten Bahnen. Die beiden Frauen sahen sich einen Videofilm an, tranken ein paar Gläser Wein und widmeten sich dann ihrer Massage.

Als die beiden schweißgebadeten Körper später nebeneinander lagen, sagte Birgit, wie aus heiterem Himmel:

"Die haben dort Gästezimmer im Kloster. Da könnten wir doch einmal Urlaub machen!"

"Wie kommst du ausgerechnet jetzt darauf?" fragte Monika ganz erstaunt.

"Einfach so!" antwortete Birgit und war sich im selben Augenblick bewusst, dass sie in ihrem Unterbewusstsein gerade mit Eveline geschlafen hatte.

****

"Guten Morgen, Herr Burger!" sagte Birgit, als sie den Verhörraum betrat. Sie stellte einen Becher mit

Kaffee vor ihn hin und legte eine Fotografie der Toten daneben.

Als Johann Burger das Foto erblickte, sackte er in sich zusammen. Tränen rannen ihm über das Gesicht, als er vor sich hin murmelte:

"Warum macht jemand so etwas?"

Birgit nahm das Foto an sich und sagte:

"Ich werde mich dafür einsetzen, dass Sie schnellstmöglich entlassen werden. Es tut mir so leid!"

"Das darf doch nicht wahr sein!" tobte der Erste KHK, als er von Birgit die Neuigkeit erfuhr.

"Erst bringen Sie mir den Täter, und dann nehmen Sie ihn mir wieder weg? Wie stehe ich denn da?"

"Die neuen Fakten liegen erst seit kurzem auf dem Tisch; ich kann auch nichts dafür!" versuchte Birgit sich zu rechtfertigen.

"Aber wieso hat dieser Trottel ein Geständnis abgelegt, wenn er gar nicht der Mörder ist?"

Schmittchen Schleicher konnte und wollte sich einfach nicht beruhigen.

"Der Mann heißt Johann Burger und ist weder ein Trottel noch der Mörder!" konnte sich Birgit nicht verkneifen zu sagen.

Was sie sich allerdings verkniff, war der Zusatz: "Der Trottel sind eher Sie, Herr Hauptkommissar!"

"Sind die neuen Beweise wenigstens hieb- und stichfest?" fragte KHK Schmitt.

Birgit war überrascht, dass ihr Chef ihre Bemerkung unkommentiert gelassen hatte.

"Das ist nicht so einfach, Herr Hauptkommissar!" antwortete Birgit.

"Und wieso nicht?"

"Weil man nicht unbedingt von Beweisen sprechen kann; eher von Vermutungen. Jedoch mit einem sehr hohen Wahrscheinlichkeitsgrad!"

"Das zerpflückt Ihnen die Staatsanwaltschaft mit links!" sagte KHK Schmitt, "damit kommen Sie nicht durch! Und dann ist ja auch noch die Tatwaffe, die wir bei Herrn Burger gefunden haben!"

Birgit musste sich eingestehen, dass ihr Chef leider recht damit hatte.

"Können Sie trotzdem die Freilassung des Mannes veranlassen?" fragte Birgit, sehr wohl wissend, dass das nicht möglich sein würde.

"Nicht aufgrund der neuen Erkenntnisse, von denen wir nicht wissen, was sie wirklich wert sind!"

"Ich habe es mir fast gedacht; Chef!"

Birgit traute ihren Ohren nicht, als sie ihren Chef sagen hörte:

"Es tut mir leid, Schwab, aber Sie kennen die Spielregeln. Bringen Sie mir einen neuen Täter, und wenn möglich, dieses Mal den richtigen!"

*****

Birgit machte auf dem Nachhauseweg einen kleinen Abstecher an den Fluss. Sie kam ab und zu hierher, wenn sie den Kopf leer kriegen wollte.

Sie setzte sich auf eine Bank und wählte die Nummer des Klosters.

"Hier spricht KHKin Schwab. Ich möchte gern die Frau Äbtissin sprechen!"

"Das geht im Augenblick leider nicht; sie ist nicht in ihrem Zimmer!" kam nach kurzer Zeit die Antwort.

"Dann versuche ich es später noch einmal!"

Birgit hätte gern die Nummer von Evelines Handy angerufen, hatte aber den Brief nicht bei sich, den ihr Eveline zum Abschied mitgegeben hatte.

Wenige Minuten später läutete Birgits Telefon.

"Du wolltest mich sprechen?"

Es war Eveline, die sie anrief.

"Warum rufst du mich nicht auf dem Handy an?" sagte sie, "ich habe dir doch meine Nummer gegeben!"

"Weil ich sie nicht bei mir habe!"

"Ach so! Es ist schön, dass du anrufst. Ich freue mich sehr! Wie geht es meiner kleinen Biggi?"

"Warum nennst du mich ständig kleine Biggi", fragte Birgit.

"Weil du nie aufgehört hast meine kleine Biggi zu sein; auch als ich dich aus den Augen verloren hatte!" antwortete Eveline. "Aber wenn du das nicht möchtest..."

"Doch, doch!" beeilte sich Birgit zu sagen, "nenne mich weiter so! Es fühlt sich gut an; bitte tu es!"

"Was hast du auf dem Herzen?"

"Ich habe eine gute und eine schlechte Nachricht!" begann Birgit, "die gute Nachricht ist, dass Herr Burger sehr wahrscheinlich unschuldig ist und die schlechte, dass seine Enthaftung noch etwas dauern wird!"

"Das ist ja wunderbar!" sagte Eveline. "Das wäre direkt ein Grund zu feiern. Möchtest du vielleicht vorbeikommen?"

"Das muss ich sogar!" sagte Birgit.

"Wie schade!" sagte Eveline, "und ich habe geglaubt, du würdest freiwillig kommen!"

Die beiden Frauen lachten und Birgit fühlte eine so wunderbare Nähe zu Eveline, als würde sie neben ihr auf der Bank sitzen.

"Ich müsste Pater Anselm noch einmal befragen. Welches sind die Tage, an denen er zu euch ins Kloster kommt?"

"Dienstag und Donnerstag!" antwortete Eveline.

"Das trifft sich gut!" sagte Birgit, "das sind auch die Tage, an denen Monika zum Training geht.

"Heißt das, dass du auch hier nächtigen wirst?" fragte Eveline, und in ihrer Stimme schwang eine zarte Hoffnung mit.

"Wenn es dir recht ist?" sagte Birgit.

"Wie kannst du fragen!" sagte Eveline, "sehr sogar; ich stelle schon einmal den Messwein kalt!"

****

Als Birgit nach Hause kam, wurde sie von Monika bereits erwartet. Als sie ihr einen Kuss geben wollte, wich ihr Monika aus.

"Was hast du?" fragte Birgit.

"Nichts!" antwortete Monika, "ich habe nur ein wenig Kopfschmerzen!"

Das Abendessen verlief in einer frostigen Atmosphäre.

"Hast du morgen Abend Training?"

"Natürlich!" antwortet Monika, "das weißt du doch!"

"Das trifft sich gut!" sagte Birgit, "denn ich muss morgen noch einmal zu einer Befragung ins Kloster!"

"So, so!" sagte Monika in einer leicht zynischen Weise, "so nennt man das also: Befragung!"

"Was ist los mit dir?" fragte Birgit, der das Verhalten von Monika allmählich seltsam vorkam.

"Von wegen Befragung!" stieß Monika wütend hervor, "du besuchst diese Klosterschlampe!"

"Bist du übergeschnappt?" rief Birgit entsetzt, "was redest du da für einen Mist!"

"Mist nennst du das?" schrie Monika hysterisch und fuchtelte wie wild mit Evelines Brief an Birgit herum.

"Wo hast du das her?" schrie Birgit Monika an. "Gib mir sofort den Brief!"

"Da hast du deinen Brief!" rief Monika, indem sie ihn zerriss und Birgit entgegen schleuderte.

Birgit beugte sich nieder, um die einzelnen Teile aufzusammeln.

"Das hättest du nicht tun sollen!"

Birgits Augen waren weit aufgerissen.

"Pack dir ein paar Sachen und verschwinde! Ich will dich eine Weile hier nicht mehr sehen!"

"Das hätte ich sowieso getan. Du hast mich betrogen; du hast unsere Liebe verraten. Ich hasse dich!"

Birgit kauerte auf dem Boden, die Papierschnipsel in ihren Händen und schluchzte.

Als Monika mit ihrem Koffer die Treppe herunterkam, sagte sie:

"Warum bist du so gemein; ich verstehe dich nicht mehr. War das gestern Abend nur Lüge?"

"Dasselbe könnte ich dich fragen, mein Liebling!" antwortete Monika und zog die Tür ins Schloss.

"Soll ich nicht doch lieber mitfahren?" fragte Harald. Er war enttäuscht, als Birgit ihm sagte, sie wolle die Befragung von Pater Anselm allein durchführen.

"Nein, Harri!" antwortete Birgit, "ich möchte, dass du alle Fakten noch einmal durchgehst. Wir müssen irgendetwas übersehen haben! Und Blochi soll sich die Tatwaffe noch einmal genau ansehen!"

"Na gut!" brummte Harald. Er hatte es einfach noch einmal versuchen wollen.

****

"Es tut mir so leid!" stand in der SMS, die Monika an Birgit geschickt hatte. "Meine verdammte Eifersucht.

Mir ist natürlich klar, dass diese Eveline mit dem lieben Gott verheiratet ist und eine Lesbe nicht zu ihrem Beuteschema gehört. Bitte, verzeih mir!"

Und Birgit hatte geantwortet:

"Ich verzeihe dir! Aber ich möchte ein paar Tage für mich allein sein. Und ein bisschen Strafe muss schon sein, du dummes Ding!"

****

"Wie geht es Ihnen, Frau Hauptkommissarin?"

Mit diesen Worten begrüßte die Äbtissin KHKin Schwab, als sie im Kloster ankam. Sie war zur Pforte gekommen, um Birgit zu begrüßen.

"Ich habe Pater Anselm schon davon in Kenntnis gesetzt, dass Sie noch ein paar Fragen an ihn haben. Er wird Ihnen nach der Beichte, d.h. so gegen 18 Uhr zur Verfügung stehen!"

"Vielen Dank, Frau Äbtissin, dass Sie es einrichten konnten!" antwortet Birgit brav und hatte Mühe ernst dabei zu wirken.

Am liebsten wäre sie Eveline um den Hals gefallen, so sehr freute sie sich, dass sie ihre Freundin wiedersah.

"Ich möchte Sie bitten mit in mein Büro zu kommen. Es wären meinerseits noch einige Dinge zu klären!"

"Sehr gern, Frau Äbtissin!" sagte Birgit und hätte am liebsten einen Knicks dabei gemacht. Doch sie zog es vor ihren Übermut zu beherrschen.

Als die Tür zum Büro geschlossen war, fielen sich die beiden Frauen um den Hals. Birgit wollte die Freundin küssen, was diese aber ablehnte.

"Bitte nicht im Habit und nicht in diesem Büro!"

"Vielen Dank, Pater Anselm, dass Sie sich zur Verfügung stellen!"

Der Priester war kurz nach 18 Uhr erschienen und hatte sich Birgit gegenübergesetzt.

"Sie haben noch weitere Fragen in der leidigen Angelegenheit?" sagte er in gewohnt süffisantem Tonfall.

Birgit hatte sich fest vorgenommen den Provokationen des Gottesmannes - seine Körperhaltung und Sprache betreffend - zu widerstehen, schaffte es aber nicht wirklich.

"Leidig ganz sicher, Herr Pfarrer", antwortete sie, "Angelegenheit eher nein! Wir untersuchen nach wie vor einen abscheulichen Mord, der in diesen heiligen Mauern verübt wurde!"

Damit waren die Visiere heruntergeklappt und das Turnier konnte beginnen.

"Wo waren Sie am 14. dieses Monats, in der Zeit zwischen 23:00 Uhr und 01:00 Uhr morgens?"

Mit dieser Frage startete Birgit einen Frontalangriff. Pater Anselm kam altersmäßig für den Mord in Frage, obwohl sein Verhalten eher auf Pädophilie hindeutete, als auf das Begehren für eine alte Nonne.

"Fragen Sie mich das ernsthaft?" sagte der Pater, dem das Entsetzen deutlich ins Gesicht geschrieben stand.

"Sehen Sie mich vielleicht lachen?" antwortete Birgit, und das fühlte sich für sie richtig gut an.

Pater Anselm rückte seinen Kopf gerade und eine leichte Röte überzog sein Gesicht. Und es war nicht die Röte für Scham, sondern die für Wut, die er nur mühsam unterdrücken konnte.

Birgit hatte es natürlich bemerkt und sie legte nach:

"Ich frage Sie noch einmal: Wo waren Sie...?"

"Ist ja gut!" stieß Pater Anselm hervor, "ich muss nur kurz nachdenken! Was war das für ein Wochentag?"

"Ein Donnerstag!" antwortete Birgit, "es war in der Nacht von Donnerstag auf Freitag!"

"Ach ja", sagte der Pater, "ich erinnere mich! Da war ich hier im Kloster, um die Beichte abzunehmen. Aber nur bis ca. 19:00 Uhr. Danach bin ich nach Hause gegangen!"

"Gibt es dafür Zeugen?"

"Dass ich die Beichte abgenommen habe?"

"Nein; dass Sie nach 19:00 Uhr das Kloster wieder verlassen haben!" sagte Birgit leicht unmutig.

"Das weiß ich nicht!" antwortete Pater Anselm.

"Das heißt, Sie könnten sich im Kloster versteckt haben, um später den Mord zu begehen!"

"Sind Sie übergeschnappt!" sagte der Pater, "ich bin Priester und kein Mörder!"

"Das eine schließt das andere nicht aus!" antwortete Birgit, und sie genoss es den bis vor kurzem überheblichen und so souverän wirkenden Gottesmann wanken zu sehen.

"Das muss ich mir nicht mehr länger anhören!" schrie er jetzt, bar jeglicher Beherrschung, "ich werde mich über Sie beschweren!"

Damit stand er auf, um das Zimmer zu verlassen. Birgit war ebenfalls aufgestanden und auf den Pater zugegangen.

"Pater Anselm, ich nehme Sie hiermit vorläufig fest wegen des Verdachts der Tötung der Äbtissin Bonifatia!"

Sie übergab den Beamten, welche Birgit zum Kloster begleitet hatten, den Verdächtigen und wies sie an den Pater ins Untersuchungsgefängnis zu überführen.

****

Birgit wartete voller Ungeduld auf die Freundin. Es war schon nach 20:00 Uhr und Eveline war noch immer nicht erschienen.

"Ich dachte schon, du kommst nicht!" sagte Birgit eine halbe Stunde später, als Eveline mit dem Messwein bei der Tür hereinkam.

"Entschuldige, Biggi, dass du so lange warten musstest", sagte sie und umarmte ihre Freundin, "aber bis jetzt war die Hölle los!"

"Wieso das denn?" fragte Birgit.

"Du hast mit der Verhaftung von Pater Anselm eine Lawine losgetreten!"

"Aha!" sagte Birgit und schaute Eveline fragend an.

"Die Diözese hat sich bei mir gemeldet und wollte Einzelheiten hören!"

"Die Diözese?" wiederholte Birgit, "woher wussten die von der Festnahme?"

"Alle Wände haben Ohren", sagte Eveline, "auch die in Klöstern!"

"Und was hast du der Diözese gesagt?" fragte Birgit.

"Dass eine durchgeknallte Kriminalkommissarin den armen Pater verhaftet hat!"

"Kriminalhauptkommissarin, wenn ich bitten darf!" sagte Birgit und schloss sich dem Lachen der Freundin an.

Eveline sah Birgit eine Weile schweigend an, bevor sie sagte:

"Du hast ganz schön Verwirrung in das Kloster gebracht und auch in mein Leben!"

"Da geht es dir wohl genauso wie mir auch!" entgegnete Birgit.

"Ich war mir bis vor ein paar Tagen so sicher mit meinem Leben", fuhr Eveline fort.

"Und jetzt nicht mehr?" fragte Birgit.

"Ich denke, die Antwort kennst du!"

Birgit nahm Eveline in den Arm und sagte:

"Ergo bibamus!"

"Du kannst Latein?" fragte Eveline erstaunt.

"Nicht wirklich!" antwortete Birgit, "aber ich kenne das Gedicht von Goethe!"

****

"Gegen Sie liegt eine Dienstaufsichtsbeschwerde vor!"

Mit diesen Worten empfing der Erste KHK Birgit am nächsten Morgen, als sie zum Rapport bei ihm erschien.

"Was wird mir vorgeworfen?" fragte Birgit ihren Chef.

"Unverhältnismäßigkeit bei der Festnahme von Pater Anselm!"

"Hat sich der Schwarzkittel beschwert?"

"Na, na!" sagte KHK Schmitt, "wir wollen doch sachlich bleiben!"

"Die Befragung, ebenso wie die vorläufige Festnahme sind ordnungsgemäß von mir durchgeführt worden!" antwortete Birgit trotzig.

"Das glaube ich Ihnen ja auch", sagte Birgits Chef, "aber wir müssen der Sache trotzdem nachgehen!"

"Und was heißt das jetzt für mich?" fragte Birgit, "bin ich jetzt vom Dienst suspendiert?"

"Nein!" versuchte KHK Schmitt Birgit zu beruhigen, "nehmen Sie sich ein paar Tage frei, bis sich die Wogen wieder etwas geglättet haben!"

"Also doch Suspendierung!" sagte Birgit, "und wem habe ich das zu verdanken?"

"Dem Bischof!" kam die lapidare Antwort von KHK Schmitt. "Ich kann da nichts machen!"

Birgit stand auf und ging hinaus. Und dass sie dabei die Tür etwas heftig ins Schloss fallen ließ, konnte ihr Chef sogar verstehen.

"Der Fall gehört jetzt dir, Harri!" sagte sie wenig später zu ihrem Kollegen, "ich mache ein paar Tage frei!"

Und bevor Harald etwas entgegnen konnte, war Birgit auch schon verschwunden.

****

"Befindet sich die stellvertretende Direktorin, Frau Herbst noch im Unterricht?" fragte Birgit einen Kollegen von Monika, der gerade die Treppe des Schulgebäudes herunterkam.

"Das kann ich Ihnen nicht sagen!" antwortete dieser etwas zögerlich, "aber gehen Sie doch in die Direktion, dort erhalten Sie Auskunft!"

"Guten Tag, Frau Direktor!" begrüßte Birgit Monikas Chefin.

"Grüß Gott, Frau Schwab!"

Die Direktorin war hinter ihrem Schreibtisch hervorgekommen und reichte Birgit die Hand.

"Wie geht es Ihnen? Wir haben uns lange nicht mehr gesehen!"

"Danke, es geht mir gut!"

Nach ein paar weiteren, ausgetauschten Höflichkeiten, sagte Birgit:

"Ich wollte Monika abholen. Ist sie noch im Unterricht?"

"Sie wissen es nicht; oder?" fragte die Direktorin nach kurzem Zögern.

"Was weiß ich nicht?" sagte Birgit, nichts Gutes ahnend.

"Monika wurde vom Unterricht suspendiert!"

Birgit erschrak zutiefst.

"Was ist geschehen? Monika hat mir nichts dergleichen erzählt!"

Und dann erzählte ihr die Direktorin, dass Monika einen Schüler geschlagen hätte, weil er ein Nacktfoto von einer Klassenkameradin ins Netz gestellt hatte.

"Und das genügt schon, um eine engagierte Lehrerin zu suspendieren?" fragte Birgit "Und nur, weil sie dem Mistkerl eine gescheuert hat?"

"Es war mehr als „eine gescheuert", antwortete die Direktorin, "wir mussten den Schüler ins Krankenhaus bringen. Und Monika macht Kampfsport; sie kann ordentlich zuschlagen!"

"Ja, schon...", sagte Birgit und die Direktorin fügte hinzu:

"Das war auch nicht das erste Mal, dass die Kollegin auffällig geworden ist!"

"Was war da noch?" fragte Birgit, die jetzt alles wissen wollte.

"Als Monika mit ihrer Klasse vor ein paar Wochen im Kloster war..."

Weiter kam die Direktorin nicht.

"Monika war im Kloster? Im Kloster Rehberg?"

"Ja!" antwortete die Direktorin, "hat sie Ihnen das nicht erzählt?"

"Nein!" antwortete Birgit. Ihr Gesicht war weiß wie die Wand geworden.

"Geht es Ihnen nicht gut? Soll ich Ihnen ein Glas Wasser bringen?" fragte die besorgte Pädagogin.

"Danke, nein!" antwortete Birgit, "es geht schon wieder!"

Sie gab der Direktorin die Hand und verabschiedete sich: "Vielen Dank, Sie haben mir sehr geholfen!"

Als Birgit etwas später auf ihrer Bank am Fluss saß, musste sie sich übergeben.

Das Telefon läutete, und Birgit erkannte auf dem Display, dass es sich bei dem Anrufer um Blochi handelte.

Sie wollte ihn schon wegdrücken, nahm das Gespräch dann aber doch an.

"Wieso bist du nicht im Büro?" fragte Blochi mit vorwurfsvoller Stimme. "Du kannst doch mitten in den Ermittlungen nicht blaumachen!"

"Das war nicht meine Entscheidung!" antwortete Birgit, "gehe zu Schmittchen Schleicher und beschwere dich bei ihm!"

"Bewege deinen Hintern hier her; es gibt Neuigkeiten!"

"Die kannst du mir auch am Telefon sagen!" antwortete Birgit.

"Wie du willst!" sagte Blochi.

"Dein Gehilfe hat mir gesagt, du hättest ihm aufgetragen mir zu sagen, ich solle die Tatwaffe noch einmal untersuchen!" begann Blochi mit seinen Ausführungen.

"Rede nicht so von Harri!" sagte Birgit, "Harri ist ein kompetenter Kollege!"

"Darüber ließe sich trefflich streiten!" entgegnete der Gerichtsmediziner in leichter Abwandlung eines Goethezitats aus dem „Faust".

"Ich bin nicht in der Stimmung dazu!" sagte Birgit leicht gereizt, "also lassen wir das!"

"Das Messer, welches du mir gebracht hast, kann keinesfalls die Tatwaffe sein. Es ist zwar identisch mit der Tatwaffe, aber es waren weder Blutspuren noch Spuren eines Reinigungsmittels daran festzustellen. Und eines von beiden hätte ich finden müssen!"

"Wieso hast du das Messer nicht gleich gründlich untersucht?" fragte Birgit.

Nach einer kurzen Pause gab Blochi die Antwort:

"Weil der Beschuldigte die Tat nicht geleugnet hat, dachte ich, es sei überflüssig!"

"Das war nicht gerade sehr professionell!" sagte Birgit und ergänzte:

"So viel zum Thema „kompetenter Kollege", Herr Professor Doktor Bloch!"

"Du hast ja recht!" antwortete Blochi kleinlaut, "den Schuh werde ich mir wohl anziehen müssen!"

"Davon kannst du ausgehen, Blochi!"

"Bevor ich es vergesse: der Täter war Linkshänder!"

Als Birgit das hörte, begann sich in ihrem Kopf alles zu drehen. Sie beendete das Gespräch und starrte mit leeren Augen auf den Fluss.

Es dauerte eine geraume Weile, bis sie wieder handlungsfähig war. Dann schrieb sie an Monika eine SMS:

"Hallo Moni, ich habe gerade von deiner Chefin erfahren, dass du beurlaubt worden bist. Das tut mir leid. Ich finde das in hohem Maße ungerecht!
Bitte, komme nach Hause und lass uns reden.
ich vermisse dich so!
Biggi"

Birgit wartete noch eine gute Stunde, bevor sie aufbrach.

"Ich bin sehr froh, dass ich wieder zurückkommen durfte, mein Liebling! Du wirst sehen, jetzt wird alles wieder gut!"

Monika ging zum Fenster und schaute hinaus.

"Du weißt es, mein Liebling!" sagte sie, "du hast schon Verstärkung mitgebracht!"

Vor dem Haus parkte ein Streifenwagen und direkt daneben waren zwei Beamte postiert.

"Ich will aber, dass du mir alles erzählst und dass du mir dabei in die Augen siehst!" sagte Birgit und die Tränen liefen ihr über das Gesicht.

Monika wollte auf die Freundin zugehen, um sie zu umarmen.

"Bitte nicht!" sagte Birgit und streckte ihre Hände abwehrend entgegen. "Setze dich einfach nur hin und erzähle!"

"Ich war ein kleines Mädchen wie du und ich war auch in einem Kinderheim, so wie du!" begann Monika ihre Lebensbeichte.

"Mein Kinderheim hieß „Sonnenschein", nur dass dort niemals die Sonne schien. Es war vielmehr ein Ort ewiger Finsternis!"

"Bei mir war auch nicht alles rosig!" wendete Birgit ein.

"Bitte, unterbrich mich nicht!" sagte Monika, "es ist schon schwer genug für mich!"

Dann fuhr sie fort:

"Es gab dort einen Pater Bonifatius und eine Schwester Agnes, zwei sehr böse Menschen!

Und dieser Pater Bonifatius tat nichts Gutes, auch wenn sein Name einen das glauben machen möchte.

Er liebte kleine Mädchen und er ließ sie nächtens zu sich kommen, um sie zu liebkosen. Noch lieber mochte er es jedoch, wenn ihn die kleinen Mädchen liebkosten.

Und das an einer ganz bestimmten Stelle. Und während die kleinen Mädchen Hand an ihn legten, fuhr er mit seinen schmutzigen Händen den kleinen Mädchen über das Haar."

In Birgit krampfte sich alles zusammen. Auch in dem Kinderheim, in dem sie lange Zeit war, gab es die eine oder andere nicht so liebevolle Schwester. Aber Übergriffe dieser Art waren ihr nicht bekannt.

Sie sah in die leeren Augen von Monika, die inzwischen ebenfalls tränengefüllt waren, und sie musste sich sehr zurück halten, um Monika nicht zu umarmen.

"Aber nicht weniger böse war die liebe Schwester Agnes. Sie führte die kleinen Mädchen - Nacht für Nacht - diesem Satan zu.

Mich liebte sie wohl besonders!

Mit mir spielte sie manchmal „Mutter und Kind". Dann entblößte sie ihre Brust und legte mich an wie einen Säugling. Und ich musste saugen. Wenn ich mich weigerte, schlug sie mir mit der flachen Hand auf den Kopf.

Ich weiß gar nicht, was schlimmer war: das Befriedigen des Paters oder das Saugen an der Brust von Schwester Agnes.

Gehasst habe ich sie beide..."

Birgit hielt es nicht mehr aus. Sie stand auf und ging zu Monika. Als sie sie umarmen wollte, stieß diese sie jedoch zurück.

"Lass das!" sagte sie barsch. "Ich bin nicht mehr die Frau, die du geliebt hast. Ich bin eine Mörderin und ein Monster!"

Birgit wollte laut schreien, konnte aber nicht.

"Ich habe mir damals geschworen diese Menschen zu töten. Aber als ich adoptiert wurde, habe ich sie aus den Augen verloren und irgendwann auch aus meinem Gedächtnis.

Meine Adoptiveltern haben mir sehr viel Liebe gegeben. Durch sie habe ich in ein normales Leben gefunden.

Mein Adoptivvater war Lehrer und ich wollte so sein wie er. Also habe ich studiert und bin Lehrerin geworden. Und den Rest kennst du ja!"

"Nicht so wirklich!" sagte Birgit zaghaft.

"Ach so, du meinst den Mord!"

Birgit nickte und Monika fuhr fort:

"Ich habe vor ein paar Wochen mit meinen Schülern einen Ausflug in das Kloster Rehberg gemacht. Und da habe ich sie getroffen.

Plötzlich stand sie vor mir. Sie hat mich nicht erkannt; aber ich sie: die Hexe vom Kinderheim „Sonnenschein".

Sie hatte zwar ihren alten Namen abgelegt und nannte sich „Schwester Bonifatia"; aber ich wusste sofort, wer sie wirklich war.

Den Namen hat sie wohl in Anlehnung an Pater Bonifatius angenommen, der schon zeitig an Krebs gestorben war.

Als ich sie sah, brachen Wunden auf, von denen ich geglaubt hatte, dass sie verheilt gewesen wären. Sie waren aber nur vernarbt.

Die Erinnerung stand vor mir auf wie eine große schwarze Wand, und so sehr ich mich auch bemühte, ich konnte sie einfach nicht überwinden.

So entstand der Entschluss diese Frau zu töten!"

Birgit saß wie versteinert da und starrte Monika an.

"Spürst du, wie Verachtung und Hass von dir Besitz ergreifen?" fragte Monika, "und du kannst nicht einmal etwas dagegen tun!

Es muss auch sehr weh tun, zu erfahren, dass man jahrelang ein Monster im Arm gehalten hat!"

"Aufhören!" schrie Birgit, "hör endlich auf!"

Birgit war aufgesprungen. Was sie gerade erlebte, zerriss ihr schier das Herz.

Sie hatte diese Frau geliebt, sie hatte ihr vertraut, sie war ein Teil von ihr selbst geworden. Und jetzt stellte sich heraus, dass sie diese Frau überhaupt nicht kannte.

"Warum hast du nie mit mir darüber gesprochen?" fragte Birgit plötzlich.

Monika hörte überhaupt nicht zu. Stattdessen sagte sie:

"Willst du denn gar nicht wissen, wie ich es getan habe?"

Birgit schüttelte mit dem Kopf.

"Ich habe mir den Schlüssel für die Pforte besorgt, als ich mit meinen Schülern im Kloster war. Das war ganz einfach. Der hing irgendwo, für jeden zugänglich.

Warum auch nicht; die Menschen im Kloster sind ja alle lieb, und die Besucher sind alles gute Christenmenschen, unfähig Böses zu tun."

Monikas Gesicht hatte sich in eine hässliche Fratze verwandelt, so als hätte ihr der Teufel die Seele aus dem Leib gerissen.

"Nach dem Donnerstag-Training bin ich nicht direkt nach Hause gefahren, wie ich es die anderen glauben machte!" fuhr Monika fort.

"Ich bin direkt zum Kloster gefahren und in das Zimmer der altehrwürdigen Mutter geschlichen!"

Monika schien jedes ihrer Worte zu genießen. Ihre Augen leuchteten und der Mund verzog sich zu einem hämischen Grinsen.

"Auf dem Tisch stand eine kleine Lampe und spendete ein spärliches Licht. Es war gerade genug, um das Gesicht der alten Hexe erkennen zu können.

Ich beugte mich über sie. Ihr Atem ging schwer und manchmal erholte er sich für einen kurzen Augenblick.

Als ich das Messer hob, um zuzustoßen, erwachte sie. Ich bin mir nicht sicher, ob sie mich erkannte; aber sie wusste genau, wer ich bin.

Sie wollte schreien, doch das Messer, das ich tief in ihr Herz bohrte, erstickte ihren Schrei.

Ihre weit aufgerissenen Augen starrten mich an, so wie sie es oft genug getan hatte, wenn sie das kleine Mädchen beschimpfte, wenn es wieder einmal unartig war.

Ich zerriss ihr Nachthemd. Und dann klotzen mich die Nippel ihrer Brüste an, und ich hörte, wie sie riefen: du musst fester saugen, Kind; viel fester!

Der Anblick der Brüste machte mich wahnsinnig. Ich hielt es nicht mehr länger aus. Ich nahm das Messer und schnitt sie ab.

Ein Gefühl der Erlösung durchströmte meinen Körper. Es war wunderbar; endlich war ich frei!"

"Du bist wahnsinnig, Monika!" sagte Birgit.

"Oh nein!" antwortete Monika, "glaube mir, ich bin bei klarem Verstand, und ich werde dir auch noch den Rest der Geschichte erzählen!"

"Bitte nicht!" sagte Birgit flehentlich, "ich halte das nicht mehr aus!"

"Du wirst es aushalten, mein Liebling!" sagte Monika, "der Mensch vermag viel mehr auszuhalten als man denkt!"

Birgit sank in sich zusammen.

"Und dann war da noch die kleine Eingangspforte der altehrwürdigen Mutter, durch die Pater Bonifatius hin und wieder Einlass begehrte.

Die beiden machten das im Beisein des kleinen Mädchens und es störte sie nicht im Geringsten, dass das Mädchen dabei zusah.

Warum auch? Das kleine Mädchen kannte ja nur „gut" und „böse", von Lust und Sünde wusste es ja noch nichts.

Darum habe ich das Kreuz über der Pforte der Sünde angebracht!"

Birgit drohte die Besinnung zu verlieren. Es wollte nicht in ihren Kopf, dass ein menschliches Wesen zu einer solchen Tat fähig sein konnte, zumal dieses Wesen über einen normalen Geisteszustand verfügte.

"Aber jetzt kommt die Krönung meiner Tat!" hörte sie Monika sagen. Es klang, als würde Monika durch ein Megaphon zu ihr sprechen.

"Das Legen einer falschen Spur war der schwierigste Teil meines Plans. Ich brauchte männliches Sperma.

Also ging ich in eine Bar und trank genügend Alkohol, um mich überwinden zu können mit einem Mann zu schlafen.

Ich suchte mir ein Exemplar dieser schrecklichen Spezies aus und ging mit ihm in ein Hotel. Als der Quicky vollzogen war, nahm ich das Präservativ an mich.

Mit einer Plastikspritze, mit der man normalerweise Torten verziert, führte ich das Sperma durch die Pforte der Hexe ein.

Und den Rest kennst du ja schon!"

Mit dieser Bemerkung endete das Geständnis von Monika Herbst, stellvertretende Direktorin und Lehrerin am hiesigen Gymnasium.

Und langjährige Lebens- und Weggefährtin von Birgit Schwab, Kriminalhauptkommissarin.

Monika ging zur Vitrine und entnahm ihm eine Flasche Cognac und zwei Gläser. Sie goss ein und hielt Birgit eines der Gläser entgegen.

"Bevor du mich abführst oder wie das heißt, trink mit mir ein letztes Glas! Um der alten Zeiten willen..."

Birgit nahm das Glas wie ferngesteuert entgegen.

"Wie bist du darauf gekommen?" fragte Monika und nahm einen Schluck aus ihrem Glas.

Birgit, die ihr Glas noch immer in ihrer Hand hielt, antwortete:

"Die Geschichte, dass du vorher schon einmal im Kloster warst und dass du Linkshänderin bist!"

"Du bist eben eine tolle Kriminalistin! Auf dich!"

Monika prostete Birgit zu und leerte dann ihr Glas auf einen Zug.

"Ich pudere mir nur noch schnell das Näschen und dann können wir fahren!" sagte Monika und ging ins Badezimmer.

Einen Moment später hörte Birgit einen dumpfen Schlag und kurz darauf einen Schrei. Sie stürzte ins Badezimmer und schaute durch das Fenster hinunter auf die Straße. Monika hatte sich das Leben genommen.

Auf der Badbordüre lag ein Brief: für Biggi!

"Liebe Biggi,
ich habe mich selbst gerichtet, weil ich keine Lust
habe in einem Gefängnis zu verrotten.
Ich möchte, dass du eines weißt: ich habe dir nicht
immer alles gesagt; aber ich habe dich nie belogen.
Meine Liebe zu dir war echt und wahrhaftig. Ich habe
lange gegen meinen Hass gekämpft und habe verloren. Vielleicht hätte ich mit dir reden müssen; aber
dafür ist es jetzt zu spät. Ich weiß, dass meine Tat
unverzeihlich ist, und ich bitte dich erst gar nicht darum.
Um eines aber bitte ich dich: behalte unsere Liebe in
guter Erinnerung; sie hat es verdient!
Moni"

****

Die Beerdigung von Monika Herbst fand in aller Stille statt.

Birgit hatte die Schule von Monika von dem Beerdigungstermin in Kenntnis gesetzt; aber keiner war erschienen.

Am Grab standen lediglich Dr. Bloch und KOK Strom. Sie taten dies aus Loyalität zu Birgit.

Birgit hatte ein kleines Grabgebinde anfertigen lassen. Auf der Schleife stand zu lesen: In Liebe Biggi.

Mit etwas Abstand war es Birgit gelungen die Erinnerung an eine schöne und wunderbare Zeit mit ihrer Geliebten zu neuem Leben zu erwecken.

Die Schatten der grausamen Tat waren jedoch noch stark vorhanden; aber mit der Zeit würden sie weniger werden, um mit etwas Glück irgendwann zu verblassen.

Als die Beerdigung zu Ende war, sagte Dr. Bloch:

"Gehen wir etwas trinken!"

"Ja!" antwortete Birgit, "geht schon einmal voraus, ich brauche noch ein paar Minuten. Ich komme dann gleich nach!"

****

"Hallo, kleine Biggi, wie geht es dir?"

Eveline hatte Birgit eine SMS geschickt.

"Danke, nicht so toll!" antworte Birgit, "aber mit der Zeit wird es schon werden!"

"Wollen wir uns treffen?" fragte Eveline.

214

"Jetzt nicht!" antwortete Birgit. "Lass mir etwas Zeit! Ich muss erst mein Leben neu ordnen. Es ist zu viel kaputt gegangen in den letzten Tagen und Wochen!"

"Das verstehe ich, kleine Biggi!" antwortete Eveline. "Obwohl bei mir das Gegenteil der Fall ist - denn bei mir ist etwas sehr Schönes passiert - habe auch ich einiges zu ordnen!"

"Das freut mich, dass du das so siehst, große Schwester", antwortete Birgit, "das ist schön!"

"Du weißt das noch?" fragte Eveline.

Sie spielte darauf an, dass sie Birgit im Kinderheim einmal gesagt hatte, dass sie jetzt ihre „große Schwester" sei und dass sie keine Angst mehr zu haben bräuchte, denn sie würde sie beschützen.

Das war, als Eveline sich wieder einmal in das Bett der kleineren Birgit gelegt hatte, weil sie diese weinen gehört hatte.

"Natürlich weiß ich das noch! Wie könnte ich das je vergessen!" antwortete Birgit.

"Dann werde ich das wohl auch weiterhin tun!" schrieb Eveline. "Ich hab dich sehr lieb!"

"Ich dich auch!" antwortete Birgit. "Bis bald, meine liebe, liebe Evi!"

****

juergen von rehberg

Mörderische Toskana

Kriminalroman

"Weißt du, was die Liebe und die Zellen des Ge-hirns gemeinsam haben?"

Dietmar Bürger, Professor für Germanistik an der hiesigen Universität und selbsternannter Philosoph, schaute erwartungsvoll in das Gesicht seines Freundes.

"Was ist das denn für eine blöde Frage", antwortete Hans-Peter Fuchs, Inhaber der Firma "Elektro-Fuchs" und Dietmars Freund seit ewigen Zeiten.

Die beiden gingen gemeinsam zur Schule und machten gemeinsam ihr Abitur. Dietmar studierte Germanistik und Hans-Peter begann ein Medizinstudium, welches er nach drei Jahren abbrechen musste.

Als der Vater von Hans-Peter einem Herzinfarkt erlag, übernahm Hans-Peter auf Drängen seiner Mutter die Firma.

Eine drohende Depression der Mutter, welche von der Vorstellung eines Verkaufes der Firma, die seit Generationen in Familienbesitz war, gespeist wurde und das Verantwortungsgefühl von Hans-Peter, der jeden einzelnen Mitarbeiter kannte, ließen ihm keine Wahl.

Er brach schweren Herzens sein Studium ab und widmete seine ganze Kraft der Weiterführung und der Erhaltung der elterlichen Firma.

Seine Mutter, die nichts anderes von ihrem Sohn erwartet hatte, war er doch ihr geliebter "Hansi", verabschiedete sich schon bald von der ihr drohenden Depression und alles kehrte zum "business as usual" zurück.

Der Vater von Hans-Peter hasste es, wenn seine Gattin den Sohn "Hansi" nannte; sie war jedoch trotz vieler Ermahnungen nicht davon abzubringen.

Eva. die Schwester von Hans-Peter, nannte ihren Bruder gar Peter und als Krönung kam noch Dietmar mit seinem "Hape" daher, einem Wortkonstrukt aus Hans und Peter.

"Also was ist? Weißt du es oder weißt du es nicht?"

"Nein! Ich weiß es natürlich nicht!" antwortete Hans-Peter in einem eher gelangweilten Ton.

"Soll ich es dir sagen?"

"Unbedingt!" antwortete Hans-Peter, wissend, dass er um die Antwort sowieso nicht herumkommen würde.

"Sobald die Liebe und die Gehirnzellen aktiviert werden, beginnen beide langsam abzusterben!"

"Wie bitte?" fragte Hans-Peter leicht entsetzt. *"Was ist das denn für ein Blödsinn?"*

"Das ist kein Blödsinn, mein Lieber!" entgegnete Dietmar, *"ich werde es dir erklären."*

"Da bin ich aber neugierig", sagte Hans-Peter, der schon manche Abstrusitäten von Dietmar über sich hat ergehen lassen; aber diese war von einer besonderen Qualität.

"Wie du ja weißt, besitzt der Mensch Millionen von Hirnzellen."

"Milliarden, mein Lieber; Milliarden!" unterbrach Hans-Peter den Freund. *"Und außerdem ist die Annahme, dass die Gehirnzellen - nach ihrem Absterben - nicht mehr erneuert werden, falsch."*

"Haben sie dir diesen Quatsch beim Medizinstudium beigebracht?" sagte Dietmar erregt, der es nicht gewöhnt war, korrigiert zu werden.

"Das ist kein Quatsch, Herr Professor!" sagte Hans-Peter, der es sichtlich genoss, seinem Freund Paroli zu bieten.

"Das nennt man Neurogenese und weiß man schon seit den 90er Jahren. Während abgestorbene Zellen abgebaut werden, bilden sich in unserem Gehirn ununterbrochen neue Zellen."

Dietmar war blass geworden. Die Ausführungen, welche einen äußerst belehrenden Charakter mit sich führten, schmerzten ihn sehr. Sein Ego schäumte.

"Das setzt natürlich voraus, dass das Gehirn beschäftigt wird, um die Gehirnaktivität zu steigern, verbunden mit genügend körperlichen Aktivitäten!"

Was Dietmars Gehirnaktivität betraf, so lief diese gerade auf Hochtouren. Er überlegte krampfhaft, wie er diesem geistigen Waterloo entfliehen könnte.

Hans-Peter, der noch nicht genug hatte, konnte es sich nicht verkneifen, zu ergänzen:

"Das konntest du natürlich nicht wissen, lieber Dietmar."

Und Hans-Peter fuhr gönnerhaft fort:

"Mir ist es ja auch nur deshalb bekannt, weil ich ein paar Semester Medizin studiert habe; wie du ja weißt."

Dietmar schluckte und nickte bejahend. Er war dankbar, dass Hans-Peter ihm diese Brücke gebaut hatte, und er ging willig in leicht gebeugter Haltung darüber.

"Ungeachtet dessen, würde mich interessieren, wie du das vorhin gemeint hast mit dem Absterben der Zellen und der Liebe."

Dietmar nahm diese Einladung dankbar an und hängte sich den kurzfristig verloren gegangenen Mantel des Selbstbewusstseins wieder leicht über die Schultern.

"Machen wir uns doch nichts vor", begann er seine Ausführungen, *"wir wissen doch alle, dass sich die Liebe abnützt wie ein Stück Seife!"*

Hans-Peter starrte seinen Freund an wie eine Kuh, wenn es donnert. Dieser Vergleich war schon von einer außergewöhnlichen Güte.

Dietmar, dem der erstaunte Gesichtsausdruck von Hans-Peter gar nicht aufgefallen war, fuhr fort:

"Am Anfang ist man verliebt bis in die Haarspitzen und die Hormone tanzen Walzer, bis ihnen die Füße bluten. Aber schon nach kurzer Zeit übernehmen Alltag und Gewohnheit die Macht, und die Liebe beginnt zu schwinden."

Hans-Peter schaute Dietmar ins Gesicht; blieb aber stumm.

"Warum sagst du denn nichts? Bist du nicht auch meiner Meinung?"

"Nein, Dietmar! Ganz und gar nicht!"

Hans-Peter sagte das mit einer solchen Vehemenz, dass Dietmar erstaunte.

"Willst du mir vielleicht sagen, dass bei Irene und dir der Himmel noch voller Geigen hängt?"

"Ja, das will ich!" antwortete Hans-Peter zu Dietmars großem Erstaunen.

"Das kannst du deiner Großmutter erzählen, wenn du noch eine hast!" giftete Dietmar.

Der Ton zwischen den beiden Freunden war rauer geworden. Es folgte betretenes Schweigen.

"Na gut; mag sein", bemühte sich Dietmar die Unterhaltung wieder in Gang zu bringen, *"bei Britta und mir sind es ja schon fast dreißig Jahre und bei euch noch keine zwanzig."*

"Vierzehn Jahre, um genau zu sein", sagte Hans-Peter, *"und jedes Jahr davon war schön!"*

"Das freut mich für euch!" sagte Dietmar und steuerte das Gespräch wieder in ruhigere Gewässer.

"Und du warst Irene in all den Jahren immer treu?"

"Was für eine Frage!" sagte Hans-Peter und nach einer kurzen Pause:

"Soll das heißen, dass du..."

"Aber ja doch", antwortete Dietmar, in dessen Stimme ein gewisser Stolz mitschwang, *"das ist doch wohl die Würze in jeder Ehe oder etwa nicht?"*

"In meiner nicht!" antwortete Hans-Peter entrüstet, der in diesem Augenblick seinen Freund in einem völlig neuen Licht sah.

Natürlich war ihm bewusst, dass Dietmar einen Schlag bei Frauen hatte; aber die Art und Weise, wie er sein Fremdgehen beinahe glorifizierte, befremdete Hans-Peter schon sehr.

Dietmar winkte den Kellner herbei.

"Noch einmal dasselbe bitte, Herr Franz!"

"Ein Bier - ein Korn für die beiden Herrn; kommt sofort!" antwortete Franz, eine Institution des Hauses.

Franz hätte schon vor Jahren in den wohlverdienten Ruhestand gehen können, zog es aber vor weiterhin die Gäste zu betreuen.

Alleinstehend und ohne Anhang wäre ihm zuhause wohl die Decke auf den Kopf gefallen. So betrachtete er die Gäste als seine Familie.

Und diese brachten ihm den nötigen Respekt entgegen, indem sie ihn irgendwann vom gewöhnlichen "Franz" zum "Herrn Franz" machten.

Die meisten Gäste waren ohnedies Stammgäste, wie auch Dietmar und Hans-Peter.

"Für mich bitte nicht, Herr Franz", korrigierte Hans-Peter die Bestellung seines Freundes, *"ich muss leider schon gehen."*

"Warum das denn?" fragte Dietmar.

"Ich habe noch einen Zahnarzttermin; tut mir leid!" antwortete Hans-Peter, sich in diesem Augenblick nicht wirklich der Wahrheit verpflichtet fühlend.

"Schade, lieber Freund", antwortete Dietmar, *"grüße bitte Irene recht lieb von mir!"*

"Mach ich, Dietmar", sagte Hans-Peter, *"und liebe Grüße von mir an Britta!"*

****

Als Hans-Peter vor dem Lokal stand, holte er erst einmal tief Luft. Die Äußerungen von seinem Freund gaben ihm doch schon sehr zu denken.

Er musste an die Zeit denken, als er und Dietmar noch Kinder waren. Sie wuchsen in unmittelbarer Nähe zueinander auf und doch in verschiedenen Welten.

Dietmar wohnte mit seinen Eltern in der Villa, die einst seinen Großeltern gehörte. Sie waren vor Jahren verstorben; aber Hans-Peter konnte sich noch gut an sie erinnern.

Dietmars Vater war Oberlandesgerichtsrat und von Dünkel nicht ganz frei. Er goutierte es auch lange Zeit nicht, dass sein Sohn Umgang mit Hans-Peter pflegte, dessen Vater ein kleines Elektrogeschäft führte.

Ganz anders hingegen Dietmars Mutter. Sie mochte den kleinen Hans-Peter von Anfang an, und sie vermochte sich auch gegen den Widerstand ihres Gatten durchzusetzen.

Sie sah es mit großem Vergnügen, wenn die beiden Buben auf dem parkähnlichen Grundstück der Villa herumtollten.

Hans-Peters Vater, Elektromeister und ohne große Schulbildung, war von der Verbindung der beiden Knaben nicht so sehr begeistert.

"Das ist kein Umgang für dich!" Mit diesen Worten gab er seinem Bedenken Raum. *"Wir gehören nicht zu denen. Suche dir lieber einen Spielkameraden bei deinesgleichen."*

"Lass ihn", widersprach Hans-Peters Mutter Gerda ihrem Ehemann, *"es sind Kinder und sie haben nicht dieselben dummen Ressentiments wie manche Erwachsenen."*

An diese etwas gespreizte Ausdrucksweise musste sich Herr Fuchs sen. am Anfang erst einmal gewöhnen. Gerda stammte aus gutem Hause und konnte nicht anders reden. Ihr Vater war Arzt und war zeitlebens nicht glücklich über die Partnerwahl seiner Tochter.

Gerda war es auch, die später durchsetzte, dass Hans-Peter auf das Gymnasium ging, um danach Medizin zu studieren.

Elektromeister Fuchs hätte es natürlich viel lieber gesehen, wenn der Sohn in seine Fußstapfen getreten wäre.

Wer hätte je gedacht, dass das Schicksal seinen Wunsch später erfüllen würde...

Aus der kindlichen Verspieltheit wurde im Laufe der Jahre eine dicke Freundschaft und Hans-Peter und Dietmar pflegten sie auch während ihrer Studienzeit weiter.

Sandkastenfreundschaft und Blutsbrüderschaft, im Dunstnebel einer großen Alkoholmenge vollzogenen, verbinden nun einmal.

Diese Aktion brachte den beiden damals große Schwierigkeiten ein, denn zum einen waren sie noch minderjährig und zum anderen endete es bei Dietmar beinahe in einer Blutvergiftung.

Als sie später studierten, musste Hans-Peter die Exzesse mit Alkohol und Frauengeschichten stets mittragen. Dietmar duldete keinen Widerspruch und Hans-Peter fügte sich; wenn auch jedes Mal unter Protest.

Bei Dietmars Weibergeschichten - wie er dies zu nennen pflegte - klinkte sich Hans-Peter jedoch meistens aus.

Er konnte nicht damit umgehen, wie sich sein Freund dem anderen Geschlecht gegenüber verhielt. Sein überhebliches Geringschätzen, welches er dabei an den Tag legte, missfiel Hans-Peter in hohem Maße.

Er brachte das auch immer wieder einmal zur Sprache; jedoch ohne jeglichen Erfolg. Dietmar betrachtete sich selbst als Jäger und sobald er seine Beute erlegt hatte, verlor er auch schon wieder das Interesse daran.

Das führte dazu, dass Dietmars Beziehungen nie von langer Dauer waren.

Umso überraschender war die Tatsache, dass es sich mit Britta völlig atypisch verhielt. Mag vielleicht auch damit zusammenhängen, dass der Schwiegervater in spe der Rektor der Universität war.

Dafür spricht auch die Namensgebung für das erste Kind. Als es geboren war, verpassten ihm die Eltern den eher altbackenen Namen "Bernhard" in Anlehnung an den Vornamen des Herrn Schwiegervaters.

Als vier Jahre später Severin geboren wurde, war Dietmar bereits Professor und somit keine Notwendigkeit mehr vorhanden seinem Schwiegervater zu gefallen.

Die beiden Knaben waren so unterschiedlich, wie sie unterschiedlicher nicht hätten sein können. Das zeigte sich schon im Kindesalter und führte sich fort bis zum Erwachsensein. Es herrschte eine ständige Rivalität.

Der Erstgeborene war Liebling des Vaters und schloss sein Studium mit "summa cum laude" ab. Dem folgten ein Bachelor of Laws, ein Master of Laws, und schließlich die Anstellung als Wirtschaftsjurist in einem großen Konzern.

Severin war der Liebling der Mutter und ein Versager auf der ganzen Linie. Er schmiss sein Studium der Medizin, brach eine Banklehre ab und hielt sich mit einem Job als Diskjockey in einer unbedeutenden Diskothek mehr schlecht als recht über Wasser.

Dass er dabei einen Lebenswandel führte, der weder alkoholfrei noch drogenfrei war, lag auf der Hand.

****

"Ich soll dich von Hans-Peter grüßen!"

"Vielen Dank! Du bist heute zeitiger als sonst", sagte Britta und sah Dietmar fragend an, *"war irgendetwas?"*

"Nein", antwortete Dietmar, *"Hans-Peter hat einen Zahnarzttermin und musste daher früher gehen."*

"So, so..." sagte Britta, für welche die Begründung seltsam anmutete. *"Und das hat er nicht vorher gewusst?"*

"Offenkundig nicht", antwortete Dietmar lapidar und betrachtete das Gespräch mit seiner Gattin als beendet.

"Hast du ihn an unseren Besprechungsabend am kommenden Samstag erinnert?" fuhr Britta das Gespräch fort.

"Nein; habe ich vergessen" brummte Dietmar leicht missmutig, *"du kannst ihn ja selber anrufen und ihn daran erinnern."*

"Werde ich später machen", antwortete Britta und beendete damit ihrerseits das Gespräch.

Das Gespräch, um das es sich handelte, hatte etwas mit Ostern und Weihnachten gemeinsam; es fand alle Jahre wieder statt.

Die beiden befreundeten Familien Bürger und Fuchs fuhren seit vielen Jahren gemeinsam in den Urlaub. Dietmar hatte in der Toskana ein kleines Ferienhaus erworben, das gerade einmal Platz für die zwei Familien hatte.

Eigentlich waren diese alljährlich stattfindenden Urlaubsbesprechungen völlig überflüssig, denn wirklich Neues oder gar extrem Wichtiges gab es nicht zu besprechen; aber die beiden Frauen bestanden darauf und hielten mit aller Macht daran fest.

Bernhard, der ältere der Brüder kam gern zu diesem besagten Abend, aber Severin ließ sich nur dazu herab, weil er seiner Mutter wieder ein paar Scheine aus den Rippen leiern konnte, um seiner chronischen Geldknappheit wieder etwas Luft zu verschaffen.

Geld war auch das Druckmittel, welches Britta einsetzte, damit Severin überhaupt mit in den Urlaub fuhr. Freiwillig hätte er das nie getan.

Und wenn es nach Dietmar gegangen wäre, dann hätte der "Taugenichts Severin" dort bleiben können, wo der sprichwörtliche Pfeffer wächst.

Britta genoss es, wenn sie die beiden Buben für ein paar Tage im Jahr um sich haben konnte, und sie ließ auch nicht ab in ihren Bemühungen die Brüder einander näher zu bringen.

Dass es in all den vergangenen Jahren nie wirklich gelang, entmutigte sie seltsamer Weise nicht. Vielleicht hoffte sie ja auf ein Wunder; das es so einfach nicht geben konnte.

****

"Vielen Dank für das feine Essen; es war köstlich wie immer!"

Mit diesen Worten überreichte Hans-Peter der Dame des Hauses einen verbalen Blumenstrauß. Und Irene pflichtete ihm mit den Worten bei:

"Du bist wirklich eine begnadete Köchin, liebe Britta; ich bewundere dich."

"Machst du uns noch einen Kaffee, mein Schatz?"

Das Wort "Schatz" aus dem Mund von Dietmar klang eher wie ein Schimpfwort, denn eine Liebkosung. Dazu war er weder in verbaler Form noch in Form eines Blumenstraußes fähig. Dietmar war nun einmal der perfekte Egomane.

"Wann hattet ihr gedacht, dass wir fahren?" versuchte Hans-Peter die Brisanz aus der Situation zu nehmen, denn ihm war aufgefallen, dass Britta einen strafenden Blick in Richtung Ehemann geworfen hatte.

Sie hatte sich zwar schon längst mit dem Leben an der Seite eines Mannes abgefunden, der vor ihrer Hochzeit ein anderer war als der, welcher sich danach offenbarte. Das ging jedoch nicht so weit, dass sie sich selbst verleugnete.

"Ich hatte an Ende Juli/Anfang August gedacht", antwortete Dietmar, der recht froh darüber war, dass Hans-Peter ihn das fragte. *"Wäre das für euch in Ordnung?"*

"Ich denke schon", antwortete Hans-Peter, der zu Irene schaute, welche die Antwort mit einem Nicken absegnete.

"Und wie sieht es bei dir aus?" wandte sich Dietmar an seinen ältesten Sohn.

"Ich sehe da keine Schwierigkeit", antwortete Bernard brav.

"Dich muss ich ja nicht erst fragen, oder? richtete Dietmar dann das Wort an Severin, *"du bist ja Herr deiner Zeit."*

Die Ironie in Dietmars Stimme war unüberhörbar und Irene musste an sich halten, um ruhig zu bleiben.

"Prima; dann ist ja alles klar!

"Es tut mir sehr leid; aber ich muss schon gehen", sagte Severin zu seiner Mutter gewandt.

Bevor diese antworten konnte, sagte Dietmar:

"Reisende soll man nicht aufhalten. Ich wünsche dir eine gute Fahrt, mein lieber Sohn!"

Irene begleitete Severin noch hinaus. Sie steckte ihm einen Umschlag zu und umarmte ihn.

"Nimm es ihm nicht übel; du kennst ihn ja..."

"Wen meinst du?" sagte Severin, *"das Monster, das sich Vater nennt, obwohl er doch gar keiner ist?"*

Irene sagte nichts; sie zuckte nur leicht mit den Schultern. Was hätte sie auch antworten können.

"Fahr vorsichtig, mein Liebling und pass gut auf dich auf!"

Als Irene mit Severin hinaus gegangen war, konnte Hans-Peter nicht umhin zu sagen:

"Musste das jetzt sein? Du verletzt nicht nur deinen Sohn damit; du tust auch Britta damit weh."

"Ach was!" antwortete Dietmar, *"Severin bekommt sein Leben einfach nicht in den Griff und seine Mutter unterstützt ihn auch noch dabei. Sie verwöhnt ihn viel zu sehr."*

"Sie ist und bleibt nun einmal seine Mutter; kannst du das nicht verstehen?" mischte sich Irene ein.

"Nein, das kann ich nicht verstehen. Und du auch nicht; ihr habt ja keine Kinder!"

"Spinnst du?" fauchte Hans-Peter seinen Freund an, *"das nimmst du zurück und entschuldigst dich auf der Stelle bei Irene!"*

Dietmar erschrak über die heftige Reaktion von Hans-Peter. Er bereute seine unbedachte Äußerung, hielt aber innerlich daran fest.

"Es tut mir leid, liebe Irene", sagte Dietmar, *"ich weiß nicht, was mich gerade geritten hat das zu sagen. Ich möchte mich in aller Form bei dir entschuldigen. Es ist nur so, dass mein Sohn wie ein rotes Tuch auf mich wirkt."*

"Das rechtfertigt aber nicht, dass du wie ein wilder Stier darauf reagierst!" sagte Hans-Peter, der noch immer sehr erregt war.

"Natürlich nicht", antwortete Dietmar kleinlaut, *"Entschuldigung!"*
"Was ist denn los?" fragte Britta, die gerade in das Zimmer zurückgekommen war.

"Nichts, mein Schatz", antwortete Dietmar, der längst schon wieder in seiner gewohnten Spur war, *"es ist alles in bester Ordnung!"*

"Dann ist es ja gut", sagte Britta, *"dann gehe ich jetzt in die Küche und mache uns einen Kaffee."*

"Ich komme mit dir", sagte Irene und folgte Britta in die Küche.

****

"Ist alles in Ordnung, Liebes?" fragte Hans-Peter, als sie sich auf der Heimfahrt befanden.

"Was meinst du?" antwortete Irene.

"Ich meine die dumme Aktion von vorhin."

"Ach das", antwortete Irene und sah ihren Hans-Peter dabei an, *"ich nehme diesen Menschen schon lange nicht mehr ernst."*

"Wenn du möchtest, dann sage ich den gemeinsamen Urlaub in der Toskana ab."
"Auf gar keinen Fall! Ich werde doch wegen Didi nicht auf diesen wunderbaren Urlaub verzichten."

Hans-Peter musste lachen. Irene nannte seinen Freund von der ersten Stunde des Kennenlernens so, was sie aber nur Hans-Peter gegenüber tat.

"Warum lachst du?" fragte Irene.

"Wegen der Namensverschandelung von Dietmar", antwortete Hans-Peter und sah dabei kurz zu Irene hinüber.

"Schau du lieber auf die Straße!" sagte Irene und fuhr fort:

"Der Name Didi hilft mir diesen überheblichen Kotzbrocken Dietmar besser zu ertragen."

Hans-Peter schluckte, schwieg aber. Irene hatte es bemerkt und sagte:

"Findest du, ich bin zu streng?"

"Nein, keineswegs", antwortete Hans-Peter, *"aber er ist trotz allem mein Freund."*

"Das verstehe ich und das respektiere ich auch", sagte Irene, *"aber lass mir bitte auch meine Meinung über diesen Menschen!"*

Und bevor Hans-Peter etwas dazu sagen konnte, fuhr Irene fort:

"Dein Freund Didi ist nicht nur ein Ignorant von Gottes Gnaden, er ist auch ein liebloser und miserab-

*ler Ehemann und ein Tyrann seinem Sohn gegen-
über."*

"Du hast ja recht", sagte Hans-Peter, *"aber Severin
macht es seinem Vater nicht gerade leicht. Das musst
du doch zugeben - oder?"*

"Ganz sicher nicht!" antwortete Irene leicht aufgebracht. *"Der Junge hatte doch nie eine Chance."*

Hans-Peter drehte seinen Kopf zu Irene und schaute sie verständnislos an.

"Das verstehe ich nicht; wie meinst du das?"

*"Es wundert mich kein bisschen, dass du das nicht
verstehst"*, antwortete Irene, *"um das zu verstehen
müsstest du wohl eine Frau sein."*

Hans-Peter erschrak über den harten Ton, der sich
bei Irene inzwischen eingestellt hatte. Er fuhr bei
nächster Gelegenheit an die Seite und hielt an.

"Wieso hältst du an?" fragte Irene.

Hans-Peter hatte den Motor abgestellt und drehte
sich zu Irene hin.

*"Hallo Liebling! Ich bin es, Hans-Peter; der Mann,
der dich über alles liebt."*

Irene hatte Tränen in den Augen. Hans-Peter nahm
ihr Gesicht in seine Hände und küsste sie.

"Es tut mir leid; bitte entschuldige!" sagte Irene. *"Du bist der wunderbarste Mann, den es gibt. Du bist mein Peterle, der Fels in der Brandung. Und ich bin so garstig zu dir."*

"So schlimm ist es doch gar nicht", versuchte Hans-Peter seine Liebste zu beruhigen.

"Doch, doch", antwortete Irene, *"das war schlimm; sehr schlimm sogar."*

"Nun, da du einsichtig bist und Reue zeigst, empfange hiermit deine gerechte Strafe."

Mit diesen Worten umarmte Hans-Peter seine Irene und küsste sie innig.

"Du verrückter Kerl", sagte Irene lachend, *"ich bin so froh, dass ich dich habe."*

"Dann lass uns jetzt nachhause fahren, denn der Kuss war nur ein Vorgeschmack auf die Hauptstrafe, die dich dort erwartet."

"Ich nehme die Strafe an, Euer Ehren!"

"Dann ist es ja gut", sagte Hans-Peter und startete wieder den Motor. Eine Weile lang fuhren sie schweigend dahin. Dann nahm Irene das Gespräch wieder auf; dieses Mal jedoch in einem ruhigen und sachlichen Ton.

"Ich sehe das Verhältnis Vater - Sohn aus den Augen einer Mutter, obwohl ich selbst keine bin".

Hans-Peter traf es jedes Mal wie ein Peitschenhieb, wenn die Kinderlosigkeit der beiden Gesprächsthema wurde; wenn wie in diesem Fall auch nur am Rande.

Er hatte Irene angeboten sich auf seine Zeugungsfähigkeit testen zu lassen, als nach Jahren noch immer keine Schwangerschaft in Sicht war.

Seine wunderbare und kluge Ehefrau hatte ihn damals davon abgehalten. Stattdessen schlug sie vor, dass weder er noch sie eine solche Untersuchung vornehmen lassen sollten.

Es lag auf der Hand, dass wohl einer von beiden ursächlich für das Ausbleiben einer Schwangerschaft sein würde. Und das Wissen darum, wer es wäre, könnte irgendwann zwischen ihnen stehen.

Und das könnte Emotionen schüren, die nicht nur völlig unnütz wären, sondern auch sehr schmerzlich sein könnten. Und außerdem besteht ja noch die Möglichkeit, dass beide unfruchtbar wären.

Diese Wahrscheinlichkeit läge zwar sehr nah bei null; aber wissen konnte man es nicht. Also haben sie es als eine Entscheidung des Schicksals betrachtet und sich gefügt.

"Als Bernhard geboren wurde, war sein Vater mächtig stolz, zumal sich schon nach wenigen Jahren scheinbar erkennen ließ, dass es sich bei dem Knaben um einen Mozart oder Einstein handeln könnte.

Dann kam fast fünf Jahre später Severin auf die Welt. Er hatte von Anbeginn die schlechteren Karten, weil die Poleposition schon besetzt war.

Er stand ständig im Schatten seines großen Bruders, und so sehr er sich auch bemühte dem Vater zu gefallen; er hatte keinen Erfolg damit.

Ähnlich wie in der Physik war es auch hier: Verschiedene Pole ziehen sich an - gleiche stoßen sich ab. Bernhard war das besonnene, pflegeleichte Kind, der nach der Mutter kam, und Severin war der wilde Revoluzzer, der eine Kopie seines Vaters war. Eben nur in Kleinformat."

Hans-Peter hatte interessiert zugehört.

"So habe ich das noch nie gesehen", sagte er voll Erstaunen, *"wieso weißt du das alles?"*

"Weil ich eine Frau bin, die wie eine Mutter fühlt und auch gern eine geworden wäre."

Wieder zuckte Hans-Peter zusammen. Irene hatte es bemerkt und sagte:

"Keine Sorge, mein Schatz; es ist alles in Ordnung! Ich hadere nicht mit dem Schicksal. Es ist gut so wie es ist; glaube mir bitte!"

Irene hatte es in einem völlig ruhigen Ton gesagt und - ergänzt durch einen liebevollen Blick - ihrem Peterle auch glaubhaft vermittelt.

"Und nun genug geredet; lasst Taten folgen! sagte sie lachend weiter, *"ich freue mich auf unseren Urlaub in der Toskana und mehr noch auf die zu erwartende Strafe, wenn wir zu Hause sind."*

****

"Ich bin sehr froh und dankbar, dass ich wieder bei euch mitfahren darf."

Es war Severin, der im Auto von Hans-Peter und Irene saß und sich die Zeit mit einem Spiel auf seinem Smartphone vertrieb.

Er hatte seine Tätigkeit auch nicht unterbrochen, als er dieses sagte, und sein Blick blieb fest dem Display seines teuren Gerätes verhaftet.

"Wir freuen uns, dass du bei uns mitfährst; aber das weißt du ja, Severin."

Irene hatte sich umgewandt und sah auf Severin. Sie dachte einmal mehr daran, wie schön es wäre, würde anstelle von Severin ihr eigenes Kind dort sitzen.

Sie hatte in all den Jahren ihrem Peterle immer wieder beteuert, dass es ihr nichts ausmache keine

Mutter sein zu können; aber tief drinnen tat es dennoch weh. Sehr weh sogar.

"Und? Werdet ihr etwas gemeinsam unternehmen, du und Bernhard?" drängte Hans-Peter in Irenes Gedanken.

"Das hängt nicht von mir ab. Ich würde schon gern; aber Berni geht lieber seine eigenen Wege", antwortete Severin, *"er legt keinen großen Wert auf meine Gesellschaft."*

"Warum ist das denn so?" fragte Hans-Peter weiter.

"Wahrscheinlich bin ich ihm nicht intellektuell genug", sagte Severin und konnte dabei ein Lachen nicht unterdrücken.

"Aber das ist doch Unsinn", sagte Irene, *"schließlich seid ihr ja Brüder. Da muss man sich doch vertragen können."*

"Kain und Abel haben es ja auch nicht geschafft, Tante Irene; da kann man halt nichts machen."

Hans-Peter konnte nicht umhin zu grinsen, als er das hörte, und Irene sah ihn daraufhin strafend an.

"Geschwisterliebe lässt sich nun einmal nicht erzwingen, mein Schatz", sagte Hans-Peter zu Irene geneigt, *"wie die Liebe im Allgemeinen."*

"Schau du lieber auf die Straße!" sagte Irene, die dem Gesagten nichts mehr hinzuzufügen wusste.

****

"Triffst du deine Freundin wieder, wenn wir da sind?" fragte Britta ihren Sohn, der im Fond des Autos sitzend in einem Buch las.

"Ja, Mama, das werde ich", sagte Bernhard, der sein Buch zur Seite legte und seiner Mutter ins Gesicht schaute.

Da war er, der Unterschied, der die beiden Brüder ausmachte. Auf der einen Seite ein wohlerzogener, sehr gebildeter junger Mann, und auf der anderen Seite ein rebellischer Bursche, der gegen alles und jedes opponierte.

Britta liebte ihre beiden Kinder gleichermaßen, und sie hatte bei der Erziehung keine ihr erkennbaren Fehler gemacht. Aber der Bevorziehung von Bernhard durch ihren Ehemann hatte sie nichts entgegen zu setzen.

"Wie heißt deine kleine Italienerin gleich noch einmal?" mischte sich Dietmar ein. In seinem Tonfall schwang eine gewisse Geringschätzung mit.

"Sie heißt Belinda, Papa. Und bitte nenne sie nicht »meine kleine Italienerin«; sie heißt Belinda!"

"Weiß sie, dass du kommst?" versuchte Britta die Situation zu entschärfen, *"habt ihr euch geschrieben?"*

"Ja, sie weiß, dass ich komme; ich habe ihr eine SMS geschickt."

"Du könntest die Kleine, pardon, ich meine natürlich Belinda doch einmal zum Essen bei uns einladen." sagte Dietmar, was Britta in Erstaunen versetzte.

"Ja, vielleicht", antwortete Bernhard, *"mal sehen..."*

"Was macht deine Liebste denn beruflich?" fragte Dietmar weiter.

"Sie studiert noch.".

"Und was, wenn ich fragen darf?" sagte Dietmar, und wieder konnte er es nicht lassen eine kleine Prise Süffisanz der Frage beizumengen.

"Sie studiert Lehramt", antwortete Bernhard nach kurzem Zögern, *"sie will Lehrerin werden."*

"Und wie alt ist sie?" bohrte Dietmar weiter.

"Jetzt ist es aber genug mit der Fragerei", drängte Britta dazwischen, *"ich habe Hunger und Durst. Schau lieber, wo die nächste Raststätte ist!"*

Britta hatte dies mit einer solchen Vehemenz gesagt, dass Dietmar tatsächlich von seinem Sohn ab-
ließ. Stattdessen sagte er nur:

*"Gib unseren Verfolgern Bescheid, dass wir die
nächste Raststätte anfahren!"*

Britta nahm ihr Handy, wählte die Nummer von
Irene, und Bernhard war froh, dass die Fragestunde zu
Ende war.

****

"Buongiorno cari amici e benvenuti!"

Mit diesen Worten begrüßte Salvatore mit größter
Überschwänglichkeit den "Professore" samt Familie
und Freunden.

Er hatte wie immer das Ferienhaus gereinigt und
ordentlich durchgelüftet und stand nun strahlend davor, um die Ankömmlinge willkommen zu heißen.

Salvatore war schon seit vielen Jahren in Rente
und verdiente sich ein paar Lire, inzwischen Euros
dazu, indem er das Ferienhaus des Bürgers in Schuss
hielt.

"Tante grazie, Salvatore!" sagte Dietmar, dessen
Italienisch-Kenntnisse damit auch schon ziemlich
erschöpft waren.

Er sah keine Notwendigkeit darin Italienisch zu lernen. Sollten sich die Eingeborenen doch der deutschen Sprache befleißigen, schließlich lebten sie ja von den Touristen, die ihnen das Geld ins Land brachten.

Zum Glück konnte Salvatore Deutsch, da er einige Jahre in Deutschland als Gastarbeiter gelebt hatte.

"Ist mit dem Haus alles in Ordnung, mein Lieber?" fragte Dietmar in einem kumpelhaften Ton. Und der liebe Salvatore spielte das Spiel mit, wissend dass zwischen ihm und dem Professore eine Kluft war, so hoch und breit wie der Apennin.

"Tutto bene, Professore!" antwortete er brav und Dietmar fand großen Wohlgefallen daran.

"Dann lasst uns unsere Sachen auspacken!"

Der General hatte gesprochen und seine Gefolgschaft tat wie geheißen.

Dietmar hatte das Ferienhaus, das eigentlich mehr ein Ferienhäuschen war, von seinen Eltern übernommen. Sie selbst kamen schon lange nicht mehr hierher, weil Dietmars Mutter kränkelte und die weite Fahrt scheute.

Die ersten Jahre blieb alles beim Alten; aber dann investierte Dietmar und ließ einige Umbauten vornehmen. Wände wurden herausgerissen bzw. versetzt und ein kleiner Anbau wurde hinzugefügt.

Jetzt war genug Platz für Dietmars Familie und auch für seinen Freund Hans-Peter und Irene. Dietmar musste viel Überzeugungsarbeit leisten, bevor Hans-Peter die Einladung annahm.

Es war schlussendlich Irene, die Hans-Peter dazu brachte einzuwilligen. Allein die Magie des Wortes "Toskana" war Ansporn genug auf ihren Peterle so lange einzuwirken, bis er schließlich nachgab.

Inzwischen war es der dritte gemeinsame Urlaub, der am Abend mit einer Pasta Bolognese und viel Vino tinto gefeiert wurde.

****

"Wir wollen heute nach Montepulciano fahren. Habt ihr Lust mitzukommen?" fragte Irene am nächsten Morgen in die Runde der Frühstückenden.

"Ich nicht", sagte Dietmar, *"mir brummt noch der Kopf von gestern Abend. Ich lege mich lieber in die Sonne."*

"Das kommt davon, wenn man nicht genug bekommen kann", sagte Britta in leicht spöttelndem Ton, *"aber wenn ihr mich mitnehmt; ich komme gerne mit."*

"Und was ist mit euch?" fragte Hans-Peter die beiden Brüder.

"Zuviel Kultur schlägt mir auf den Magen", antwortete Severin.

"Was ist mit dir?" richtete Britta die Frage an Bernhard.

"Ich treffe mich später mit Belinda."

"Weiß sie denn, dass wir schon hier sind?"

"Ja, ich habe schon mit ihr gesprochen."

"Na dann fahren wir eben zu dritt", sagte Hans-Peter, *"in einer halben Stunde ist Abfahrt!"*

"Ich wünsche euch viel Vergnügen und bringt guten Wein mit!" sagte Dietmar und zog sich in das Schlafzimmer zurück, um seine unterbrochene Nachtruhe fortzusetzen.

"Pass auf, wenn du später in die Sonne gehst, dass du keinen Sonnenbrand bekommst", rief Irene Dietmar nach, der mit schweren Schritten die Treppe zum Schlafzimmer hinaufstieg.

"Mach ich, Irenchen; mach ich", sagte Dietmar und entschwand.

"Ich mag es nicht, wenn er dich so nennt", sagte Hans-Peter später, *"ich habe es ihm schon einmal gesagt."*

"Lass ihn!" sagte Irene, *"mich stört es nicht und dich sollte es auch nicht."*

248

"Wie du meinst", brummelte Hans-Peter, den es aber weiterhin störte. Er sah darin eine Respektlosigkeit Irene gegenüber. Diese Ansicht behielt er aber für sich.

****

Montepulciano ist eine pittoreske Kleinstadt, auf einem 600 Meter hohen Hügel gelegen und von einer mittelalterlichen Stadtmauer umgeben.

Ursprünglich dem Schutz Sienas unterlegen, entschied sich die Stadt - damals jedoch noch ein kleiner Ort - für Florenz und wurde 1561 sogar Bischofssitz.

Die Stadt wäre beinahe im Zweiten Weltkrieg von der deutschen Wehrmacht - als Vergeltung für Partisanenangriffe - zerstört worden.

Durch die Intervention des Grafen Antonio Origo und dessen Gattin Iris, einer irisch-amerikanischen Schriftstellerin, wurde die Sprengung verhindert. Lediglich die "Porto al Prato", das Osttor der Stadt, fiel der Sprengung zum Opfer.

Montepulciano ist nicht nur eine wunderschöne Stadt, sondern auch eine Rotweinsorte. Sie hat aber mit der Stadt nichts zu tun.

Der berühmte Vino Nobile di Montepulciano wird nämlich überwiegend aus der Sangiovese-Traube, bzw. der Rebsorte Prugnolo Gentile erzeugt. Es werden auch gern noch andere Rebsorten, die in der Provinz Siena angebaut werden, beigemischt.

Daraus entstehen dann so klingende Namen wie:

Brunello di Montalcino, Chianti Classico, Chianti, Morellino Classico, Morellino di Scansano oder Vino Nobile di Montepulciano.

Die Traubensorte Montepulciano wird hingegen in den Abruzzen zum nicht minder bekannten Montepulciano d'Abruzzo verarbeitet.

Hans-Peter und seine beiden Damen erkundeten die engen Gässchen, betraten das eine oder andere Geschäft, um regionale Köstlichkeiten zu erwerben.

Bevor sie sich auf einen Cappuccino niedersetzten, besuchten sie noch die Kathedrale von Barto-lomeo Ammanati mit dem großen Altar von Taddeo di Bartolo von Siena.

Schön anzusehen waren auch einige Privathäuser, die jedoch nur einen Blick durch hohe Gitter darauf freigaben; aber keinen Besuch zuließen.

"Jetzt dürfen wir nur nicht vergessen Wein einzukaufen, sonst erschlägt mich mein geliebter Gatte", sagte Britta, als sie vor einer kleinen Cafeteria saßen und sich dem Genuss ihres Cappuccinos hingaben.

"Schade, dass er nicht mitgekommen ist", sagte Irene, *"es hätte ihm sicher auch gefallen."*

"Ich bin mir da nicht so sicher", antwortete Britta. *"Es ist schon sehr lange her, dass wir etwas gemeinsam unternommen haben. Jeder geht inzwischen seine eigenen Wege..."*

Die Wehmut, mit welcher Britta das gesagt hatte, war nicht zu überhören. Irene legte ihre Hand auf Brittas Arm und sagte:

"Das wusste ich nicht, das tut mir sehr leid!"

"Muss es nicht, liebe Irene", antwortete Britta, *"das ist halt so und das soll uns keinesfalls unsere gute Laune verderben"*.

"So ist es recht!" sagte Hans-Peter und rief den Kellner herbei.

"Bringen Sie uns bitte drei Prosecco!" sagte er und kurz darauf stießen sie auf ihre Freundschaft an.

"Du weißt, dass wir immer für dich da sind", sagte Hans-Peter zu Britta und Irene nickte zustimmend.

"Ich weiß". antwortete Britta, *"und dafür bin ich euch sehr, sehr dankbar!"*

****

Dietmar lag hinter dem Haus in der Sonne und schlief, als Bernhard die Wagenschlüssel seines Vaters nahm, um in die Stadt zu fahren.

Er wollte sich dort mit Belinda treffen. Sein Herz pochte wie wild vor lauter Vorfreude auf das Wiedersehen. Das rückliegende Jahr - nur über Skype mit Belinda verbunden - wollte kein Ende finden; aber jetzt konnte er seine Liebste endlich in die Arme nehmen.

Als Belinda ihren Bernardo aus dem Auto aussteigen sah, stürmte sie auf ihn zu und flog ihm um den Hals.

"Endlich bist du da, mio più caro Bernardo", sagte Belinda und bedeckte das Gesicht ihres Liebsten mit "tanti baci".

So sehr sich Bernhard über die stürmische und liebevolle Begrüßung freute, so sehr empfand er eine gewisse Peinlichkeit, war es doch noch heller Tag.

Belinda war dies nicht entgangen und mit einem Lachen sagte sie:

"Che succede, tedesco? Warum so abweisend? Genierst du dich mit mir?"

"Nein; natürlich nicht! Entschuldige bitte, mein Liebling."

Bernhard war jedes Mal fasziniert darüber, dass seine Belinda so gut deutsch sprach. Er wünschte sich, er könnte ebenso gut italienisch sprechen.

Während Belinda deutsch an der Universität gelernt hatte, quälte er sich am Computer mit Sprach-Lern-CDs herum, um sich wenigstens einigermaßen verständlich machen zu können.

"Was möchtest du machen, caro mio?" fragte Belinda.

"Sag du, was wir machen sollen!" antwortete Bernhard, *"was würde dir Freude bereiten?"*

Die eben noch vor Freude strahlende Frau verwandelte sich augenblicklich in ein kleines trauriges Mädchen.

"Was hast du?" fragte Bernhard besorgt.

Belindas Augen hatten sich mit Tränen gefüllt, als sie antwortete:

"Es ist wegen Papa!"

"Was ist mit deinem Vater?" fragte Bernhard.

"Er ist sehr krank und liegt im ospedale."

"Das tut mir leid", sagte Bernhard voller Mitgefühl, *"kann ich etwas für ihn tun?"*

"Würdest du ihn mit mir besuchen?" antwortete Belinda und sah Bernhard mit ihren tränenerfüllten Augen an.

"Aber natürlich, mein Liebling", sagte Bernhard und nahm seine Liebste in den Arm. *"Wenn du möchtest, dann fahren wir jetzt gleich ins Krankenhaus"*.

"Du bist so lieb, Bernardo", sagte Belinda und wieder bedeckte sie Bernhards Gesicht mit Küssen. Dieses Mal ließ er Belinda gewähren.

Als sie wenig später das Zimmer betraten, in welchem der Vater von Belinda lag, erschrak Bernhard ein wenig.

Er hatte Belindas Eltern zuvor noch nie kennen gelernt, ebenso wenig wie Belinda seine Eltern kannte.

Jetzt sah er einen abgemagerten, alten Mann im Bett liegen, schwer atmend und mit tiefliegenden Augen.

Belinda beugte sich zu ihrem Vater hinunter und gab ihm einen Kuss.

Mit den Worten: *"papa, questa è il mio amico tedesco"* stellte sie Bernhard ihrem Vater vor.

Der alte Mann streckte Bernhard seine zittrige Hand entgegen und lächelte ihn an.

Bernhard schluckte und sagte dann: *"mi fa piacere!"*

Und wieder lächelte der alte Mann. Er sah Bernhard an und nickte, so als wolle er die Höflichkeit erwidern.

Dann sprach Belinda einige Worte zu ihrem Vater, während dieser den Blick fest auf Bernhard gerichtet ließ. Bernhard wollte seinen Blick abwenden, konnte es aber nicht.

Er war heilfroh, als er nach langen, nicht enden wollenden Minuten mit Belinda das Krankenhaus wieder verließ.

"Was hat dein Vater?" fragte er Belinda.

"Ich kann dir noch nicht einmal den genauen Namen sagen; aber es handelt sich um eine seltene Autoimmunerkrankung, sagen die Ärzte."

"Und kann man da etwas dagegen tun?" fragte Bernhard weiter.

"Ja, schon..."

Belinda stockte. Ihre Stimme drohte zu ersticken. Sie konnte nicht weitersprechen.

"Was heißt das - ja schon?" drängte Bernhard auf eine Antwort.

Belinda brauchte alle Kraft, um Bernhard antworten zu können. Dann sagte sie:

"Es gibt ein Medikament aus Amerika. Das ist aber so teuer, dass wir uns das nicht leisten können!"

"Wie teuer?" fragte Bernhard.

"Zu teuer", antwortete Belinda.

"Wie viel?" insistierte Bernhard.

"Fünftausend Euro!" sagte Belinda, und sie stieß es förmlich hinaus, so als wolle sie die Ungeheuerlichkeit dieser Summe verdeutlichen.

"Und das ist nur für einen Monat!" ergänzte sie. *"Wie soll sich das jemand wie meine Familie leisten können?"*

Heftiges Schluchzen erfasste Belinda. Sie schlang ihre Arme um Bernhard und ihre von der Last der Sorge um ihren Vater geschundene Seele suchte Halt bei ihrem Liebsten.

"Ich werde dir helfen!" sagte Bernhard und strich Belinda zärtlich über den Kopf.

"Du kannst mir nicht helfen", sagte Belinda, *"das kann nur Gott allein."*

Bernhard musste lächeln. Er fühlte, wie sehr er diese Frau liebte, die sich so taff gab und dennoch sehr verletzlich war.

"Da hast du natürlich völlig recht", sagte er, *"Gott kann immer helfen; aber manchmal kann das auch ein Mensch."*

Belinda sah Bernhard fragend an und Bernhard fuhr fort:

"Ich werde dir von zuhause monatlich fünftausend Euro überweisen, damit ihr das Medikament kaufen könnt."

Belinda, deren Augen groß und größer wurden, presste ihre Hand auf den Mund und kurz darauf sagte sie:

"Du bist verrückt; das kann ich nicht annehmen. Das kommt überhaupt nicht infrage!"

"Natürlich kannst du das annehmen; ich bestehe darauf!" antwortete Bernhard.

"Nein und nochmals nein!" sagte Belinda, *"mein Vater würde das auch nicht wollen."*

"Ist es dir lieber, er stirbt?" sagte Bernhard und bereute noch im selben Augenblick, was er gesagt hatte.

"Du bist grausam", sagte Belinda, *"warum tust du mir so weh?"*

"Bitte verzeih, mein Liebling; es tut mir so leid!"

Bernhard hielt Belinda an den Armen fest und er versuchte das Gesagte ungeschehen zu machen.

"Ich weiß nicht, was da gerade in mich gefahren ist. Ich will doch nur helfen; bitte glaube mir das!"

Belinda sah Bernhard eine Weile nur an. Dann sagte sie - und es war wie eine Erlösung für Bernhard:

"Ich weiß, mein Liebster, ich weiß. Und ich danke dir."

"Dann erlaubst du mir dir und deinem Vater zu helfen?"

"Gib mir bitte Zeit; ich muss erst noch darüber nachdenken", antwortete Belinda, *"lass uns jetzt von etwas anderem reden."*

"Hast du Hunger?" fragte Bernhard.

Und bevor Belinda noch antworten konnte, sagte Bernhard weiter:

"Ich habe Appetit auf eine große Pizza und ein Glas Rotwein!"

"Ihr Deutschen", sagte Belinda, *"immer nur Pizza und Pasta. Dabei hat die italienische Küche noch viel mehr zu bieten."*

"Aber ich liebe Pizza", antwortete Bernhard, *"und Pasta natürlich auch."*

Und für die nächsten paar Stunden waren Belinda und Bernhard einfach nur ein verliebtes Paar und Kummer und Sorgen hatten erst einmal Pause.

****

Dietmar wurde wach, weil ein unliebsamer Lärm ihn aus dem Schlaf gerissen hatte. Als er die Quelle der Störung entdeckt hatte, schaute er verwundert.

"Was machst du da?" fragte er seinen jüngsten Sohn.

"Ich versuche das alte Tokaido wieder flott zu kriegen", antwortete Severin, der versuchte dem alten Moped wieder Leben einzuhauchen.

"Warum nimmst du nicht das Auto?" fragte sein Vater.

"Damit ist Bernhard schon unterwegs und außerdem..."

"Und außerdem?" wiederholte Dietmar und schaute seinen Sohn dabei erwartungsvoll an.

Und bevor dieser noch antworten konnte, ergänzte Dietmar:

"Kann es sein, dass dir wieder einmal der Führerschein abgenommen wurde?"

Severin gab keine Antwort. Stattdessen sagte sein Vater:

"Du änderst dich wohl nie!" und ging zurück zu seinem Liegestuhl. Kurz darauf hörte er das Knattern des Mopeds. Severin war auf dem Weg in die Stadt.

****

"Piccolo Las Vegas" - so nannten die Einheimischen das Vergnügungsviertel vor den Toren der Stadt.

Das war auch das Ziel von Severin. Severin war homosexuell, was seine Eltern jedoch nicht wussten. Noch nicht einmal Bernhard wusste davon.

"Ciao ragazzo! Come stai?"

Mit diesen Worten wurde Severin von Carlo begrüßt, dem Chef des "Da Carlo", einer Bar in der Amüsiermeile.

Severin war seit langer Zeit schon Stammgast im "Da Carlo". Jedes Jahr, wenn er mit seinen Eltern in die Toskana kam, führte ihn sein erster Weg in diese Bar.

Sie war Treffpunkt für Schwule und Lesben. Hier konnte Severin seinen Neigungen nachgehen, ohne Angst haben zu müssen entdeckt zu werden.

Zuhause zeigte er sich gern auch einmal mit irgendeiner Schönen, um den Schein aufrecht zu erhalten ein "echter Kerl" zu sein.

Die Mädchen spielten das Spiel mit, wurden sie doch fürstlich dafür entlohnt.

"Va bene, Carlo", antwortete Severin und kam dann gleich zur Sache:

"Ist Franco da?"

Franco war Severins Lieblingsgespiele und achtzehn Jahre alt; sofern das überhaupt stimmte.

"Ich habe ihn heute noch nicht gesehen", antwortete Carlo, *"aber wenn du willst, dann rufe ich ihn an."*

"Ja, mache das bitte!" antwortete Severin.

Carlo nahm das Telefon und ging ein paar Schritte von Severin weg. Dann sprach er mit Franco, was Severin aber nicht verstehen konnte.

"Er wird gleich kommen", sagte Carlo, *"willst du inzwischen etwas trinken?"*

"Ja bitte", antwortete Severin, *"mach mir einen Scotch, einen doppelten!"*

Als Franco die Bar betrat, ging ein Lächeln über Severins Gesicht. Er liebte diesen jungen Mann und seinen wunderschönen Körper.

"Ciao tesoro!"

Severin mochte es nicht, dass Franco ihn "Süßer" nannte. Obwohl er Franco schon mehrmals gebeten hatte ihn nicht so zu nennen, ließ er nicht davon ab.

Es hatte fast den Anschein, als würde es Franco genießen, dass Severin das Wort nicht mochte.

Die beiden Männer umarmten sich. Als Severin Franco küssen wollte, wandte er sich scheinbar ab.

"Was ist los mit dir?" fragte Severin. *"Freust du dich nicht mich zu sehen?"*

"Sicuramente tesoro", antwortete Franco, *"aber es gibt ein Problem."*

"Was für ein Problem?" fragte Severin.

"Ich bin schon die ganze Woche ausgebucht!"

"Was?" sagte Severin entsetzt, *"von wem?"*

"Das ist doch egal", antwortete Franco, *"ich habe keine Zeit für dich, basta!"*

"Du willst doch nur den Preis in die Höhe treiben; du hast gar keine Buchung!" ereiferte sich Severin mit hochrotem Kopf.

"Stronzo!" antwortete Franco, *"so etwas habe ich nicht nötig."*

"Es tut mir leid!" versuchte Severin das Gesagte abzumildern, *"ich habe es nicht so gemeint."*

"Non se ne parli più", sagte Franco, was so viel wie "Schwamm drüber" zu bedeuten hatte.

"Ich würde dir auch das Doppelte bezahlen", sagte Severin in einem versöhnlich klingenden Tonfall.

Franco sah erst Severin an; dann blickte er zu Carlo.

"Was mach ich nur mit dem verrückten Tedesco?"

"Amore, amore", antwortete Carlo und lachte dabei.

Franco gab Severin einen leidenschaftlichen Kuss, der von Severin freudig erwidert wurde, deutete auf den Scotch und sagte zu Carlo:

"Mach mir auch so einen!"

Carlo goss Franco einen Scotch ein und nahm sich selbst auch einen. Dann stieß er mit Severin und Franco an und sagte:
"Auf die Liebe, amici!"

Und die beiden anderen erwiderten:

"Evviva l'amore!"

Als Severin mit Franco kurze Zeit später nach dem vollzogenen Liebesakt im Bett lag und gegen die Decke starrte, empfand er ein wonniges Gefühl der Erleichterung.

Er genoss es über die Maßen - von allen Problemen des Alltags weit entrückt - ganz einfach er selbst sein zu können. Zuhause war alles viel schwieriger.

Die Angst entdeckt zu werden, war sein ständiger Begleiter und Alkohol war das Mittel, um seine Ängste damit zu überdecken.

"Scopare macht hungrig, tesoro; lädst du mich zum Essen ein?"

Mit diesen Worten holte Franco Severin in die Wirklichkeit zurück.

"Natürlich, amore mio!" antwortete Severin und seine Augen leuchteten dabei. Ihm war wohl bewusst, dass die Liebe zwischen ihm und Franco nur eine Illusion war; aber um nichts in der Welt hätte er auf sie verzichten wollen.

****

In der Nähe des Ferienhauses befand sich ein Teich, in welchem Bernhard zum Angeln gehen wollte. Er hatte vor einiger Zeit in heimischen Gewässern damit begonnen, um sich gelegentlich Entspannung zu verschaffen.

"Hättest du etwas dagegen, wenn ich dich dabei begleite?" fragte seine Mutter und Bernhard antwortete:
"Wenn du mir versprichst die Fische nicht zu verjagen, dann kannst du gern mitkommen."

Britta lächelte und sagte: *"Ich versprechen es!"*

Sie freute sich sehr darüber, dass Bernhard der Begleitung zugestimmt hatte; so hatte sie ihren ältes-ten Sohn für sich allein.

"Ist das etwas Ernstes mit Belinda und dir?" begann sie das Gespräch mit Bernhard, der voll konzentriert auf die Pose seiner Angel starrte.

"Ich denke schon", antwortete Bernhard, *"wieso fragst du?"*

"Weil ich dich bitten wollte Belinda zu meiner Geburtstagsfeier einzuladen. So können dein Vater und ich deine Freundin endlich einmal persönlich kennenlernen."

"Ich weiß nicht, ob das so eine gute Idee ist", gab Bernhard zu bedenken, *"du weißt ja selber wie Vater ist."*

"Hab keine Angst, mein Liebling; ich werde ihn ordentlich vergattern. Er wird sich hüten meinen Geburtstag zu versauen."

Bernhard war sehr erstaunt darüber, dass ihn seine Mutter gerade "Liebling" genannt hatte. Es war schon sehr lange her, dass er mit diesem Prädikat von ihr bedacht worden war. Es fand eher bei Severin Anwendung, denn bei ihm.

"Ich werde sie fragen", antwortete Bernhard, *"aber ich kann dir nichts versprechen. Das muss Belinda selbst entscheiden."*

Britta nickte. Plötzlich erstarrte sie und deutete zu einem weiteren Angler, der sich in unmittelbarer Nähe befand.

"Hast du das gesehen?" fragte sie völlig aufgeregt, *"dieser Mensch hatte gerade einen Frosch an der Angel!"*

"Habe ich, liebe Mama", antwortete Bernhard lachend, *"das ist hier ganz normal."*

"Aber das ist ja furchtbar", sagte Britta, noch immer außer sich, *"die armen Viecher."*

"Sollen wir lieber gehen?" fragte Bernhard, der bisher noch keinen einzigen Biss hatte und der seiner Mutter den weiteren, barbarischen Anblick ersparen wollte.

"Das wäre mir sehr lieb", antwortet Britta dankbar, *"wie kann man nur so etwas machen..."*

"Wir müssen aber noch Fisch besorgen gehen, sonst gibt es heute Abend nichts zu essen", sagte Bernhard, als sie zum Wagen gingen. Britta lächelte; denn sie hatte inzwischen ihre Fassung wiedererlangt.

****

"Tante grazie per avermi invitato, Signorina Bürger!"

Britta schaute Belinda etwas ungläubig an, war sie sich doch nicht sicher, ob sie alles verstanden hatte.

Bernhard schaute Belinda mit leicht strafendem Blick an und teilte der Mutter mit, dass sich Belinda für die Einladung bedankt habe.

"Scusi! Bitte, entschuldigen Sie, Frau Bürger, dass ich italienisch gesprochen habe. Ich bin nur etwas aufgeregt; es tut mir leid." sagte Belinda mit hochrotem Kopf.

"Aber nein, liebe Belinda; Sie müssen sich doch nicht entschuldigen. Und bitte nennen Sie mich Britta!"

"Vielen Dank!" antwortete Belinda erleichtert.

"Sie studieren also auf Lehramt, wie man zu sagen pflegt?"

Mit dieser Frage wandte sich Dietmar während des Essens an Belinda.

"Ja, das ist richtig", antwortete Belinda, *"ich studiere Deutsch und Geschichte."*

"Wieso gerade Deutsch?" fragte Dietmar weiter und fing sich damit einen mahnenden Blick seiner Ehefrau ein.

Dietmar nahm sich sofort zurück, indem er sagte:

"Wir reden später darüber, nach dem Essen. Wir wollen doch die Hausfrau nicht beleidigen, indem wir ihre Kochkünste nicht angemessen würdigen."

"Sehr gern, Herr Professor", antwortete Belinda und schaute zu Britta, die ihren gestrengen Blick zu ihrem Gatten weiterhin aufrecht gehalten hatte.

Nach dem Essen war Dietmar nicht mehr aufzuhalten. Er wiederholte seine Frage von vorhin.

"Ich studiere Deutsch, weil ich die Sprache liebe", kam die für den Herrn Professor überraschende Antwort.

"Das müssen Sie mir jetzt aber näher erklären, liebes Kind!"

Allein der Zusatz "liebes Kind" machte offenbar, dass Belinda gerade im Begriff war ihren gesellschaftlichen Wert massiv zu erhöhen.

"Ich will es versuchen, Professore", sagte Belinda und dann begann sie ein Referat zu halten, welches das Herz des skeptischen Zynikers höherschlagen ließ.

"Denken Sie nur an die Romantik in der Literatur. Nehmen wir beispielsweise Joseph von Eichendorff. Ich denke an eines seiner schönsten Gedichte »Weihnachten«, in welchem er - scheinbar kontrovers zu einer sonst klar strukturierten deutschen, stringent anmutenden Sprache - einen melodiösen Sprachduktus verwendet, der jeden Leser einfach verzaubern muss."

Dietmar Bürger saß da wie versteinert. Was er soeben gehört hatte, ließ ihn förmlich dahin schmelzen.

"Sie sind eine bemerkenswerte, junge Frau, liebe Belinda", sagte er, und seine Stimme entbehrte jeglicher Ironie. *"Ich kann meinen Sohn nur beglückwünschen, dass er Ihnen begegnet ist."*

Während Belinda dem Professor ihre Liebe zur Deutschen Sprache erklärte, war es still geworden. Und alle waren ergriffen; nur Severin war es nicht.

Er war nach draußen gegangen. Es war niemand aufgefallen, außer Irene. Sie war ihm gefolgt und hatte sich neben ihn gestellt.

"Ist alles in Ordnung?" fragte sie Severin, *"geht es dir gut?"*

"Wie soll es mir gut gehen, Tante Irene", antwortete Severin, *"gerade wurde wieder einmal eindrucksvoll demonstriert, wer alles richtig macht in seinem Leben. Und ich rede nicht von mir."*

"Du siehst das zu schwarz, Severin", versuchte Irene den jungen Mann zu trösten.

"Ganz sicher nicht, Tante Irene", sagte Severin, *"es ist wie es ist, und es wird sich auch niemals ändern!"*

Es war schon spät und Bernhard war unterwegs, um Belinda nach Hause zu bringen.

"Da siehst du wieder einmal, was man aus seinem Leben machen kann, wenn man sich ein wenig anstrengt!"

Mit diesen Worten stieß der Vater Dietmar Bürger ein weiteres Mal tief hinein in die geschundene und tief verletzte Seele seines Sohnes Severin.

Und mit jeder Silbe vergrößerte er den Hass, den Severin wider seinen älteren Bruder empfand, und ein böser Wunsch formte sich in seinem Gehirn:

"Ich wünschte, mein Bruder wäre tot!"

****

Die Disco "Casanova" war die unumstrittene IN-Location im "Piccolo Las Vegas" und der Treffpunkt der jungen Leute.

Bernhard hatte sich anfänglich dagegen gesträubt dorthin zu gehen, gab aber der Bitte von Belinda irgendwann nach.

Die schrille Beleuchtung und die sehr laute Musik waren nicht unbedingt das Ambiente, in welchem sich Bernhard sonst bewegte. Er schätzte vielmehr eine gepflegte, intimere Umgebung.

Belinda steuerte mit Bernhard einen großen, runden Tisch an, an welchem mehrere Burschen und Mädchen saßen.

Während die Burschen etwa in Bernhards Alter waren, schienen die Mädchen eher jünger zu sein; zum Teil viel jünger.

Einer der Burschen fiel Bernhard besonders auf. Er trug eine schwere Goldkette um den Hals und die Uhr an seiner Hand schien kein Billigimitat zu sein.

Belinda beugte sich zu ihm hinunter und küsste ihn auf beide Wangen, was Bernhard irritierte. Er konnte nur augenblicklich nicht klar für sich selbst definieren, ob seine Ablehnung nur auf das Erscheinungsbild des Mannes zurück zu führen war oder ob Eifersucht eine Rolle spielte.

"Bernardo, ich möchte dir Fabio vorstellen, ein Kommilitone von mir."

Mit diesen Worten riss Belinda Bernhard aus seinen Gedanken.

"Ciao Bernardo!" sagte Fabio und streckte Bernhard die Hand entgegen, welche dieser nur ungern entgegennahm.

"Setzt euch doch zu uns!" forderte Fabio die Neuankömmlinge auf, und noch bevor Bernhard ablehnen konnte, hatte sich Belinda schon niedergesetzt.

Fabio hieß die Bedienung zwei weitere Gläser zu holen und goss dann aus einer Champagner-Magnum-Flasche ein.

"Salute!" rief Fabio in einer Lautstärke, welche sogar die Musik zu übertönen vermochte und hielt sein Glas gönnerhaft in die Höhe.

Die "jungen Gänslein" im Gefolge des Gönners kicherten, die anderen Burschen grinsten, Belinda lächelte, und Bernhard fühlte sich so unwohl wie schon lange nicht mehr.

Als sie etliche gequälte Minuten später auf der Tanzfläche waren, bat Bernhard Belinda darum die Disco zu verlassen.

Auf die Frage, ob es ihm nicht gefalle, wich Bernhard aus, indem er vorgab, die laute Musik würde bei ihm Kopfschmerzen verursachen.

"Das tut mir leid, caro mio, dann lass uns von hier verschwinden!" sagte Belinda, erklärte Fabio noch

schnell den Grund ihres Weggehens und verließ mit Bernhard die Disco.

"Wir fahren jetzt in meine Wohnung", sagte Belinda, *"da kannst du dich ein wenig hinlegen und erholen."*

Bernhard schaute Belinda erstaunt an. Es war das erste Mal, dass sie ihn zu sich nachhause einlud.

"Wie kann sich ein Student so einen Lebenswandel leisten?" fragte er Belinda währen der Fahrt. *"Teure Klamotten, Schmuck, Champagner?"*

"Ganz einfach", antwortete Belinda, *"indem er einen reichen Vater hat."*

"Und hat dieser Fabio einen reichen Vater?" fragte Bernhard weiter.

"Hat er", antwortete Belinda, *"Fabios Vater ist der Besitzer der Rima-Werke in Turin."*

"Was ist das?" fragte Bernhard.

"Du kennst die Rima-Werke nicht?" fragte Belinda verwundert, *"das ist der größte Automobilzulieferer in ganz Europa!"*

"Kenne ich trotzdem nicht", antwortete Bernhard, und das Bewusstsein um die Herkunft Fabios machte ihm den Menschen keineswegs sympathischer.

"Jetzt weißt du es, mein Liebling", sagte Belinda, *"aber wieso interessierst du dich so für Fabio? Bist du etwa eifersüchtig?"*

"Hätte ich den Grund dazu?" fragte Bernhard.

"Ganz sicher nicht!" antwortete Belinda und lachte. *"Fabio ist nur ein Kommilitone und überhaupt nicht mein Typ."*

"Dann bin ich ja beruhigt", antwortete Bernhard und beendete damit das Gespräch.

Sie waren inzwischen bei der Wohnung Belindas angekommen. Als er in die Wohnung eintrat, wurde er überrascht.

Hatte er eine kleine Studentenwohnung erwartet, so stand er jetzt in einem großen Appartement mit einer sehr geschmackvollen Einrichtung.

"Überrascht?" fragte Belinda den erstaunten Besucher. *"Schau dich ruhig ein wenig um, ich hole uns inzwischen etwas zu trinken."*

Bernhard betrachtete das Interieur der Wohnung. Auf der Suche nach einer Toilette wollte er versehentlich eine Tür öffnen, die jedoch verschlossen war.

"Warum ist diese Tür verschlossen?" fragte er Belinda.

"Das ist das Zimmer von Verena, einer Freundin und Mitbewohnerin. Sie ist über die Semesterferien zu

274

ihren Eltern gefahren. Sie sind nicht sehr begütert und daher habe ich ihr ein Zimmer zur Verfügung gestellt.

Das Bad befindet sich übrigens eine Tür weiter", ergänzte Belinda ihre Ausführungen mit einem breiten Grinsen.

Als Bernhard aus dem Bad herauskam, war Belinda nicht zu sehen. Er rief ihren Namen und aus einem Zimmer kam die Antwort:

"Komm bitte herein, mein Liebster und bring den Champagner mit, der auf dem Tisch steht!"

Bernhard tat, wie ihm geheißen und er betrat Belindas Schlafzimmer. Was er dann sah, verunsicherte ihn sehr. Es war das erste Mal, dass er Belinda nackt sah.

"Komm zu mir und liebe mich!"

Belinda streckte Bernhard ihre Arme entgegen und in ihren Augen war ein feiner Tränenschimmer erkennbar.

"Ich liebe dich so sehr!" sagte sie, *"Ich wünsche mir das schon lange, dass du mich in deinen Armen hältst!"*

Bernhard entkleidete sich und legte sich zu seiner Belinda. Dann liebten sie einander in einer wunderbaren Mischung aus Leidenschaft und Zärtlichkeit.

Als sie später glücksdurchströmt nebeneinanderlagen, drängte sich Bernhard eine Frage auf, die er nicht umhin konnte seiner Liebsten zu stellen.

"Du hast wirklich eine ganz tolle Wohnung", sagte er, um nicht gleich mit der Tür ins Haus zu fallen.

"Ja", antwortete Belinda, *"und ich genieße sie jeden Tag."*

"Das kann ich gut verstehen", sagte Bernhard, der sich noch immer nicht traute die eigentliche Frage zu stellen.

Belinda hatte Bernhard längst durchschaut und befreite ihn nun aus seiner Not, indem sie sagte:

"Jetzt frage mich schon endlich, was du eigentlich wissen möchtest!"

Bernhard schaute Belinda überrascht an. War er wirklich so leicht zu durchschauen?

"Du willst doch wissen, ähnlich wie bei Fabio, wie sich eine arme Studentin eine solche Wohnung leisten kann."

Bernhard nickte und eine leichte Peinlichkeit erfasste ihn.

"Bitte entschuldige; es geht mich überhaupt nichts an", stotterte er und eine leichte Röte erfasste sein Gesicht.

"Du brauchst dich nicht zu entschuldigen", sagte Belinda, *"es ist überhaupt kein Geheimnis. Die Wohnung gehört eigentlich meinen Eltern.*

Sie benützen sie, wenn sie in die Stadt kommen, um ins Theater oder in die Oper zu gehen. Normalerweise leben sie ein Stück außerhalb auf dem Land."

"Können wir deine Eltern nicht einmal besuchen?" fragte Bernhard, der sichtlich erleichtert war.

"Ich dachte schon, du fragst mich das nie", sagte Belinda lachend, *"ich würde dich sehr gern meinen Eltern vorstellen."*

"Wunderbar!" rief Bernhard aus, *"Dann lass uns das doch machen."*

"Das geht leider nicht", sagte Belinda, *"die schippern gerade im Mittelmeer herum. Meine Eltern sind nämlich begeisterte Segler."*

"Schade", sagte Bernhard.

"Aufgeschoben ist ja nicht aufgehoben", antwortete Belinda, *"sagt man das nicht so bei euch?"*

"Es überrascht mich immer wieder, wie gut Deutsch du sprichst", sagte Bernhard und in seiner Stimme klang echte Begeisterung mit.

"Ich bin eben ein Naturtalent, mein geliebter Bernardo", sagte Belinda und wieder lachte sie dabei.

"Wie sehr liebe ich sie", dachte Bernhard und gab ihr einen dicken Kuss.

****

"Ward ihr schon einmal beim Palio?" fragte Dietmar seinen Freund Hans-Peter und dessen Frau.

"Nein!" antwortete Hans-Peter und Irene sagte:

"Ist das dieses Pferderennen, welches jedes Jahr im Juli stattfindet?"

"Ja", antwortete Dietmar, *"aber es findet zweimal jährlich statt, am 2. Juli und am 16. August."*

"Das ist ja übermorgen", sagte Irene begeistert.

"Was denkst du, warum ich euch gerade eben gefragt habe?" sagte Dietmar voll Genugtuung.

"Das ist ja wunderbar!"

Irene ließ ihrer Freude freien Lauf.

"Das muss ich unbedingt gesehen haben!"

"Das wirst du auch", sagte Dietmar, *"das werden wir alle!"*

Und zu Bernhard gewandt, sagte Dietmar:

"Willst du nicht deine kleine Freundin bitten uns zu begleiten?"

"Ich werde sie fragen", antwortete Bernhard, *"sie wird sich sicher darüber freuen."*

"Das will ich doch hoffen", sagte Dietmar und er schaute sich in der Runde umher in dem Bewusstsein, dass er soeben wieder einmal etwas ganz Tolles geleistet hatte. Und dann erklärte er den Unwissenden, was es mit dieser Veranstaltung denn auf sich habe:

"Der Palio di Siena findet seinen Ursprung in der Zeit des späten Mittelalters und der Frührenaissance. Es war die Zeit, in welcher sich die Städte Italiens ihre Unabhängigkeit erkämpft haben.

Was heute als Touristenattraktion dargeboten wird, ist eines der härtesten Pferderennen in ganz Europa. Die Teilnehmer sind verwegene Reiter aus den einzelnen Stadtteilen.

Sie umreiten auf ungesattelten Pferden dreimal einen großen Platz, die Piazza del Campo. Der Wettkampf wird von einer großen Leidenschaft getragen und ist gespickt mit tief verwurzelten Animositäten.

Das ganze Spektakulum findet in mittelalterlichen Kostümen statt, ergänzt von Fahnenschwenkern und Trommlern. Es kommt auch immer wieder einmal zu Unfällen und Stürzen. Eine etwas weniger gefährliche Variante ist der Wettbewerb mit Eseln, auf Booten oder mit Leiterwagen, dem sogenannten Heuwagenrennen."

Irene und Hans-Peter hatten Dietmar aufmerksam zugehört und jedes seiner Worte in sich aufgesogen. Was die übrigen Zuschauer betraf, so kannten sie die Geschichte. Sie hatten dem Palio schließlich schon öfter beigewohnt. Zuerst Dietmar in Begleitung seines Vaters und später Bernhard und Severin in Begleitung ihres Vaters.

"Ich werde nicht mitkommen", sagte Severin, *"ich habe das schon zur Genüge erlebt."*

"Natürlich wirst du mitkommen", sagte Dietmar, *"alle werden mitkommen; das wird ein richtiger Familienausflug werden."*

****

Bernhard hatte Belinda angerufen, um ihr von der Einladung zum Palio zu berichten.

"Ich kann nicht mitkommen", sagte sie am Telefon, *"es geht mir nicht so gut."*

"Was hast du denn, Liebling?" fragte Bernhard besorgt.

"Ich bin überfallen worden", antwortete Belinda.

"Um Gottes Willen", rief Bernhard, *"ich komme sofort zu dir!"*

"Nein", sagte Belinda, *"ich möchte nicht, dass du mich so siehst."*

"Ich bestehe darauf!" sagte Bernhard.

"Dann komme ich zu dir", antwortete Belinda, *"wir treffen uns am Teich."*

"Warum gerade dort?" fragte Bernhard.

"Da ist es ruhig und ich mag jetzt keine Menschen sehen."

"Das verstehe ich", antwortete Bernhard, *"dann bis gleich."*

Als Bernhard Belinda gegenüberstand, erschrak er zutiefst. Er sah in ein Gesicht mit einem geschwollenen Auge, einer aufgeplatzten Lippe und vielen blauen Flecken.

"Das sieht ja furchtbar aus", entfuhr es ihm, *"was hat man dir nur angetan?"*

"Halte mich bitte fest", sagte Belinda, *"halte mich einfach nur ganz fest!"*

Bernhard nahm Belinda in seine Arme und strich ihr liebevoll über den Kopf. Nach ein paar Minuten begann Belinda zu erzählen:

"Ich war mit Freundinnen, wie an jedem Mittwoch im Piccolo Las Vegas zum Mädelsabend. Als ich später zum Auto ging, kam ein Mann auf mich zu und

wollte meine Tasche. Weil ich sie ihm nicht geben wollte, hat er so lange auf mich eingeschlagen, bis ich am Boden lag."

"Hast du den Mann erkannt? Warst du bei der Polizei?" fragte Bernhard völlig aufgewühlt.

"Nein", antwortete Belinda.

"Aber warum denn nicht?" fragte Bernhard verwundert.

"Weil das zwecklos gewesen wäre; denn ich habe das Gesicht des Mannes nicht erkennen können. Er trug eine Skimaske und außerdem ist der Parkplatz nur wenig beleuchtet."

"Aber beim Arzt warst du schon?" fragte Bernhard besorgt.

"Ja, war ich", antwortete Belinda, *"aber lass uns jetzt nicht mehr darüber reden."*

Sie hielt sich fest an Bernhard geschmiegt und gab sich einem Gefühl tiefer Geborgenheit hin.

"Kommst du öfter hierher?" fragte Bernhard.
"Ja", antwortete Belinda, *"hier ist es so angenehm ruhig und friedlich. Ich schaue auf das Wasser oder beobachte die Menschen, wie sie ihre Angel auswerfen und geduldig warten, bis ein Fisch anbeißt."*

"Das habe ich auch schon probiert; jedoch ohne Erfolg", sagte Bernhard.

"Du angelst auch? fragte Belinda erstaunt.

"Ja", antwortete Bernhard, *"ich habe sogar mein eigenes Angelzeug von zuhause mitgebracht."*

"Das überrascht mich jetzt aber", sagte Belinda, *"das hätte ich dir gar nicht zugetraut."*

"Dass ich es kann oder dass ich es tue?" fragte Bernhard lachend.

"Dass du es tust natürlich, amore mio", sagte Belinda und lachte ebenfalls.

Bernhard freute es, wenn Belinda "amore mio" zu ihm sagte. Und er freute sich in diesem Augenblick noch mehr darüber, dass Belinda lachte.

Es schmerzte ihn sehr in das geschundene Gesicht seiner Liebsten zu blicken. Er fühlte eine Wut gegen den Menschen in sich aufsteigen, welcher seiner Liebsten das angetan hatte.

Da fiel Bernhard das Messer ein, welches er immer bei sich trug. Es war ein spezielles Klappmesser mit einem Griff aus Palisanderholz und einer Klingen-länge von neun Zentimetern. Man benützte es gleicher-maßen für die Jagt wie beim Angeln.

Er nahm es aus seiner Tasche und hielt es Belinda hin. Dann sagte er:

"Ich schenke dir dieses Messer und ich möchte, dass du es immer bei dir trägst!"

Belinda schaute auf das Messer und antwortete:

"Sei mir bitte nicht böse, Bernardo; aber ich will das nicht. Ich mag keine Waffen."

"Das ist keine Waffe", sagte Bernhard, *"es ist ein Geschenk und es soll dich an mich erinnern, wenn ich nicht bei dir bin."*

Belinda lächelte. *"Du bist süß,* sagte sie, *"und ein piccolo monello."*

"Was heißt das?" fragte Bernhard.

"Schau im Wörterbuch nach, wenn du es wissen willst", sagte Belinda und lachte wieder.

"Es ist wunderschön, wenn du lachst", sagte Bernhard, *"und es erwärmt mein Herz."*

Belinda lächelte und sie empfand eine tiefe Dankbarkeit für ihren Bernardo.

Als sie das Geschenk näher betrachtete, bemerkte sie die beiden eingravierten Buchstaben.

"B.B.- da sind ja deine Initialen eingraviert."

"Du irrst dich", sagte Bernhard, *"B.B. heißt nicht Bernhard Bürger, sondern Bellissima Belinda!"*

Jetzt musste Belinda herzlich lachen. Es wurde ihr in diesem Augenblick bewusst, wie gut ihr Bernhard tat und wie sehr sie ihn liebte, ihren "Tedesco".

Sie küsste ihn wieder und immer wieder und sie flüsterte ihm leise ins Ohr:

"Ti amo, ti amo, Bernardo, adesso e per sempre!"

Bernhard hatte jedes dieser zärtlichen Worte verstanden und er erwiderte sie ebenso wie ihre Küsse.

"Ich liebe dich auch, Belinda und ich werde auf dich aufpassen!"

"Ich weiß, mein Liebster, mein Cavaliere; ich weiß", antwortete Belinda und ihre Augen leuchteten.

"Was wollen wir am Samstag unternehmen, wenn die anderen zum Palio gehen?" fragte Bernhard.

"Wieso?" fragte Belinda, *"gehst du nicht mit?"*

"Nein", antwortete Bernhard, *"wo denkst du hin? ich werde dich doch nicht allein lassen."*
"Was werden deine Eltern dazu sagen?" fragte Belinda.

"Das ist mir egal", antwortete Bernhard, *"und außerdem bin ich mir sicher, dass sie es verstehen werden."*

"Ich würde am liebsten zu dir kommen, wenn es dir recht ist", sagte Belinda, *"ich möchte nicht unter Menschen, solange ich so aussehe."*

"Das ist eine gute Idee", sagte Bernhard, *"ich freue mich schon sehr darauf!"*

"Wollen wir jetzt noch zu meiner Familie gehen?" fragte Bernhard, *"Sie würden sich sicher freuen dich zu sehen."*

"So?" fragte Belinda ungläubig, *"So wie ich jetzt gerade aussehe?"*

"Entschuldige bitte!" sagte Bernhard, *"Ich glaube, das war gerade etwas unsensibel von mir..."*

"Das kann man wohl sagen, amore mio", sagte Belinda und fügte hinzu:

"Außerdem habe ich später noch einen Termin beim Dottore."

Bernhard und Belinda blieben noch eine Weile am Teich sitzen und genossen die Stille und die wärmenden Strahlen der Sonne, bevor sich Belinda verabschiedete.

"Ciao Bernardo e a presto!"

Bernhard schaute ihr noch lange nach, bevor er sich auf den Weg machte, um seiner Familie zu berichten.

****

"Warum muss ich mitfahren und Bernhard kann zuhause bleiben?" fragte Severin unmutig.

Die Palio-Truppe stand kurz vor ihrer Abfahrt und Severin machte einen letzten verzweifelten Versuch dem Event zu entfliehen.

"Weil Belinda etwas Schreckliches erlebt hat, wie du ja weißt", sagte Britta, *"und weil sich dein Bruder um das arme Mädel kümmern muss."*

"Ende der Diskussion", mischte sich Dietmar ein, *"du fährst mit und Schluss!"*

Irene, der nicht entgangen war, dass sich Severin anschickte die Diskussion weiter zu führen, und die wusste, wohin das führen würde, nahm Severin sanft beim Arm.

"Begleite deine Tante Irene", sagte sie, *"damit ich einen starken Beschützer an meiner Seite habe."*
"Du hast doch Onkel Hans-Peter, der dich beschützen kann", antwortete Severin, *"wozu brauchst du mich dann noch?"*

"Erstens, weil mein lieber Ehemann mich vergisst, wenn das Rennen beginnt, weil er dann nur noch Augen für Pferd und Reiter hat, und zweitens, weil du viel stärker bist als er."

Severin, der gerade eben noch seiner Wut Raum geben wollte, hatte sie total vergessen. Stattdessen lachte er und sagte:

"Du verstehst mich halt doch am besten von allen."

Britta verspürte einen leichten Stich im Herzen, als sie Severin dies sagen hörte. Sie fragte sich, was sie bei ihrem jüngsten Sohn falsch gemacht hatte.

Obwohl sie ihn immer wieder unterstützte und gegen ihren Ehemann verteidigte, hatten sie nie wirklich zueinander gefunden.

Sie liebte ihn genauso wie Bernhard und doch war ihr Severin manchmal wie ein Fremder.

"Jetzt müssen wir aber los", mahnte Hans-Peter, wenn wir einen guten Platz haben wollen.

"Apropos Platz", sagte Dietmar, *"wollen wir nicht doch mit zwei Autos fahren?"*

"Unsinn", entgegnete Hans-Peter, *"wir sind ja nur zu fünft und wir passen bequem in meinen Wagen."*
"Also gut", sagte Dietmar, *"stürzen wir uns in das Vergnügen!"*

****

Es war schon später Nachmittag und Belinda war noch immer nicht gekommen. Bernhard hatte schon mehrmals ihre Nummer gewählt, wurde aber jedes Mal auf die Mailbox verwiesen.

Als es Abend wurde, begann er sich zu sorgen. Er fragte sich, ob die Verletzungen vielleicht schlimmere Folgen nach sich gezogen hätten.

Er setzte sich ins Auto und fuhr zum Piccolo Las Vegas in der Hoffnung sie dort zu finden oder vielleicht eine ihrer Freundinnen.

Bernhard war so voller Sorge, dass er sogar in Erwägung zog Fabio zu fragen, so er ihn treffen würde.

Weil er keine Adresse von Belinda wusste und weil es auch schon Abend war, würde er die Wohnung von ihr wohl kaum finden können.

Leider blieben seine Bemühungen ohne Erfolg. Er traf weder auf eine von Belindas Freundinnen noch auf den ihm unsympathischen Fabio.

Als er am Ferienhaus ankam, waren die Ausflügler schon wieder zurückgekehrt. Im Haus herrschte aufgeregte Stimmung. Der Palio war offenkundig ein voller Erfolg.

"Wo kommst du denn her?" fragte ihn die Mutter.

"Ich habe Belinda gesucht", antwortete Bernhard, dessen Niedergeschlagenheit klar zu erkennen war.

"Ich denke, sie wollte zu dir hierher kommen", fuhr Britta fort.

"Ja; aber sie ist nicht gekommen", antwortete Bernhard.

Jetzt wurden auch die anderen hellhörig.

"Warum hast du sie nicht angerufen?" fragte Dietmar.

"Habe ich doch", antwortet Dietmar, *"aber da war immer nur die Mailbox."*

"Jetzt gehen wir erst alle einmal schlafen und morgen früh suchen wir gemeinsam nach Belinda", schlug Britta vor, *"du wirst sehen, das wird sich alles aufklären."*

Bernhard nickte. Ein schlimmer Verdacht stieg in ihm hoch und eine Stimme sagte ihm:

"Hoffentlich ist meiner Belinda nichts Schlimmes passiert..."

****

Ein heftiges Klopfen an der Eingangstür weckte die Schlafenden auf. Es wurde durch lautes Rufen ergänzt:

"Aufmachen, aufmachen! Hier ist die Polizei."

Severin war als erster bei der Tür. Als er sie aufmachte, blickte er in das Gesicht eines Mannes im Anzug, der ihm einen Ausweis entgegenstreckte. Er wurde von zwei Uniformierten begleitet.

"Sind Sie Bernardo Bürger?" fragte der Kriminalbeamte mit mürrischer Stimme.

"Nein", antwortete Severin, *"das ist mein Bruder."*

"Ist Ihr Bruder anwesend?" fragte der Beamte weiter.

Und bevor Severin antworten konnte, mischte sich sein Vater ein, der inzwischen dazu gekommen war.

"Ich bin Professor Bürger", sagte Dietmar, seinen Status hervorhebend, *"und wer sind Sie und was wollen Sie mitten in der Nacht?"*

Der Beamte, sichtlich beeindruckt von Dietmar, nahm Haltung an und sagte:

"Scusi, Professore; ich bin Commissario Cornetti und ich habe einen Haftbefehl für Signore Bernardo Bürger."

"Einen Bernardo Bürger haben wir hier nicht", sagte Dietmar, *"aber wenn Sie Bernhard Bürger meinen, das ist mein Sohn."*

Was in dieser Situation fast ein wenig zynisch anmutete, war in Wirklichkeit nichts Anderes als die akkurate Art eines Professors für Germanistik.

"Naturalmente Professore", sagte der sichtlich eingeschüchterte Commissario, *"ich meine Signore Bernhard Bürger."*

Commissario Cornetti fühlte sich äußerst unwohl und das Aussprechen von "Bernhard" fiel ihm deutlich schwerere als das Wort "Bernardo".

Seine Kollegen in Uniform genossen das Szenario insgeheim, denn Cornetti erfreute sich keiner allzu großen Beliebtheit.

"Was wollen Sie von meinem Sohn?" insistierte Dietmar, der sich keinen Reim auf das plötzliche Auftauchen der Polizei machen konnte.

"Ihr Sohn steht unter dringendem Mordverdacht", antwortete der Commissario.

"Was?"

Ein Entsetzensschrei drang aus dem Hintergrund hervor. Es war Britta, Bernhards Mutter, die sich instinktiv vor ihren Sohn stellte.

"Mein Sohn ist kein Mörder!" schrie sie laut, *"Verlassen Sie sofort unser Haus!"*

Irene ging zu Britta und legte den Arm um sie.

"Beruhige dich, Britta", sagte sie, *"es kann sich nur um einen Irrtum handeln; es wird sich sicher alles aufklären."*

"Ich soll mich beruhigen?" schrie Britta mit weit aufgerissenen Augen, *"Ich möchte wissen, wie du dich verhalten würdest, wenn man deinen Sohn des Mordes bezichtigen würde."*

Britta war völlig außer sich. Nur so ließen sich ihre sinnentleerten Worte erklären, welche sie Irene an den Kopf geworfen hatte.

Irene nahm es Britta nicht übel. Ihr war bewusst, dass sich ihre Freundin in einem Ausnahmezustand befand.

Bernhard war vorgetreten und hielt dem Commissario seine Hände entgegen. Dieser wehrte jedoch ab.

"Das wird nicht nötig sein", sagte er in einem freundlichen Ton und schaute Dietmar dabei an, so als wolle er sich entschuldigen für das, was gerade geschah.

"Es tut mir leid, Professore", sagte er dann tatsächlich, *"ich mache nur meine Pflicht."*

"Halte durch, mein Junge!" sagte Dietmar zu Bernhard, *"ich besorge dir umgehend einen Anwalt. Den besten ganz Italiens!"*

****

"Wo waren Sie am 16. August zwischen 19:00 und 21:00 Uhr?"

Mit dieser Frage begann das Verhör des Mordverdächtigen Bernhard Bürger in der Prefettura di Siena an der Piazza del Duomo.

Bernhard saß im Verhörraum der Polizeipräfektur in Begleitung seines Anwalts, Avvocato Bernini.

"Das weiß ich nicht mehr so genau", antwortete Bernhard, sichtlich gezeichnet von den Ereignissen des vergangenen Tages und einer schlaflosen Nacht.

"Was heißt das, Sie wissen es nicht genau", polterte Commissario Cornetti, der wieder er selbst war, da er in heimischen Gewässern weilte, weit weg von dem Professore aus Germania.

"Mein Mandant steht noch unter Schock ob der Ereignisse der vergangenen Nacht", mischte sich der Avvocato ein, *"und er braucht etwas Zeit zum Nachdenken."*

"Dann denken Sie einmal gut nach, Signore Bernardo", sagte der Commissario.

"Ich war unterwegs, um Belinda zu suchen."

"Waren Sie allein oder in Begleitung?" fragte der Commissario.

"Ich war allein", antwortete Bernhard.

"Kamen Sie bei Ihrer Suche zufällig auch in der Via Ancetto vorbei?" fragte der Commissario und seine Augen funkelten dabei.

Es schien, als wäre er sich seiner Sache sehr sicher, was den Avvocato etwas beunruhigte. Er beugte sich zu seinem Mandat und flüsterte ihm ins Ohr:

"Antworten Sie nur mit JA, wenn Sie sich genau daran erinnern!"

Bernhard nickte und antwortete:

"Das weiß ich nicht genau. Es war dunkel und die Straßennamen waren daher nur sehr schwer zu erkennen."

"Gute Antwort, Signore Bernardo", sagte der Commissario, *"eine wirklich gute Antwort"*. Und der Zynismus in seiner Stimme war nicht überhörbar.

"Bleiben Sie bitte sachlich, Commissario!" sagte Avvocato Bernini, dem das nicht entgangen war.

"Wissen Sie vielleicht, wer in der Via Ancetto wohnt?" fragte der Commissario und fügte noch hinzu:

"Gewohnt hat, sollte ich besser sagen; denn jetzt liegt er ja im Leichenschauhaus."

Bernard schaute seinem Gegenüber verunsichert ins Gesicht. Das ganze Szenario machte ihm Angst.

"Ich will es Ihnen sagen, mein Freund", fuhr der Commissario fort, *"in der Via Ancetto befindet sich die Wohnung von Signore Fabio Branco."*

Bei dem Namen "Fabio" zuckte Bernhard merklich zusammen.

"Aha! Sie kennen den Herrn also, wie mir scheint", sagte der Commissario triumphierend.

Und noch bevor der Avvocato Bernhard etwas sagen konnte, hatte Bernhard schon geantwortet.

"Das ist ein Studienkollege von meiner Freundin."

"Ein Studienkollege?" fragte Commissario Cornetti ungläubig und schob eine Fotografie des Toten über den Tisch.

"Meinen Sie diesen Herrn auf der Fotografie?" fragte er Bernhard.

"Ja, das ist er", antwortete Bernhard und der Commissario sagte:

"Für das Protokoll: Der Verdächtigte identifiziert das Mordopfer als Fabio Branco."

Dann wandte er sich Bernhard zu und fragte:

"Haben Sie Fabio Branco ermordet?"

Bernhard wurde schwarz vor den Augen. Er saß wie gelähmt da und sah in das Gesicht seines erwartungsvollen Gegenübers.

"Haben Sie meine Frage verstanden?" sagte der Commissario, und nachdem Bernhard nicht darauf reagierte, wiederholte er noch einmal:

"Haben Sie Fabio Branco ermordet?"

"Nein!"

Bernhard hatte die Antwort hinausgeschrien. Er war dabei aufgestanden und starrte den Commissario verständnislos an.

"Setzen Sie sich sofort nieder oder ich lasse Ihnen Handschellen anlegen!" herrschte der Commissario Bernhard an, und er kostete wieder einmal dieses unbeschreibliche Gefühl der Macht aus, welches sein Beruf ihm gelegentlich bescherte.

Bernhard setzte sich nicht nieder, er sank vielmehr in sich zusammen.

"Sie sagten vorhin, es handle sich bei dem Ermordeten um einen Studienkollegen Ihrer Freundin", fuhr der Commissario fort.

"Nun Bernardo, was studiert, scusi, studierte denn Ihr Freund?"

"Das weiß ich nicht und außerdem war Fabio kein Freund von mir", antwortete Bernhard.

"Sie wissen das nicht?" sagte Commissario Cornetti mit süffisanter Stimme, *"dann will ich es Ihnen sagen: Signore Branco studierte Zuhälterei, Betrug*

297

und Diebstahl in Piccolo Las Vegas und nicht auf der Università!"

Bernhard erstarrte, als er das˙hörte. Fabio war ihm zwar von der ersten Begegnung an unsympathisch; aber was er jetzt zu hören bekam, war so ungeheuerlich, dass es ihm beinahe den Boden unter den Füßen wegzog.

Der Avvocato sah Bernhard erstaunt an. Aus den Akten wusste er um die Tätigkeiten des Ermordeten. Er ging jedoch auch davon aus, dass dies seinem Mandanten bewusst war.

"Wussten Sie das wirklich nicht?" raunte er Bernhard ins Ohr, was dieser verneinte.

"Ich möchte mich kurz mit meinem Mandanten besprechen", sagte er zu Commissario Cornetti, worauf dieser den Verhörraum verließ.

Als der Avvocato mit Bernhard allein war, legte dieser seinem Mandanten nahe, jetzt Belinda ins Spiel zu bringen, um eine Entlastung für Bernhard zu bewirken.

Der Commissario war wieder zurückgekommen und das Verhör wurde nun fortgesetzt.

"Mein Mandant beantragt seine Freundin, Signorina Belinda Canzone, als Zeugin zu befragen", sagte Avvocato Bernini, *"sie kann meinen Mandanten entlasten."*

"Dann brauche ich die Adresse dieser Dame und auch ihre Telefonnummer", antwortete Commissario Cornetti.

"Eine Adresse habe ich leider nicht", antwortete Bernhard, *"aber die Telefonnummer kann ich Ihnen geben."*

Der Commissario wählte die Telefonnummer, welche Bernhard ihm auf einen Zettel geschrieben hatte und brach kurz darauf den Vorgang ab.

"Unter dieser Nummer meldet sich niemand", sagte er und schaute Bernhard bedeutungsvoll an.

"Ich weiß", antwortete Bernhard, *„ich versuche es schon seit gestern; aber es meldet sich nur die Mailbox."*

"Sie verstehen mich nicht", sagte der Commissario, *"diese Nummer existiert überhaupt nicht."*
"Das kann doch gar nicht sein", sagte Bernhard entsetzt, *"wir haben doch immer unter dieser Nummer miteinander telefoniert. Zeigen Sie mir den Zettel; vielleicht habe ich Ihnen eine falsche Nummer aufgeschrieben."*

Bernhard überprüfte die Nummer auf dem Zettel, um danach zu bestätigen, dass sie richtig notiert sei.

"Waren Sie nie in der Wohnung der Dame?" fragte der Commissario.

"Doch; einmal", antwortete Bernhard.

"Und da wissen Sie die Adresse nicht?" fragte der Commissario und konnte ein leichtes Grinsen dabei nicht unterdrücken.

"Es war nachts, da habe ich den Straßennamen nicht gesehen."

"Und die Hausnummer dann wahrscheinlich auch nicht..." feixte der Commissario.

"Ich glaube, es war 214; sicher bin ich aber nicht."

"Vielleicht war es auch 412 oder 124; was meinen Sie, Signore Bernardo?"

Commissario Cornetti genoss es sichtlich den völlig verunsicherten Bernhard Bürger vorzuführen.

Avvocato Bernini überlegte kurz den Commissario zur Ordnung zu rufen; unterließ es aber dann doch. Die Antworten seines Mandanten verunsicherten selbst ihn, und er bereute schon beinahe das Mandat angenommen zu haben.

"Aber vielleicht könnte ich Sie ja zu dem Haus hinführen, in welchem meine Freundin wohnt", bemühte sich Bernhard um Schadensbegrenzung.

"Das glauben Sie jetzt aber nicht wirklich", sagte der Commissario und in seinem Innersten pflichtete ihm auch der Avvocato bei.

Erkennen Sie dieses Messer?" fragte der Commissario und schob Bernhard die Tatwaffe zu, welche in einem Plastikbeutel verpackt war.

Bernhard erkannte darin sofort sein Fischmesser und mit trockener Kehle antwortet er:

"Ich glaube, ich besitze ein ähnliches Messer."

"Da irren Sie sich jetzt aber sehr", entgegnete der Commissario, *"das ist kein ähnliches Messer, das ist Ihr Messer, und es handelt sich zweifelsfrei um die Tatwaffe!"*

Bernhard erschrak zutiefst. Er hatte schon längst seine Initialen auf dem Messer entdeckt und damit sämtliche Zweifel ausschließen können.

Er musste unweigerlich an Belinda denken, und er fragte sich krampfhaft, was mit ihr geschehen war bzw. wo sie sich aufhalten könnte.

"Ist das Ihr Messer, Signore Bürger oder nicht?"

Die Frage traf Bernhard wie ein Peitschenhieb.

"Ja", antwortete Bernhard, *"es ist mein Messer."*

Und der Commissario beugte sich zum Mikrophon, das auf dem Tisch stand, hinunter und sagte:

"Für das Protokoll: Der Verdächtige bestätigt, dass es sich bei der Mordwaffe um sein Messer handelt."

"Das stimmt so aber nicht!", warf Bernhard spontan ein, *"es ist seit einigen Tagen nicht mehr in meinem Besitz."*

"Was heißt das denn schon wieder?" fragte der Commissario sichtlich genervt.

"Ich habe dieses Messer verschenkt."

"Aha! Und an wen, wenn ich fragen darf?" sagte Commissario Cornetti mit vorgebeugtem Oberkörper.

"An meine Freundin."

"Sie meinen Signora Canzone", sagte der Commissario.

"Ja", antwortete Bernhard und der Commissario fuhr fort:

"Und dass das ihr richtiger Name ist, da sind sie sich sicher?"

"Was meinen Sie mit »ihr richtiger Name«", fragte Bernhard.

"Nun", sagte der Commissario, *"Keine Adresse - keine erreichbare Telefonnummer?"*

"Das Telefon hat sie vielleicht verloren", sagte Bernhard zögerlich.

Der Commissario sah zuerst Bernhard lange an und wandte dann seinen Blick zu Avvocato Bernini.

"Glauben Sie noch immer an die Unschuld Ihres Mandanten? Ich jedenfalls tue das nicht!"

Der Avvocato schluckte. Hatte er sich bis hierher fest daran geklammert, sein Mandant könne wirklich unschuldig sein, so schlichen sich jetzt immer mehr Zweifel ein.

"Ich denke, wir brechen hier die Vernehmung ab", sagte der Commissario, *"ich gehe davon aus, dass wir erst weitere Recherchen anstellen müssen."*

Der Avvocato nickte zustimmend und der Commissario hieß einen Uniformierten Bernhard zurück in die Zelle zu bringen.

****

"Wirst du auch gut behandelt?"

Mit dieser Frage begrüßte Dietmar seinen Sohn. als er ihn im Untersuchungsgefängnis besuchte.

Bernhard sah seinen Vater mit leeren Augen an und antwortete:

"Ich war das nicht, Papa; das musst du mir glauben!"

"Das weiß ich doch, mein Junge", antwortete Dietmar, *"das ist alles ein schrecklicher Irrtum. Wir holen dich da heraus; halte noch eine Weile durch!"*

"Ich halte das nicht aus!" drängte es laut aus Bernhard heraus und zog die Aufmerksamkeit eines Wachbeamten auf sich. Als dieser näherkommen wollte, winkte ihm Dietmar beschwichtigend zu und der Beamte verzichtete darauf einzuschreiten.

"Du musst jetzt stark sein, mein Sohn", sagte Dietmar, *"jetzt Schwäche zu zeigen wäre nicht hilfreich."*

Bernhard nickte und Dietmar war bewusst, dass sein Sohn seine Worte zwar verstanden hatte; aber nichts damit anfangen konnte.

"Mama und die anderen lassen dich lieb grüßen; sie sind in Gedanken bei dir."

Bernhard nickte, begleitet von einem mühsamen Lächeln. Er unterließ es zu fragen, warum seine Mutter nicht gekommen sei. Er war einfach zu müde dazu.

Dietmar hatte sich heftig dagegen gewehrt, dass Britta mitkommen wollte. Er hatte Angst, sie wäre alledem nicht gewachsen. Und jetzt, da er sah, wie zerbrechlich Bernhard war, fand er sich in seiner Einschätzung bestätigt.

"Hilft dir Avvocato Bernini, tut er auch etwas für dich?" fragte Dietmar und Bernhard antwortete:

"Er sucht krampfhaft nach Belinda; kann sie aber nicht finden."

"Wie ist das möglich?" fragte Dietmar, *"Belinda ist doch aus Fleisch und Blut; sie muss doch zu finden sein."*

"Ich verstehe das auch nicht", sagte Bernhard, *"und es will mir auch nicht in den Kopf, was Belinda mit dem Mord zu tun haben soll."*

"Die Sprechzeit ist beendet", kam eine Stimme aus dem Lautsprecher, *"bitte verabschieden Sie sich."*

"Brauchst du noch irgendetwas?" fragte Dietmar seinen Sohn und hielt dabei seine Hände fest.

"Ein Wunder, Papa", antwortete Bernhard, *"ich brauche ein Wunder."*

Bernhard wurde am nächsten Tag dem Haftrichter vorgeführt, der kurzen Prozess machte und Bernhard in die Haftanstalt Volterra einweisen ließ.

Das Staatsgefängnis, die "Fortezza Medicea" war einst eine Festung der Medici, einem Familiengeschlecht, aus welchem Adelige, Päpste und sogar zwei Königinnen von Frankreich hervorgingen.

****

"Erheben Sie sich!"

Mit diesen Worten begann der Prozess Mitte September gegen Bernhard Bürger unter dem Vorsitz von Giudice Giovanni Di Cesare.

Der Richter hieß die Anwesenden im Saal sich zu setzen und eröffnete dann das Verfahren.

"Wir verhandeln heute die Strafsache Bürger und ich bitte den Angeklagten sich zu erheben."

Bernhard stand auf und sein Blick wanderte zu seinem Vater, der im Zuschauerraum Platz genommen hatte. Er hatte sich freigenommen, um seinem Sohn beistehen zu können.

Bernhards Mutter wollte ursprünglich ebenfalls mit zur Verhandlung kommen, was Dietmar jedoch ablehnte. Er begründete seine Entscheidung damit, dass Britta dem Ganzen nicht gewachsen sei.

Sie war zwar mit angereist, blieb aber im Hotel. Britta litt sehr darunter nicht mit zur Verhandlung gehen zu können, vermochte aber der Entscheidung ihres Ehemannes nichts entgegen zu setzen.

Der Richter, schon ein älterer Herr, dem Strenge nicht unbedingt ins Gesicht geschrieben stand, hielt Bernhard an sich ihm zu zuwenden.

Er tat dies in einem ruhigen, fast schon freundlich anmutenden Ton, was seine Wirkung nicht verfehlte.

"Nennen Sie dem Gericht bitte Ihren Namen, Ihr Geburtsdatum und ihre Wohnadresse."

Als Bernhard seinen Namen und sein Geburtsdatum angegeben hatte, stockte er.

"Meinen Sie meine Adresse in Deutschland oder die jetzige?" fragte er verunsichert.

"Die in Deutschland, junger Mann", sagte der Richter lächelnd und fügte hinzu:

"Ihre jetzige Adresse ist dem Gericht ja bekannt."

Die versammelte Zuschauerschaft lachte ob dieser Bemerkung und Bernhard bekam einen roten Kopf. Sein Vater verspürte einen heftigen Stich in seinem Herzen.

"Was ist nur aus meinem Sohn geworden?" fragte er sich; denn er erkannte in ihm nicht mehr den klugen und taffen Bernhard wieder, sondern ein hilfloses Etwas ohne Boden unter den Füßen.

"Ruhe!" sagte der Richter, *"Ich bitte um Ruhe!"*

Dann wandte er sich an den Staatsanwalt mit den Worten:

"Ich bitte um das Eröffnungsplädoyer, Herr Staatsanwalt!"

Der Procuratore, Dottore Francesco, erhob sich und verlas die Anklage:

*"Der hier anwesende Angeklagte, Signore Bern-
hard Bürger wird angeklagt am 16. August dieses
Jahres Fabio Branco ermordet zu haben. Als Tatwaffe
diente eine Art Jagdmesser, das mit den Initialen des
Angeklagten versehen ist."*

Ein staatlich vereidigter Dolmetscher, der auch
schon die Verhandlungseröffnung durch den Herrn
Vorsitzenden übersetzt hatte, wiederholte das soeben
verlesene Eröffnungsplädoyer.

Bernhard hatte dem Dolmetscher ohne jegliche
Regung zugehört, genauso wie er es schon bei Procuratore Francesco getan hatte.

"Danke, Signore Procuratore", sagte der Richter
und wandte sich an Bernhard mit der Frage:

*"Angeklagter, haben Sie das verstanden, was Sig-
nore Procuratore gesagt hat?"*

Bernhard nickte.

*"Sie müssen die Ihnen gestellten Fragen laut ver-
nehmlich beantworten"*, sagte der Richter und fast
hätte man den Eindruck gewinnen können, er empfinde ein wenig Mitleid mit Bernhard.

"Si, Signore Giudice", antwortete Bernhard kleinlaut, und wieder hatte man den Eindruck, der Richter
empfinde Sympathie für Bernhard, denn er reagierte
nicht auf Bernhards Antwort.

Die richtige Anrede für den Richter hätte nämlich „Vostro Onore" heißen müssen und nicht "Signore Giudice".

"Dann frage ich Sie jetzt, bekennen Sie sich schuldig im Sinne der Anklage?" sagte der Richter und sah Bernhard prüfend an.

"Ich habe das nicht getan, Signore Giudice!" sagte Bernhard, und der Staatsanwalt fuhr ihn barsch an:

" Angeklagter, antworten Sie nur mit JA oder NEIN, und den ehrenwerten Herrn Vorsitzenden haben Sie gefälligst mit <Vostro Onore> anzusprechen!"

Der Richter, welcher den Staatsanwalt nur allzu gut kannte, machte eine beschwichtigende Handbewegung in dessen Richtung. Er dachte daran, warum man den Procuratore hinter vorgehaltener Hand den "Carnefice" nannte, den "Scharfrichter".

"Überlassen Sie die Belehrungen des Angeklagten doch bitte mir, Herr Kollege", sagte er in Richtung Staatsanwalt und ergänzte:

"Und beginnen Sie mit der Beweisaufnahme."

Procuratore Francesco war unter der Zurechtweisung durch den Vorsitzenden zusammengezuckt. Es schmeckte ihm so gar nicht, dass dies coram publico geschehen war.

Er trat vor mit der Tatwaffe in der Hand und hielt sie Bernhard entgegen.

"Erkennen Sie dieses Messer?" fragte er und seine Augen blitzten vor Erregung.

"Ja", antwortete Bernhard wahrheitsgemäß, *"das ist mein Fischmesser."*

"Mag ja sein", sagte der Procuratore, *"dass man das als Fischmesser verwenden kann; aber es eignet sich auch hervorragend als Mordwaffe!"*

Ein Raunen ging durch die Menge und der Procuratore fuhr fort:

"B.B., Sind das Ihre Initialen auf dem Messer?"

Und wieder antwortete Bernhard mit "JA".

"Mit dieser Waffe wurde der heimtückische Mord an Fabio Branco verübt und der Täter ist zweifellos der Angeklagte, Signore Bernhard Bürger!"

Der Staatsanwalt hatte das Messer demonstrativ in die Höhe gehalten und reichte es jetzt dem Vorsitzenden.

"Sind denn die Fingerabdrücke von Herrn Bürger auf dem Messer?" fragte der Verteidiger, Signore Avvocato Bernini, dem vom Vorsitzenden das Wort erteilt worden war.

"Natürlich nicht", antwortete der Staatsanwalt in überheblicher Manier, *"die hat der kluge Angeklagte abgewischt; das liegt doch auf der Hand."*

"Ich beantrage das Messer als Beweismittel gegen meinen Mandanten zu streichen", sagte der Avvocato, *"der ehemalige Besitz des Messers durch meinen Mandanten impliziert noch nicht, dass er damit einen Menschen getötet hat. Das ist reine Spekulation!"*

Wieder ging ein Raunen durch den Saal.

"Ruhe!" sagte der Richter, *"Ich bitte um Ruhe!"*

"Haben Sie noch weitere Beweise?" fragte der Richter den Staatsanwalt.

"Jawohl, Vostro Onore", antwortete Procuratore Francesco und sagte dann:

"Ich rufe die Zeugin, Signorina Stella Farese in den Zeugenstand!"

Der Richter wies den Gerichtsdiener an, er möge die Zeugin hereinbitten.

Die Zeugin nannte ihren Namen, das Geburtsdatum und ihren Wohnsitz.

"Sind Sie mit dem Angeklagten verwandt oder verschwägert?" fragte der Richter die Zeugin, was diese verneinte.

"Kennen Sie den hier Anwesenden oder sind Sie ihm davor schon einmal begegnet?" fragte der Richter weiter.

Auch diese Frage beantwortete die Zeugin mit "NEIN".

Der Richter wandte sich dem Staatsanwalt zu, er möge die Befragung beginnen.

"Signorina Farese, schildern Sie doch bitte dem Gericht, was Sie am 16. August dieses Jahres beobachtet haben."

"Mir ist am 16. August ein Auto mit deutschem Kennzeichen aufgefallen, das vor dem Haus in der Via Ancetto geparkt stand."

"Sie meinen das Haus, in welchem der Ermordete gelebt hatte", unterbrach sie der Staatsanwalt.

"Si, Signore Procuratore", antwortete die Zeugin, und der Staatsanwalt fragte weiter:

"Was war das für ein Auto? Können Sie die Marke nennen?"

"Es war ein grüner Citroën", antwortete die Zeugin.

"Können Sie uns auch die Typenbezeichnung nennen?" fragte der Staatsanwalt.

"Tut mir leid; das weiß ich nicht", antwortete die Zeugin, *"aber es war so einer, den man rauf und runter lassen kann."*

Der Staatsanwalt lächelte und sagte:

"Es handelt sich hier offenbar um einen Citroën DS, die Göttin - eine Perle französischer Automobilbaukunst."

Der Avvocato hob seine Hand und der Richter erlaubte ihm zu sprechen.

"Zeugin, woher wissen Sie das mit dem Rauf- und Runterlassen dieses Autos, vom dem Sie noch nicht einmal wissen, wie es genau heißt?"

"Das weiß ich, weil ich einmal einen Freund hatte, der ein solches Auto fuhr", antwortete die Zeugin.

Der Avvocato bedankte sich und setzte sich wieder nieder.

"Nun", sagte der Staatsanwalt und fuhr nach einer gekünstelten Pause fort, *"das erklärt aber noch nicht, warum Ihnen das Auto so in Erinnerung geblieben ist. Vielleicht weil es gar so schön ist?"*

Einige Zuschauer lachten.

"Vostro Onore, ich bitte Sie den Herrn Staatsanwalt zu veranlassen die Befragung nicht zu einer Unterhaltungssendung zu machen", wandte sich der Avvocato an den Richter.

Und der Richter wies den Staatsanwalt mit den Worten an:

"Ich ersuche Sie die Befragung sachlich zu führen; wir sind hier nicht beim Theater!"

Der Procuratore zuckte zusammen. Das hatte zuvor noch kein Richter zu ihm gesagt. Er fühlte sich in seiner Eitelkeit zutiefst verletzt und dokumentierte das mit einem zürnenden Blick in Richtung Verteidigung.

Er nickte kurz dem Richter zu und presste ein leises *"Scusi, Vostro Onore!"* heraus.

Dieser quittierte das ebenfalls mit einem Kopfnicken und sagte:

"Fahren Sie mit der Befragung fort; aber bleiben Sie sachlich!"

"Zeugin, ich frage Sie noch einmal, warum Ihnen das besagte Fahrzeug so gut in Erinnerung geblieben ist?" wiederholte der Staatsanwalt seine Frage.

"Weil der Angeklagte aus dem Haus gerannt kam, sich in sein Auto setzte und wie wild davonraste."

Der Staatsanwalt bedankte sich bei der Zeugin und in dem Bewusstsein, mit dieser Aussage den Sack zuschnüren zu können, sagte er:

"Keine Fragen mehr; Ihr Zeuge, Signore Avvocato!"

Avvocato Bernini erkannte die schier aussichtslos scheinende Lage seines Mandanten, machte dennoch einen zaghaften Versuch:

"Zeugin; wie weit waren Sie entfernt, als der Angeklagte das Haus verließ, um in seinen Wagen zu steigen?"

"Der Mann hätte mich beinahe umgerannt", antwortete Signorina Farese, *"ich habe mir doch gerade das schöne Auto angeschaut, als er herauskam."*

Der Avvocato, dem in diesem Augenblick bewusst wurde, dass er dem Procuratore zusätzliche Munition verschafft hatte, wagte einen weiteren Versuch.

"Sie wohnen doch gar nicht in dieser Gegend, was hatten Sie dort zu suchen?"

Signorina Farese schaute mit großen Augen zuerst zum Vorsitzenden und dann zum Staatsanwalt.

Der Staatsanwalt konnte sich nicht verkneifen zu sagen:

"Ist das die Sachlichkeit, die Sie bei mir angemahnt haben, verehrter Herr Kollege?"

Der Vorsitzende überging die Bemerkung und sagte zur Zeugin:

"Beantworten Sie bitte einfach die Frage des Avvocato!"

"Ich habe in der Nähe eine Freundin besucht", antwortete die Signora sichtlich erregt, *"ich kann Ihnen gern die Adresse geben."*

"Das wird nicht nötig sein", antwortete der Richter und entließ die Zeugin.

"Gibt es noch weitere Zeugen?" fragte er in Richtung der Verteidigung, was diese verneinte.

Der Staatsanwalt verneinte ebenfalls, brachte aber einen Antrag ein mit den Worten:

"Vostro Onore, ich erwarte noch das Ergebnis einer wichtigen Ermittlung und bitte daher um Vertagung der Verhandlung."

"Das fällt Ihnen recht spät ein, Procuratore. Ist es wirklich prozessrelevant?" antwortete der Richter.
"Sehr sogar, Vostro Onore", antwortete der Staatsanwalt.

"Dann vertage ich den Prozess auf übermorgen, 10:00 Uhr. Die Verhandlung ist geschlossen!"

Bevor Bernhard hinausgeführt wurde, fragte ihn der Avvocato:

"Gibt es vielleicht noch mehr Überraschungen, von denen ich wissen sollte? Sie haben es mir bisher nicht gerade leicht gemacht."

Bernhard schüttelte nur den Kopf.

"Das hoffe ich", sagte der Avvocato, *"bis jetzt sind es nur Indizien, die sie belasten. Wir können also darauf hoffen, dass es der Richter genauso sieht. Also Kopf hoch, mein Lieber!"*

****

Dietmar und Britta saßen im Restaurant "Da Luigi". Sie hatten sich mit dem Avvocato zum Essen verabredet.

"Vielen Dank, Avvocato Bernini, dass Sie meiner Einladung gefolgt sind", sagte Dietmar, *"meine Frau und ich wissen das sehr zu schätzen!"*

"Ich bedanke mich meinerseits", antwortete der Avvocato, *"ich bin Ihrer Einladung gern gefolgt."*

"Wie geht es meinem Sohn?" fragte Britta. Sie war es, die auf diese Einladung bestanden hatte. Die Sorge um Bernhard setzte ihr sehr zu. Es war ihr auch äußerlich anzumerken. Viele Tränen und wenig Schlaf hatten ihre Spuren hinterlassen.

"Den Umständen entsprechend recht gut", antwortete Avvocato Bernini. Was anderes hätte er einer verzweifelten Mutter auch antworten sollen.

Dass es sich bei der Antwort um eine Lüge handelte, stand für den Vater Dietmar außer Frage. Bernhard drohte an der Haft zu zerbrechen.

"Konnten Sie etwas darüber in Erfahrung bringen, wo sich Signorina Canzone aufhält?" fragte Dietmar.

"Leider nein", antwortete der Avvocato. *"Ich habe alles versucht; aber ohne Erfolg."*

"Waren Sie auch in der Universität?" fragte Dietmar weiter.

"Ich habe es versucht; aber während der Semesterferien findet ja kein regulärer Betrieb statt. Die Dame, die das Verwaltungsbüro besetzt hält, hat mich auf den Beginn des regulären Betriebs vertröstet."

"Dann ist es doch zu spät", sagte Britta völlig aufgeregt, *"dann haben die meinen Sohn vielleicht schon längst verurteilt"*.

Britta fing zu weinen an. Dietmar legte seinen Arm um seine Gattin, um sie zu trösten und der Avvocato sah hilflos zu.

****

"Erheben Sie sich!"

Mit diesen Worten wurde der zweite Prozesstag in der Mordsache "Fabio Branco" eröffnet.

Der Triumph, mit welchem der Procuratore den nächsten Zeugen aufrief, war nicht zu überhören:

"Ich rufe den Zeugen Lorenzo Di Giorgio auf!"

Ein Mann, Mitte bis Ende vierzig trat in den Zeugenstand.

"Nennen Sie uns bitte Ihren Namen, Ihr Geburtsdatum und Ihre Wohnadresse!" sagte der Vorsitzende und überließ dann dem Procuratore die Befragung.

"Zeuge, teilen Sie dem Hohen Gericht doch bitte mit, welchem Beruf Sie nachgehen!"

"Ich bin Privatermittler, Signore Procuratore", antwortete der Befragte.

"Sie sind also ein Privatdetektiv", sagte der Staatsanwalt.

"Ich ziehe die Bezeichnung »Privatermittler« vor", antwortete der Zeuge.

"Das ist doch ein und dasselbe", sagte der Staatsanwalt, *"finden Sie nicht?"*

Signore Di Giorgio zuckte mit den Schultern.

"Wenn sie dann bitte mit der Befragung des Zeugen fortfahren wollen, Signore Procuratore", beendete der Giudice die Glaubensfrage, wie nun der Zeuge richtigerweise zu benennen sei.

"Sicuramente, Vostro Onore", antwortete der Staatsanwalt wenig erfreut über die Zurechtweisung.

Er hatte den Vorsitzenden noch nie leiden können, tröstete sich aber mit dem Gedanken, dass er der Justiz noch lange erhalten bliebe, wenn sein Widersacher demnächst in den Ruhestand versetzt werden würde.

"Zeuge, ist es richtig, dass Sie von der Staatsanwaltschaft beauftragt worden sind Recherche über die Signorina Belinda Canzone anzustellen?"

"Si, Signore Procuratore", antwortete der Zeuge, und der Staatsanwalt fuhr fort:

"Würden Sie die Liebenswürdigkeit besitzen dem Gericht das Ergebnis Ihrer Recherche mitzuteilen?"
"Si, Signore Procuratore", antwortete der Zeuge erneut und wandte sich dem Vorsitzenden zu.

"Es gibt keine Signorina Belinda Canzone!"

Der Procuratore strahlte über das ganze Gesicht und sein Blick richtete sich triumphierend zu dem Vorsitzenden hin, der große Mühe hatte die tumultartigen Zuschauer zur Raison zu rufen.

Der Avvocato erblasste. Dieser Satz wendete das Blatt des Angeklagten schlagartig und ließ die Hoffnung auf einen Freispruch sinken.

Bernhard war völlig in sich zusammengesunken. Er wandte den Blick hilfesuchend zu seinem Vater, dem sämtliche Farbe aus dem Gesicht gewichen war.

"Können Sie das Ergebnis Ihrer Recherche etwas näher erläutern?" fragte der Vorsitzende, *"auf was stützt sich das Ergebnis?"*

"Ich habe gute Verbindungen zur Universität und ich habe im Sekretariat überprüfen lassen, ob eine Studentin Belinda Canzone inskribiert hat.

Außerdem habe ich in den Hörsälen, in welchen die Vorlesungen für Deutsch und Geschichte abgehalten werden, ein Bild der angeblichen Signorina Canzone herum gezeigt; aber sie wurde von niemandem erkannt. Ich habe auch auf dem Campus niemand gefunden, der die Fotografie identifizieren konnte."

"Das muss aber nicht zwangsläufig heißen, dass es Signorina Canzone überhaupt nicht gibt", warf der Vorsitzende ein.

"Doch, Vostro Onore!" sagte der Procuratore genüsslich, *"laut Zentralmelderegister gibt es keine Signora Belinda Canzone"* und er genoss jedes seiner einzelnen Worte.

Und als kleine Zugabe fügte er noch hinzu:

"Zumindest nicht in Bella Italia."

Damit hatte er die Lacher im Saal auf seiner Seite.

"Wird von Seiten der Verteidigung eine Vereidigung des Zeugen gefordert?"

Der Avvocato verneinte und der Vorsitzende beendete die Zeugenbefragung und bat Staatsanwaltschaft und Verteidigung um ihre Schluss-plädoyers.

"Hohes Gericht, ein Mann in der Blüte seiner Jahre, musste gewaltsam sterben. Die Verhandlung hat zwar nicht nachweisen können, welches Motiv der Tat zugrunde liegt; aber es hat den Täter zweifelsfrei überführen können.

Bernardo Bürger, ein junger deutscher Mann, der als Gast in unserem Land weilt, hat mit seinem Jagdmesser einen jungen Italiener in seinem eigenen Heimatland ermordet.

Nicht nur, dass er diese abscheuliche Tat begangen hat, hat er auch noch die Dreistigkeit besessen, dem Gericht eine Lügengeschichte aufzutischen.

Er hat das Verbrechen, das er begangen hat, einer fiktiven Person in die Schuhe schieben wollen. Allein das zeigt schon, welch ein verderbter Charakter in dem Angeklagten wohnt.

Ich bitte daher das Hohe Gericht mit der ganzen Härte des Gesetzes dieses Verbrechen zu verurteilen.

Ich fordere daher für den Angeklagten eine lebenslange Freiheitsstrafe!"

Giudice Giovanni Di Cesare, der in seinem Leben schon so manches Plädoyer über sich ergehen lassen musste, drehte es den Magen um.

Er fragte sich, wie dieser Mensch zu dem Beruf gekommen ist, der ihm die Möglichkeit gab seine Komplexe, von denen er zweifellos einige besaß, auszuleben.

Vor Gericht hatte er die Bühne, die ihm im Privatleben nicht zur Verfügung stand. Hier wurde er wahrgenommen.

"Ich bitte nun den Herrn Verteidiger um sein Plädoyer", sagte er zu Avvocato Bernini, den er sowohl als Mensch wie auch als Kollegen schätzte.

Sein Vater war schon Avvocato. Er hatte sich mit dem Richter so manchen Kampf geliefert; aber stets getragen von gegenseitigem Respekt.

Avvocato Bernini stand auf und empfand eine große Hilflosigkeit und Enttäuschung darüber, dass es ihm nicht gelungen war das Geheimnis um Belinda Canzone, die wahrscheinlich gar nicht so hieß, zu lüften.

Er hätte mehr Zeit gebraucht, um auf die neuen Fakten zu reagieren. Das ging jetzt leider nicht mehr. Er konnte nur noch agieren.

"Hohes Gericht, der Procuratore hat mit sehr blumigen Worten und drastischen Gesten Ihnen ein Monster geschildert, das jedoch gar keines ist.

Der Angeklagte ist ein junger Mann, er ist gebildet und äußerst kultiviert. Er kommt schon seit Jahren in unser Land, in dem seine Eltern ein kleines Haus besitzen.

Signore Bürger hat studiert und übt seinen Beruf in gehobener Position mit größter Verantwortung aus. Er liebt unser Land und er hat sich bemüht unsere Sprache zu erlernen.

Die Liebe brachte ihn mit einer jungen Frau zusammen, über deren Verbleib wir nichts wissen und nur spekulieren können.

Spekulieren können wir auch darüber, ob ein vom Procuratore dargestellter Mörder so dumm ist und die Tatwaffe vor Ort zurücklässt.

Wir können weiter darüber spekulieren, ob die Zeugin Farese den Angeklagten zweifelsfrei in jener Nacht erkannt hat.

Was ich sagen will, ist, dass die Anklage auf sehr wackligen Beinen steht und dass sich die Beweislage lediglich auf Indizien stützt.

Ich bitte daher das Hohe Gericht den Angeklagten nach dem Grundsatz <in dubio pro reo> frei zusprechen!"

Der Avvocato setzte sich nieder und hoffte inbrünstig den Vorsitzenden mit seinem Plädoyer erreicht zu haben; sicher war er sich aber nicht.

"Der Angeklagte hat das letzte Wort!"

Bernhard stand auf, schaute zuerst zu seinem Vater und dann zu dem Vorsitzenden.

"Ich habe Fabio Branco ermordet. Er war ein böser Mensch und er hat den Tod verdient!"

Der Avvocato schaute Bernhard entsetzt an und sagte mit großer Vehemenz:

"Um Gottes Willen, was tun Sie da? Sind Sie verrückt?"

Dietmar starrte ins Leere. Sein Herz krampfte sich zusammen und seine Augen füllten sich mit Tränen.

Giudice Giovanni Di Cesare, der für Bernhard eine gewisse Sympathie empfand, verstand den jungen Mann nicht.

Er war Richter und dem Gesetz verpflichtet, ungeachtet jedweder Sympathie oder Antipathie. Aber hätte der Angeklagte das Geständnis erst nach der Urteilsverkündung gemacht, so hätte er als Richter seinen Spielraum voll ausschöpfen können.

Das Gericht zog sich zur Beratung zurück.

Als Giudice Giovanni Di Cesare in den Gerichtssaal zurück kam, übte er wie gewohnt seinen Beruf aus, der ihm in seiner ganzen bisherigen Amtszeit noch nie so schwer gefallen war.

"Im Namen des Volkes ergeht folgendes Urteil: Der Angeklagte Bernhard Bürger wird des Mordes an Fabio Branco schuldig gesprochen und zu fünfzehn Jahren Freiheitsstrafe verurteilt!

Urteilsbegründung: Der Angeklagte ist bisher noch nicht straffällig geworden und besitzt einen hervorragenden Leumund. Das Gericht ist der Ansicht, dass man ihm für sein restliches Leben eine zweite Chance geben soll und ist deshalb der Empfehlung der Staatsanwaltschaft nicht nachgekommen.

Hinzu kommt, dass der Ermordete keine Perle der Gesellschaft war und in der Szene als ein gewalttätiger Mensch bekannt ist. Es lagen in der Vergangenheit auch schon einige Strafdelikte gegen ihn vor.

Gegen das Urteil kann im vorgegebenen Zeitraum Einspruch erhoben werden.

Die Sitzung ist hiermit geschlossen!"

Der Richter verließ den Gerichtssaal und ließ einen völlig verdutzen Staatsanwalt zurück. Er empfand das Urteil als eine herbe Niederlage und als einen Affront gegen sein Amt und seine Person.

Bernhard ließ sich willenlos von zwei Beamten hinausführen. Die Bemerkung seines Anwalts, er wolle später noch mit ihm reden, hörte er schon gar nicht mehr.

****

Britta war zusammengebrochen, als ihr Dietmar vom Ausgang der Verhandlung berichtete und von dem Geständnis ihres Sohnes.

Völlig apathisch wiederholte sie ständig dieselben Worte: *"Mein Sohn ist ein Mörder, mein Sohn ist ein Mörder..."*

Dietmar versuchte seine Frau zu beruhigen und zu trösten; aber er konnte nicht bis zu ihr durchdringen.

Dietmar hatte unmittelbar nach dem Prozess noch im Gerichtsgebäude den Avvocato angesprochen.

"Mein Sohn ist kein Mörder, Avvocato", bedrängte er den Verteidiger seines Sohnes, *"wir müssen unbedingt in Berufung gehen!"*

"Lassen Sie uns woanders hingehen", sagte der Avvocato, *"gleich neben dem Gerichtsgebäude ist ein kleines Café. Wenn sie das Gebäude verlassen und nach links gehen, dann treffen Sie auf das "Cappuccino". Warten Sie dort auf mich; ich komme gleich nach!"*

Es dauerte nur wenige Minuten, bis der Avvocato das Café betrat. Er hatte noch Formalitäten erledigt und sich umgezogen.

"Werden Sie Berufung einlegen?" fragte Dietmar und sah den Avvocato hoffnungsvoll dabei an.

Der Avvocato zögerte einen Augenblick, bevor er Dietmar antwortete.

"Es ist so, Signore Bürger", begann er dann zu sprechen, *"die Sache ist nicht ganz einfach."*

"Inwiefern?" fragte Dietmar.

"Normalerweise wäre das Urteil für Ihren Sohn nicht so niedrig ausgefallen. Es wäre mit Sicherheit wesentlich höher gewesen.

Es war ein Geschenk des Richters an Ihren Sohn, weil er Mitleid mit ihm hatte."

"Fünfzehn Jahre betrachten Sie als ein Geschenk?" sagte Dietmar aufbrausend.

"Tranquillamente, Signore Bürger", antwortete der Avvocato und legte Dietmar die Hand auf den Arm. *"Ich werde es Ihnen erklären: Das normale Strafmaß für Mord beträgt lebenslänglich, so wie es der Procuratore auch beantragt hat.*

Das wäre auch angemessen gewesen, zumal Ihr Sohn den Mord gestanden hat. Wäre das Gericht dem Antrag der Staatsanwaltschaft nachgekommen, so hätte Ihr Sohn erst nach einer Mindestverbüßungszeit von sechsundzwanzig Jahren die Aussetzung der Strafe auf Bewährung stellen können.

Bei dem jetzigen Urteil hat Ihr Sohn berechtigte Aussichten - bei guter Führung - nach zwei Drittel der Haft entlassen zu werden.

Wenn wir aber jetzt in Berufung gehen, dann spielen wir dem Procuratore in die Karten. Ich bin sicher, dass er dann eine höhere Strafe durchsetzt, wenn nicht sogar lebenslänglich.

Und bitte glauben Sie mir, Signore Bürger; ein zweites Mal finden Sie keinen so geneigten Richter wie Giudice Giovanni Di Cesare!"

****

Es war ein schwerer Abschied, als vor einigen Jahren eine junge Frau ihr Elternhaus im Apennin verließ, um in die Großstadt zu ziehen.

Ihr Name war Laura Panini. Zusammen mit ihrer Freundin, Stella Farese wollte sie ein Studium beginnen. Stella hatte Medizin für sich gewählt und Laura Deutsch und Geschichte.

Lauras Eltern waren einfache Menschen und nicht sehr begütert. Stella hingegen war die Tochter eines Bürgermeisters und Holzhändlers.

Der Bruder von Lauras Mutter gab ihr einen kleinen Zuschuss. Das hätte jedoch nicht ausgereicht,
hätte Stella ihre Freundin Laura nicht bei sich mit
wohnen lassen.

Die beiden Freundinnen hatten sich schon bald an
das Leben in der Stadt gewöhnt und es dauerte auch
nicht lange, bis sie das Piccolo Las Vergas kennen
lernten.

Zusammen mit anderen Mitstudierenden verbrachten sie so manche Stunde in diesem Ambiente und
irgendwann traf Laura auf Fabio.

Sie erlag dem Charme des jungen Mannes, der sie
mit Komplimenten überhäufte. Er stellte sich ihr als
Inhaber einer Modelagentur vor.

Von anderen Studentinnen wusste Laura, dass sie
sich bei Fabio Geld nebenbei verdienten, um ihr Studium zu finanzieren.
Als Laura Fabio darauf ansprach, verhielt sich dieser zunächst abweisend. Das förderte natürlich Lauras
Neugier, was nichts anderes als Kalkül von Fabio war.

Laura insistierte Fabio so lange, bis er ihr ein für
sie undurchsichtiges Angebot machte.

*"Einige deiner Kommilitoninnen verdienen ganz
schön Geld bei mir. Aber glaube mir, das wäre nichts
für dich",* sagte Fabio, worauf Laura sagte:

*"Das kannst du doch gar nicht wissen! Was müsste
ich denn da machen?"*

Fabio zögerte einen Augenblick und sagte dann:

"Du willst es wirklich wissen, ragazza?"

Laura nickte und Fabio erzählte Laura, dass ihre Aufgabe darin bestünde Geschäftsreisende, welche in der Stadt zu tun hätten, am Abend in ein Restaurant zu begleiten.

Die Arbeit, so man das überhaupt so bezeichnen könnte, würde mit dem Verlassen des Restaurants beendet sein. Dafür gäbe es viel Geld für wenig Arbeit, die ja genau genommen eher ein Vergnügen sei.

"Und wieso glaubst du, dass das nichts für mich wäre?" fragte Laura leicht aufgebracht, *"Bin ich nicht hübsch genug?"*

"Natürlich bist du das", antwortete Fabio, *"aber ich dachte, weil du vom Land kommst..."*

"Aha", sagte Laura, *"wir Mädchen vom Land sind wohl zu dumm für so etwas."*

"Aber nein", antwortet Fabio, *"heißt das, du hättest Interesse an dem Job?"*

"Sehr sogar!" antwortete Laura.

Fabio hatte die Angel ausgeworfen und der Fisch namens Laura Panini hatte angebissen.

Laura bekam von Fabio Geld, damit sie sich eine ansprechende Garderobe zulegen konnte. Mit der Bemerkung *"sie könne ihm das Geld ja von ihren ersten Einkünften zurück zahlen"*, hatte er Laura überredet.

Und dann geschah alles genau so, wie Fabio ihr das erzählt hatte.

Laura wurde am Abend abgeholt und in ein schickes Restaurant geführt. Dort erwartete sie ein Herr, bestens gekleidet und mit feinen Manieren.

Es wurden köstliche Speisen gereicht und teurer Wein getrunken. Ein Mokka zum Abschluss, ein Dankeschön, begleitet von einem Handkuss, und die Arbeit war beendet.

Laura bekam am nächsten Tag ein Kuvert von Fabio und war mit dem Inhalt mehr als zufrieden.

Die Bedenken ihrer Freundin Stella wischte Laura beiseite. Es hatte bei ihren abendlichen Treffen mit irgendwelchen Geschäftsreisenden zu keiner Zeit Grund für Beanstandungen gegeben.

Im Gegenteil. Laura konnte - durch die zum Teil wirklich geistreichen Gespräche mit den diversen Herren - sogar ihren Horizont erweitern.

Nach einiger Zeit startete Fabio die Stufe zwei.

"Was hältst du davon, wenn ich für dich eine eigene Wohnung besorge?" sagte er eines Tages zu Laura.

"Das wäre wunderbar", sagte Laura, *"nur, dass mir das Geld dafür fehlt."*

"Das ist überhaupt kein Problem", sagte Fabio, *"ich finanziere dir den Kauf vor und du zahlst es mir in Raten zurück."*

"Ist das dein Ernst?" fragte Laura ungläubig, *"Das würdest du für mich tun?"*

"Aber warum nicht", sagte Fabio, *"du verdienst gut und ich sehe da überhaupt kein Risiko."*

"Das klingt toll", sagte Laura und begann in Gedanken schon ihre eigene Wohnung einzurichten.

"Abgemacht", sagte Fabio, dann gehen wir morgen zum Avvocato und machen einen Vertrag.

Als Laura am nächsten Tag den Vertrag unterschrieb, führten Leichtgläubigkeit und Naivität ihre Hand.

Im Lauf der Zeit kam Laura nicht umhin ihrer Müdigkeit durch Drogen zu begegnen. Am Tag das Studium und am Abend Restaurantbesuche, das war für ihren Körper zu viel Belastung.

Hinzu kam noch ein ständig zunehmender Alkoholkonsum. Wenn Stella sie darauf ansprach, beschwichtigte Laura die Freundin.

Stella hatte es bedauert, dass Laura bei ihr auszog. So sehr sie auch versuchte Laura von der Idee der eigenen Wohnung abzubringen; sie hatte keinen Erfolg.

Laura rutschte immer tiefer in die Abhängigkeit zu Fabio. Erst als ihr Fabio das Angebot machte, sie solle ihre Dienste dahingehend erweitern, dass die Begleitungen der Herren im Hotelzimmer fortgeführt werden sollten, wurde sie hellhörig.

Selbst auf das Argument, sie würde dadurch wesentlich mehr Geld verdienen, stieg sie nicht ein.

Fabio fand jedoch einen Weg Laura umzustimmen. Er gab ihr fast keine Aufträge mehr. Es waren gerade noch so viele, dass sie sich Essen und Trinken davon kaufen konnte.

An eine Rückzahlung des Darlehens von Fabio war überhaupt nicht mehr zu denken.

Laura stand nun vor der Wahl Fabios Angebot anzunehmen und die Wohnung zu behalten oder alles hin zu werfen und nach Hause zurück zu kehren.

Letzteres war keine Option; denn wie hätte sie ihren biederen Eltern das alles erklären sollen. Und außerdem wollte sie die Wohnung nicht verlieren.

Da fiel ihr die Masche mit dem totkranken Vater ein. Sie erzählte Fabio von dem reichen deutschen Freund und dass sie sicher Geld von ihm bekommen würde.

Fabio setzte Laura ein Ultimatum und Laura stimmte zu. Laura bemerkte gar nicht, wie sehr sie sich verändert hatte.

Von dem einst unschuldigen Kind aus den Bergen des Apennins verwischte die Zeit gerade eben die letzten Spuren.

Womit Laura nicht gerechnet hatte, war die Tatsache, dass sie sich in den "Tedesco" verlieben würde.

Als sie damals Bernhard die Lügengeschichte mit dem totkranken Vater erzählte, den sie noch nicht einmal kannte - er war ein kleiner, alter Gauner in Fabios Diensten - war sie sehr berührt davon, dass Bernhard ihr ohne Zögern seine Unterstützung zusagte.

Und als sie dann noch von Bernhards Eltern so liebevoll aufgenommen wurde, verwarf sie auf der Stelle ihr Vorhaben.

Sie wollte zu Fabio gehen, ihm die Zusammenarbeit aufkündigen und danach ihrem Bernhard alles beichten, um mit ihm ein neues Leben zu beginnen.

Sie traf am Abend Fabio im Piccolo Las Vegas, um ihm alles mitzuteilen. Als sie ihm sagte, sie wolle aussteigen, antwortete Fabio:

"Hier ist es zu laut; wir fahren zu mir, da können wir in Ruhe reden."

Wenig später waren sie in Fabios Wohnung. Kaum hatte dieser die Türe hinter sich geschlossen, traf Laura der erste Schlag durch Fabios Hand.

"So", sagte er wütend, *"das gnädige Fräulein will kündigen. Und das für alles, was ich für sie getan habe."*

Und wieder schlug Fabio zu. Lauras Lippe begann zu bluten. Der nächste Schlag war so heftig, dass Laura zu Boden fiel.

"Du undankbares Miststück!" schrie Fabio und trat nach Laura. Sie krümmte sich vor Schmerzen. Als sie zu schreien anfing, drehte Fabio die Stereoanlag laut auf.

"Ich werde dich jetzt so lange zureiten, bis du zur Vernunft kommst!" schrie er und sein Gesicht verzerrte sich zu einer hässlichen Fratze.

"Geh ins Bad, ziehe dich aus und richte dich her", schrie Fabio weiter, *"du siehst ja furchtbar aus!"*

Laura hatte große Mühe aufzustehen. Ihr war in diesem Augenblick bewusst, was Fabio mit dem Wort "zureiten" meinte. Das machten die Zuhälter mit ihren unwilligen Mädchen, und das wollte Laura keinesfalls über sich ergehen lassen.

Noch auf dem Boden kniend sagte sie zu Fabio:

"Bitte, verzeih mir Fabio. Ich weiß nicht, was mich geritten hat. Der Tedesco hat mir den Kopf verdreht. Ich mache alles, was du willst. Du wirst sehen, dass ich es ernst meine. Ich gehe jetzt ins Bad und wenn ich zurückkomme, werde ich dich lieben wie noch keine Frau zuvor."

Fabio schaute Laura lange an. Endlich sagte er:

"Aber beeil dich; ich warte nicht gern!"

Laura ging ins Bad und zog sich bis auf die Unterwäsche aus. Als sie ihre Schminksachen aus ihrer kleinen Tasche nehmen wollte, fühlte sie den Griff des Messers, das ihr Bernhard geschenkt hatte.

Sie schaute in den Spiegel und erschrak. Sie erkannte ihr eigenes Gesicht nicht mehr. Das Auge, das immer mehr anschwoll, die aufgeplatzte Lippe und die vielen Blessuren hatten sie völlig entstellt.

Sie nahm das Messer und steckte es hinter ihrem Rücken in die Unterhose. Ihren BH zog sie aus. Dann ging sie zurück ins Zimmer.

Fabio lag nackt auf dem Bett und präsentierte stolz seine Erregung. Auf dem kleinen Kästchen neben dem Bett lag seine Kreditkarte neben einer Linie weißen Pulvers. Spuren von zwei weiteren Linien waren noch zu erkennen.

Laura ging in lasziver Manier auf Fabio zu. Sie schüttelte ihren Oberkörper, sodass ihre Brüste zu schwingen begannen.

Fabio war wie die meisten Männer. Große Brüste waren ihr liebstes Spielzeug. Und Laura hatte große Brüste, sehr große Brüste.

"Komm her, du geile Stute, sagte Fabio und deutete auf das Kokain.

"Zieh dir eine Linie rein, Baby!"

Laura tat, was Fabio wollte. Er wollte nach ihr greifen, aber Laura drehte sich weg.

"Magst du Fesselspiele, mio amore?" fragte sie.

"Certo", sagte Fabio, *"sehr sogar."*

Fabio ließ sich willig an die Messingstangen seines Bettes fesseln.

"Und jetzt noch die Augen verbinden", sagte Laura.

"Muss das sein?" fragte Fabio.

"Oh ja", antwortete Laura, *"du kannst dann zwar nichts sehen; dafür aber viel mehr spüren."*

Wie sehr Laura damit recht hatte, sollte Fabio unmittelbar darauf spüren. Es war nur ein kurzer Moment; dafür aber einer für die Ewigkeit.

Laura setzte sich auf die Beine von Fabio, holte das Messer hinter dem Rücken hervor und stach zu.

Fabio zuckte kurz zusammen und dann war Stille. Laura hatte ihm das Messer direkt ins Herz gestoßen.

Laura fühlte eine seltsame Erleichterung. Sie verharrte noch für eine kurze Weile und starrte auf den Körper des Mannes, der sie in die Gosse geführt hatte.

Dann stand sie auf, ging ins Bad und kleidete sich wieder an. Sie ging zurück ins Zimmer, wischte sorgfältig die Klinge ab und verließ ohne irgendeine Regung Fabios Wohnung.

"Was hast du nur getan?" fragte sie wenig später Stella. Laura war zu ihr gefahren, um ihr zu erzählen, was geschehen war.

"Das Schwein wollte mich vergewaltigen", sagte Laura mit tonloser Stimme. Stella deutete auf Lauras Gesicht.

"War er das?" fragte sie.

"Ja", antwortet Laura und Tränen rannen über ihr Gesicht.

"Du musst so schnell wie möglich von hier verschwinden", sagte Stella und Laura nickte.

****

In fetten Buchstaben stand im "Il Messaggero" zu lesen: *" Omicidio nei distretti a luci rosse"*.

Laura erschrak, als sie das las. Sie brach jedoch fast zusammen, als sie ein Bild von Bernhard sah und weiterlas:

"Fabio Branco, ein Zuhälter aus dem Rotlicht-milieu wurde tot in seiner Wohnung aufgefunden. Ein junger Deutscher wurde des Mordes überführt und zu 15 Jahren Freiheitsstrafe verurteilt. Sein Anwalt, Avvocato Bernini verzichtet auf Berufung."

Sie packte eilig ein paar Sachen zusammen, und mit den Worten *"ich muss etwas in Ordnung bringen"* verabschiedete sie sich von ihren Eltern und stieg in ihr Auto.

Stunden später betrat sie die Kanzlei von Avvocato Bernini.

"Ich muss dringend den Avvocato sprechen", sagte sie aufgeregt zu der Dame beim Empfang.

"Haben Sie einen Termin?" antwortete die Dame.

"Nein", antwortete Laura, *"aber es ist von höchster Dringlichkeit."*

"Das geht trotzdem nicht", antwortete die Dame, *"ohne Termin können Sie den Avvocato nicht spre-chen."*

"Dann sagen Sie ihm, Belinda Canzone möchte ihn sprechen", sagte Laura, *"dann wird er mich sicher empfangen."*

Die Empfangsdame zögerte einen Augenblick, nahm dann aber doch den Hörer ab und gab die Nach-richt weiter.

Als unmittelbar darauf die Tür aufging und ihr Chef herausgestürzt kam, blieb ihr der Mund offenstehen.

Mit den Worten *"Kommen Sie bitte, Signorina"* und *"Keine Gespräche die nächste Zeit"* an die Vorzimmerdame gerichtet, bat er Laura ihm zu folgen.

"Es gibt sie also doch!" begann der Avvocato das Gespräch. *"Warum haben Sie sich nicht schon vorher gemeldet?"*

"Weil ich erst seit heute weiß, dass ein Unschuldiger verurteilt worden ist", antwortete Laura.

"Woher wollen Sie das wissen?" fragte der Avvocato.

"Weil ich Fabio Branco ermordet habe".

Der Avvocato schaute Laura mit weit geöffneten Augen an.

"Um Gottes willen!" entfuhr es ihm, *"Warum haben Sie sich nicht vor zwei Tagen gemeldet?"*

"Was hätte das geändert?" antwortete Laura.

Der Avvocato antwortete nicht gleich. Er hatte große Mühe Laura zu sagen:

"Dann würde Ihr Freund noch leben; Bernhard Bürger hat sich gestern in seiner Zelle erhängt".

Laura schrie auf. Sie schlug ihre Hände vor das Gesicht und ein heftiger Weinkrampf befiel sie.

"Ich bin schuld!" schrie sie laut, *"Was habe ich nur getan?"*

Die Vorzimmerdame kam herein, um zu schauen, ob alles in Ordnung wäre. Der Avvocato schickte sie wieder hinaus.

"Beruhigen Sie sich bitte, Signorina!" sagte der Avvocato. Er war hinter seinem Schreibtisch hervorgekommen und fasste Laura bei der Schulter.

Bernhard hatte ihm während der Besprechungen vor dem Prozess von Laura - damals noch Belinda - erzählt. Und seinen Schilderungen zufolge hatte sich der Avvocato ein Bild von dieser Frau gemacht.

Er empfand ein tiefes Mitgefühl für dieses Wesen, das jetzt völlig zusammen gebrochen vor ihm saß. Er sprach mit sanften Worten auf Laura ein, bis sie sich einigermaßen gefasst hatte.

"Erzählen Sie mir, was geschehen ist, mein Kind!" sagte er und sah ihr dabei liebevoll in die Augen.

Und dann erzählte Laura dem Avvocato alles, was so schwer auf ihrer Seele lastete. Es war, als säße sie in einem Beichtstuhl und legte eine Lebensbeichte ab.

Der Avvocato hörte aufmerksam zu. Er spürte ganz deutlich die Ehrlichkeit in Lauras Schilderung, wie sie diese wunderbare Liebe zu Bernhard fand und wie eine Bestie in Menschengestalt in einer unvorstellbaren Grausamkeit ihr Leben zerstören wollte.

Als Laura sich alles von der Seele geredet hatte, empfand sie eine große Erleichterung. Sie blickte den Avvocato voll Dankbarkeit an und sagte dann:
"Rufen sie jetzt bitte die Polizei!"

Der Avvocato sah in das tränenbenetzte Gesicht von Laura und antwortete:

"Das mache ich nicht, mein Kind!"

Laura schaute ungläubig auf den Mann, dem sie gerade eben einen Mord gestanden hatte und verstand die Welt nicht mehr.

"Ich habe Ihnen doch gerade erzählt, dass ich einen Menschen ermordet habe und dass ich schuld bin am Tod eines unschuldigen Menschen", sagte sie verständnislos.

"Und der sie geliebt hat und den Sie geliebt haben", ergänzte der Avvocato.

Laura verstand noch immer nicht, was da gerade geschah. Sie schaute erwartungsvoll auf den Avvocato, in der Hoffnung, er würde ihr die Ungewissheit nehmen.

"Sie haben einen Menschen getötet, der Ihr Leben zerstört hat", begann der Avvocato und fuhr fort:

"Dafür hat ein Mensch gebüßt, der unschuldig war. Ich kann Sie von dieser Schuld nicht freisprechen; aber vielleicht können das die Eltern von Bernhard.

Gehen Sie zu Ihnen und erzählen Sie ihnen alles das, was Sie mir erzählt haben. Sollten Ihnen die Eltern nicht verzeihen können, dass Sie Schuld tragen am Tod Ihres Sohnes, dann gehen Sie zur Polizei und stellen Sie sich.

Sollten Ihnen die Eltern jedoch verzeihen, dann verzeihen Sie sich selbst auch. Alles andere machen Sie mit Gott aus, wenn es einen solchen in Ihrem Leben gibt."

Laura hatte jedes seiner Worte gehört; aber so richtig verstanden hatte sie sie nicht. Wie war es möglich, fragte sich Laura, dass ein Avvocato, dem sie soeben einen Mord gestanden hatte, nicht umgehend die Polizei gerufen hatte.

"Gehen Sie und tun Sie, was ich Ihnen gesagt habe", sagte der Avvocato, *"Sie wissen ja, wo sie die Familie Bürger finden."*

Laura stand auf und wollte hinausgehen. Der Avvocato hielt sie auf und sagte:

"Haben Sie eine Erklärung, warum Bernhard den Mord auf sich genommen hat?"

"Weil er wusste, dass ich es war und weil er mich geliebt hat", antwortete Laura.

344

Als sie bei der Tür war, drehte sie sich noch einmal um und sagte:

"Ich wünschte, ich hätte ihn so sehr geliebt wie er mich!"

Dann zog sie die Tür hinter sich zu und ließ einen tief berührten Avvocato zurück, der froh darüber war, dass er sich so entschieden hatte, und der überzeugt davon war das Richtige getan zu haben.

****

Am Tag von Bernhards Beerdigung waren alle wieder versammelt. Hans-Peter und Irene waren angereist, um Bernhard die letzte Ehre zu erweisen.

Die Überraschung war riesengroß, als sie Laura erblickten. Britta erzählte Hans-Peter und Irene die ganze Geschichte. Sie erzählte ihnen, wie Laura plötzlich vor ihnen stand und ihnen die ganze Wahrheit offenbarte.

Britta erzählte den Freunden weiter, dass Laura Dietmar und ihr anheimstellte, die Polizei zu rufen, um sie ihrer gerechten Strafe zuzuführen.

Dass Dietmar und Irene Laura jedoch verziehen, war überraschend; zumindest für Hans-Peter.

Die Beerdigung fand im engsten Kreise statt. Außer der Familie, den Freunden und Laura, war nur noch der Avvocato anwesend.

Als Laura ihn erblickt hatte, war sie auf ihn zugegangen, um ihn zu umarmen.

"Sie haben mir mein Leben zurückgegeben", sagte sie und der Avvocato antwortete:

"Das haben Sie schon selbst getan, mein Kind, und natürlich die Familie Bürger."

Nach der Beerdigung saßen alle im Garten hinter dem Ferienhaus. Sie hatten darauf verzichtet in ein Gasthaus zu gehen.

Sie zogen es vor in einem intimen Rahmen des Toten zu gedenken. Es war auch keine Frage für die Eltern von Bernhard in hier zu beerdigen.

Hier fühlte er sich wohl und hier war er auch seiner großen Liebe begegnet.

"Was werden Sie jetzt anfangen, Signorina?" sprach der Avvocato Laura an, und bevor sie antworten konnte, sagte Britta:

"Laura wird hier wohnen und ihr Studium wiederaufnehmen. Und sie wird uns besuchen sooft sie will und kann".

Und Dietmar fügte hinzu:

"Und in den Semesterferien kommen wir alle hier wieder zusammen als eine große, glückliche Familie."

"Das ist schön", sagte der Avvocato, *"das freut mich für Sie alle."*

"Sie sind uns natürlich jederzeit ein gern gesehener Gast, Avvocato."

"Matteo, Professore", sagte der Avvocato, *"nennen Sie mich bitte Matteo!"*

"Und nennen Sie mich bitte Dietmar, lieber Matteo", sagte Dietmar.

"Con piacere", antwortete der Avvocato, *"con grande piacere."*

****

Der Tod seines Sohnes hatte Dietmar entwurzelt. Er hatte ihn aber auch sehr verändert.

Dietmar war vom Misanthropen zum Philanthropen mutiert und alle profitierten davon. Seine Studenten ebenso wie seine Familie und seine Freunde.

Severin war seinem Vater ein großes Stück weit nähergekommen. Er hatte der Familie irgendwann von seiner sexuellen Neigung erzählt, und er war angenommen worden. Severin fühlte sich zum ersten Mal seiner Familie zugehörig.

Dietmar und Hans-Peter begegneten sich auf Augenhöhe, frei von jedweder Arroganz und Ironie.
Was die beiden Ehefrauen der Freunde betraf, so hatten die sich ja schon von jeher gut verstanden.

Und in dem großen und endlos scheinenden Ozean der Hoffnungslosigkeit schwamm ein kleiner Tropfen mit Namen "Zuversicht"...

****